Colecção Literatura de Macau

澳門基金會
FUNDAÇÃO MACAU
中华文学基金会

·散文·

悲喜时节

黄文辉/著

作家出版社

澳门文学丛书

总 序

值此“澳门文学丛书”出版之际，我不由想起1997年3月至2013年4月之间，对澳门的几次造访。在这几次访问中，从街边散步到社团座谈，从文化广场到大学讲堂，我遇见的文学创作者和爱好者越来越多，我置身于其中的文学气氛越来越浓，我被问及的各种各样的问题，也越来越集中于澳门文学的建设上来。这让我强烈地感觉到：澳门文学正在走向自觉，一个澳门人自己的文学时代即将到来。

事实确乎如此。包括诗歌、小说、散文、评论在内的“澳门文学丛书”，经过广泛征集、精心筛选，目前收纳了多达四十八部著作，暂分两批出版。这一批数量可观的文本，是文学对当代澳门的真情观照，是老中青三代写作人奋力开拓并自我证明的丰硕成果。由此，我们欣喜地发现，一块与澳门人语言、生命和精神紧密结合的文学高地，正一步一步地隆起。

在澳门，有一群为数不少的写作人，他们不慕荣利，不怕寂寞，在沉重的工作和生活的双重压力下，心甘情愿地挤出时间来，从事文学书写。这种纯业余的写作方式，完全是出于一种兴趣，一种热爱，一种诗意追求的精神需要。惟其如此，他们的笔触是自由的，体现着一种充分的主体性；他们的喜怒哀乐，他们对于社会人生和自身命运的思考，也是恳切的，流淌着一种发自肺腑的真诚。澳门众多的写作人，就这样从语言与生活的密切关联里，坚守着文学，坚持文学书写，使文学的重要性在心灵深处保持不变，使澳门文学的亮丽风景得以形成，从而表现了澳门人的自尊和自爱，真是弥足珍贵。这情形呼应着一个令人振奋的现实：在物欲喧嚣、拜金主义盛行的当下，在视听信息量极大的网络、多媒体面前，学问、智慧、理念、心胸、情操与文学的全部内涵，并没有被取代，即便是在博彩业特别兴旺发达的澳门小城。

文学是一个民族的精神花朵，一个民族的精神史；文学是一个民族的品位和素质，一个民族的乃至影响世界的智慧和胸襟。我们写作人要敢于看不起那些空心化、浅薄化、碎片化、一味搞笑、肆意恶搞、咋咋呼呼迎合起哄的所谓“作品”。在我们的心目中，应该有屈原、司马迁、陶渊明、李白、杜甫、王维、苏轼、辛弃疾、陆游、关汉卿、王实甫、汤显祖、曹雪芹、蒲松龄；应该有莎士比亚、歌德、雨果、巴尔扎克、普希金、托尔斯泰、陀思妥耶夫斯基、罗曼·罗兰、马尔克斯、艾略特、卡夫卡、乔伊斯、福克纳……他们才是我们写作人努力学习，并奋力追赶和超越的标杆。澳门文学成长的过程中，正不断地透露出这种勇气和追求，这让我对她的健康发展，充满了美好的期待。

毋庸讳言，澳门文学或许还存在着这样那样的不足，甚至或许还显得有些稚嫩，但正如鲁迅所说，幼稚并不可怕，不腐败就好。澳门的朋友——尤其年轻的朋友要沉得住气，静下心来，默默耕耘，日将月就，在持续的辛劳付出中，去实现走向世界的过程。从“澳门文学丛书”看，澳门文学生态状况优良，写作群体年龄层次均衡，各种文学样式齐头并进，各种风格流派不囿于一，传统性、开放性、本土性、杂糅性，将古今、中西、雅俗兼容并蓄，呈现出一种丰富多彩而又色彩各异的“鸡尾酒”式的文学景象，这在中华民族文学画卷中颇具代表性，是有特色、有生命力、可持续发展的文学。

这套作家出版社版的文学丛书，体现着一种对澳门文学的尊重、珍视和爱护，必将极大地鼓舞和推动澳门文学的发展。就小城而言，这是她回归祖国之后，文学收获的第一次较全面的总结和较集中的展示；从全国来看，这又是一个观赏的橱窗，内地写作人和读者可由此了解、认识澳门文学，澳门写作人也可以在更广远的时空里，听取物议，汲取营养，提高自信力和创造力。真应该感谢“澳门文学丛书”的策划者、编辑者和出版者，他们为澳门文学乃至中国文学建设，做了一件十分有意义的事。

是为序。

2014.6.6

目　录

CONTENTS

辑　一

辑　二

辑　三

辑　四

辑　五

辑　六

辑　七

辑　一

“奴”，有许多种

在当今美国经济打个喷嚏，半个地球的人都得跟着震一震的时代，“全球化”议题最叫人们担心的就是文化会否也像经济般被“全球化”，又或者更干脆地说，被“美国化”。这种担忧的象征物，就是遍布全球的那个大大的黄色M字快餐招牌引起的恐慌，有识之士纷纷响应梯亚先生的呼吁：“勿当（美国文化之）奴”。

不过，面对“美祸”的威胁，并不是人人都提心吊胆的；法国人类学家瓦尼耶（Jean-Pierre Warnier）就是其中一个。他写了本《文化全球化》来告诉我们：安心啦，所谓文化全球化不过是悲观学者造出来的幻象。即使“勿当奴”有全球化之势，那也只是个“势”，远非事实的全部。因为，不是人人可以消费得起这个“奴”的，不然去非洲大陆数数看有多少个“奴”。港澳同胞要是有兴致，也可以跑去等着我们开发的西部地区去看看“奴”有多少个。走了一转回来后，你会开始相信瓦尼耶的观察，即所谓“文化全球化”，“事实上，它只是美、欧、亚洲三角地区，受到其所属国家鼓励的私人产业霸权式支配下的一种大型的文化交融现象。”也就是说，这只是“有钱人家”的玩意儿，绝非“全球”人民可以雨露均沾的。

瓦氏不但戳破全球化的幻象，更以人类学家的文化视角批算道：文化绝对无法全球化，所有文化全球化（或美国化）的担忧不过是“想象的焦虑”。理由很简单：“人类乃是一个创造差异性的机器。”这是构成人类文化认同一个最基本的原因。正因为有文化“差异”的存在，美国人与中国人才可以区别，又或者，香港人与澳门人才可以区别。因此，如果文化全球化是一种“文化交融现象”，那么这种交融就必得经过一个“接受、译码、再次编码”的过程，也就是说，外来文化必得经过本地文化的“改造”才可以变成本地人生活的一部分。

以“勿当奴”为例。在国内，它是“身份”的象征，因为不是人人有钱去消费那动辄十多元的“垃圾食品”的；在美国，那是“穷人”才去的地方；在澳门，它是学生放学后流连忘返的功课室、补习室以至谈情说爱室。可见，“奴”，也有许多种的。

（全球化与在地化·之一）

锄不断斫不下解不开顿不脱

中国人说“各处乡村各处例”，又说“入乡随俗”，这些“例”与“俗”，便是传统，便是各个文化中最坚实、最顽强、最能抵受外来侵袭而不变的成分，也就是构成各种文化“差异性”存在的基础，以及各个“文化认同”或“身份认同”的基础。用瓦尼耶（Jean-Pierre Warnier）在《文化全球化》中说的话就是：“所有的文化皆具个别特殊性、地理及社会上的在地化。文化是某个既有语言中推论表达的客体，是团体及个人的认同因素，也是相异于他人的差异因素，以及行为者彼此之间，或相较于其所处环境的一项导引因素。”

也就是说，不管当今文化全球化（或“美国化”）之风吹得如何强烈，其每到一处，必定碰到在地化（localization）这堵坚厚墙壁的抵抗，使之改造、适应、融入到在地文化之中，成为一种新生的创造物。这种例子可以举许多，前篇的“勿当奴”是一个，还可以举语言为例。远的可以举方今正以摧枯拉朽之势席卷全球的英文，其每到一处，就有新的变种。同一老祖宗的，可以有美国英文、澳洲英文；不同祖宗的，可以有新加坡英文、印度英文，甚至中国的“洋泾浜”英文。近的就说我们同文同种的中文，先不说各地方言可以把同一个中文字念成好几十种不同语音，即使同是“广州话”，港澳地区与广州地区的，在用词与语音方面还是有不同的。

看了瓦尼耶的分析，看了我上面的例子，我们似乎可以跷起二郎腿享清福高枕无忧，管他什么文化全球化或美国化，有人类“创造差异性”的人性及“在地化”两个门神守护，外面的风再大雨再劲，在传统的广厦里，我自哈哈向天笑，全球、美国两不怕！

这似乎是瓦尼耶想读者这样做的。然而，我恰恰是瓦尼耶所说的“悲观论者”。我绝对同意要达到全球文化的统一是幻想的乌托邦，要美国化也是痴人说梦。但是，一个不可否认的事实是，尽管文化达不到全球同一化，但文化工业的确将各种千差万别的文化传统打造得“趋同化”或“类同化”。像我们国人，越来越多地啃起汉堡包而舍弃叉烧包更不要提锅锅头，越来越多的“疯狂英语”或英语疯狂。至于世界各地每年有数以百计语言被消灭也是人所共知的事了。

接下来的问题自然是：该如何应付文化全球化这锄不断斫不下解不开顿不脱慢腾腾一头赖在家门口的大怪物呢？

（全球化与在地化·之二）

文化原是变幻

前一篇提出一个问题：该如何应付文化全球化这锄不断斫不下解不开顿不脱的大怪物呢？我的答案是：文化原是变幻，在地才可永恒。

是的，文化原是变幻。首先，尽管从古到今存在着无数千差万别甚至对立相反的文化体系与传统，但是，没有任何一种文化体系与传统是僵化不变的，即使它是孤处一隅、与世隔绝。为应对各种自然与人文环境的改变，所有文化都得作出相应的变迁。这不是愿不愿意的问题，而是要不要生存的问题。所谓物竞天择，适者生存；“适”就是各种因应的变化与融合。其间的差别，只是程度大小速度快慢而已。这方面最佳的例子，当数我们这个有着所谓“超稳定结构”的中国文化。这里，不要说由商周至明清期间什么张骞通西域丝绸之路近代中西交流之类无数由外来文化带来的冲击与改变，就是“中国文明”的起源与形成本身，经苏秉琦教授通过考古学证明，也是由六大区块文化经分裂、碰撞与融合而成的。中国文化从来不曾稳定过。

其次，这世上“不知有汉，无论魏晋”的绝世桃源毕竟不多；而一个人类社群，只要不是与世隔绝，只要存在与其他人群的交流，那么，就必然有文化的相互渗透与影响和改造。所以 Ruth Benedict 说：“自有人类历史以来，整个世界上不管哪个民族都能够接受别的血统的民族文化。人的生理结构中并无任何东西去妨碍这种接受。”要证明这种文化的相互影响与接受非常容易。只要对比一下一千年前与今天的中国人或欧洲人的食谱，又或者一千年前与今天的世界各宗教分布图，你就会发现，在以万年为单位的人类文明史上，中西文化从饮食器物到宗教习俗在这区区一千年间，已发生许多许多大小程度不同的变化。

所以，在全球人类交往已变成“地球村”的电脑时代，要阻止文化之间相互影响与改变是螳臂挡车的。然而，正因为这文化的变迁是如此势不可挡，我们更需要重新记起与思考英文Culture的拉丁文来源：Colere，意谓“栽培、培养”。

要抵抗文化全球化，就要老老实实勤勤恳恳从事栽培与培养，在自己的土地上。

（全球化与在地化·之三）

文化的耕耘

英文 culture（文化）是拉丁文动词 colere 的派生词，原意指人在改造外部自然界使之适应于满足食住需要的过程中，对土壤、土地的耕耘、加工和改良。后来又转意指教育、训练人类本身使之脱离自然本能的阶段，而成为有素养、有修养的人。从象征的角度看，“文化”的拉丁文来源，让我们明白到，没有了“在地”的耕耘，就没有了文化。反过来说，只有努力地开垦、耕耘自己的文化土地，不愁种不出文化的花果。因此，与其对全球化的文化趋同或类同大惊小怪、惶惑失措，倒不如用心尽力发掘、坚守、创新自己的文化传统。只要文化是深深扎根于本土土壤，任它全球化之风再高浪再急，我自岿然不动。事实上，面对全球化的挑战，逃避既无可能也属不智。古今中外的文化交流史告诉我们，经过交融混合的文化体系会变得越来越强大。我们中华文化就是古代不同地区文化融汇的精华，今天强势的“西方文化”，也是希腊、罗马与希伯来三大文化传统的“宁馨儿”。优越的文化从来不惧怕挑战，文化天生需要变化。不过，在欢迎文化变化的同时，要记住人类学者李亦园的提醒：“人类如要在进化的过程中使种族生存下去，就应该保存人类种族遗传基因的适应变量，包括生物性的和文化性的适应变量。……在文化性方面，只有保持人类各民族不同的文化特性，不只是维持各民族原有的文化特性与风格，而且应该鼓励各民族发展其特有的文化模式，这样才能够使全人类在不断变迁的环境无所不适。”也就是说，越是面对外来文化的挑战，越是要努力保存与发展自己独特的文化模式。这不仅是团结本民族文化身份认同的需要，也是人类文化健康发展的需要。因为，永远只在同宗族内通婚，会弱化本族的遗传基因；永远不与外界交往接触，亦会僵化自己的文化传统。从这样理解出发，就可以明白为什么在文化全球化挑战日益加剧的今天，对保持文化多样性与有形或无形文化遗产的呼声也日益高昂。因为，没有根的文化无法生存下去。遗憾的是，我们这个悠久的文明古国，在全面拥抱全球化的过程中，却忘记了这块祖先曾努力耕耘过的土地，而去追逐天空中一幢幢大厦的高度……

（全球化与在地化之四·完）

经济改革的价值观

八大工业国首脑在法国开峰会，反全球化的示威者例牌从全球各地前往“招呼”；今年他们的行囊里，可能装着诺贝尔经济学奖得主 Joseph Stiglitz 的《全球化及其不满》（*Globalization and its discontents*）。

斯氏学而优则仕，曾任克林顿政府经济委员会顾问，亦是前任世界银行首席经济学家。在这本去年的新著里，斯氏以经济学者兼“行内人”的双重身份，痛批受美国操控的国际货币基金组织（IMF）政策是导致世界多国经济危机的罪魁祸首。国基会解决经济问题的指导思想只有一个：市场无形之手万能；拆招板斧只有两道：私有化与自由化。斯氏指，私有化与自由化固是经济改革的必由之途，然而却得按国情应形势而有缓急轻重之别，特别是碰到经济危机时，私有化与自由化绝不是治本救病之万能药方。斯氏在书中以大量非洲、拉丁美洲及东南亚国家的例子说明，过急而不分国情的私有化与自由化，只会使一个国家走向失业率增加企业倒闭经济衰退的恶性循环。遗憾的是，这恰是国基会过去这些年的做法与恶果。

最值得我们注意的是，斯氏强调政府在整个经济改革过程中，千万别迷信市场无形之手的调控作用，而应担当一个主导角色。斯氏谓，政府要明白改革的重要性，更要明白改革得按部就班。政府不仅要视改革为经济问题，更要将之视为整个社会演变的一部分。政府要认识到，经济改革要有长远的成就，就必得有广泛的支持；想有广泛的支持，就必得使广泛的人受惠。因此，斯氏特别强调政府不应因改革而忽略对社会低下阶层，特别是穷人的照顾。他说，忽视穷人的利益，不仅是个认为市场无所不能而政府插手只会越糟的观点问题，更是个我们对穷人有多关注以及谁去承受改革风险的价值观问题。

斯氏书中对我国循序渐进的市场经济改革多有赞赏。可是，当一场 SARS 暴露了我国农村医疗制度在私有化的大旗下正处于崩溃状态，农民就医难的情况触目惊心之时，我们是否有必要考虑斯氏关于政府照顾穷人利益的主张呢？

商品人

马克思在论述异化的时候指出，在资本主义制度下，“每个人都千方百计在身上唤起某种新的需要，以便迫使他作出新的牺牲，使他处于一种新的依赖地位，诱使他追求新的享受方式，从而陷入经济上的破产。”我们今天正是生活在讲究“追求新的享受方式”的消费主义时代。只要冷静地观察我们周遭的现象就会发现，不论男女老幼，人的欲望正被以各种各样的方式鼓动着、激荡着，向着一条无休止的欲望斜坡下陷，不断地求新求变；其中以广告的冲击力及影响力最大。

今天我们所身处的社会已达到这样一种地步：普天之下，莫非广告。不要说大城市那些已被熟视无睹至麻木的广告宣传，即便是穷乡僻壤也可能随时看到汽水或香烟的广告标志。这些无远弗届无处不在的广告尽管千差万别，但其实都在传递着同一个信息：赶快来满足你的欲望吧！其本质正如伯杰（J. Berger）等在《势与艺七篇》（*Ways of Seeing*）中分析一样：“广告的目的在于使观赏者对他当前的生活方式萌生不满，但并非使他不满意社会的生活方式，而是让他对此中自己的生活方式感到不满。”广告暗示给观众一个幻象：你可以拥有比眼前更美好更舒适的生活（享受）环境，只要你拥有该产品。于是人们在排山倒海的宣传攻势影响下，有意或无意地浮起各种各样的消费欲念，追求一次又一次的欲念满足；新产品不断出炉，新广告自然随之展开，人也再被告知另一种新享受，欲望之火又再被燃起……循环下去无休无止。而这正是马克思所谓的人的异化，是“精神上和肉体上非人化的存在物……自我意识的和自我活动的商品”，人成了“商品人”，“这种商品人只知道使自身与外在世界发生联系的一种方式：占有外在世界，将它消费（消耗）掉。”（弗洛姆 E. Fromm 语）

商品人是我们这个消费时代无法逃避的现象，因为我们没有权利（也不应该）阻止别人去追求美好的生活方式，但我们却应该时刻提醒自己：我们是人，不是商品的奴隶，更不是商品。

横眉·媚俗

明天便是牛年了，这叫笔者想起鲁迅先生的名句:“横眉冷对千夫指，俯首甘为孺子牛。”之所以会想起，一来因为在下也忝为“孺子牛”，对牛便觉亲切了；虽然吃的当然是草，挤出的却不一定是奶，相反有可能是毒汁呢。二来是觉得今天的我们对鲁迅先生的这对名句，往往只是着重颂扬“孺子牛”的奉献精神，却很少说到直面千夫指的“横眉冷对”。这实在有点可惜。

世纪末的今天，各种价值观正遭受消费主义商品经济的严重冲击，真个能俯首“甘”为孺子牛已属难得，似乎已不必再谈什么“横眉冷对”了。但我以为，为孺子而俯首固是不易，但挺直腰板以铮铮铁骨冷对千夫所指更需勇气。我们生存于一个媚俗的时代。铺天盖地无孔不入的传播媒介正以悦目的色彩、诱人的词句形成声势浩大的“潮流”大军，从政治取向到消费欲望，使千人一面万众一“心”；于是潮流媚俗于人群，人群媚俗于潮流。因此，米兰·昆德拉断定“我们中间没有一个超人，强大得足以完全逃避媚俗。无论我们如何鄙视它，媚俗都是人类境况的一个组成部分”。但这并不说明我们就该向媚俗屈服，特别是在大是大非的历史时刻，就更应坚持一个人的铁骨丹心。

因此，相对于媚俗而言，“横眉冷对”就是一种战斗精神，绝不向所谓的“潮流”谄媚以至屈服；而以特立独行的姿态冷对潮流的种种冲击，即便“躲进小楼成一统，管他冬夏与春秋”，起码能保有自己的自由天地，不盲从甚或顺从一切的宣传，不管是商品的或是政治的。所以，“横眉冷对”也是一种怀疑精神，对人们或大多数人视为正确、理所当然的事情不轻易地是其所是，非其所非。因为，“在媚俗作态的极权统治王国里，所有答案都是预先给定的，对任何问题都有效。因此，媚俗极权统治的真正死敌就是爱提问题的人。一个问题就像一把刀，会划破舞台上的景幕，让我们看到藏在后面的东西。”昆德拉如是说。

劏房那道门

中国人说“达则兼济天下，穷则独善其身”。窃以为这也是人性的表现：有能力时帮助救济一下他人，不做为富不仁落井下石之事，值得赞许；没能力时自顾不暇，能够自力更生不为非作歹不蝇营狗苟，已经不易。割肉喂鹰、舍身饲虎这等舍己为人的高尚情操，毕竟只有佛陀的慈悲心肠才有，我辈凡人，穷困之时，唯有各家自扫门前雪。

方今某些欧美富裕国家，民粹排外意识高涨，设身处地去想，不外是独善其身的心态表现而已。想想我们这里，不也设下许多框框条条来保障自身利益吗？总之，无人愿意自己的利益奶酪被人去动的。

问题是，在农耕社会，你家门口那一亩三分地是你的，你就靠着老天爷垂怜，胼手胝足耕种去独善其身活下去。可在当今资本肆虐时代，你手上没有任何生产资源，相反只会被资本压逼到只剩下劏房的生存空间。你想独善其身，问过资本大老板没有？

人为的政治措施可以把国界封锁，但资本的钱眼却不认国界只认生金蛋的窝。民粹排外的人搞错了，不是那些在血汗工厂备受剥削的工人令你交不起房贷，是你们自己的老板自己的政府让你流落街头；不是那些饱受极权压迫战火摧残流离失所的难民让恐怖主义变成每个人的噩梦，是因为你们授权的政客以你们的名义给别人制造了家破人亡的厄运。你想关起门来高高挂起事不关己？你授权的好战政客以你鲜血喂养的资本家也同样关起了门吗？

别傻了，看不清楚资本吃人的真相，你连劏房那道门都买不起，又能关什么门善什么身呢？

全球化的贾瑞

都说世界在向“右”转，转向保守，转向利己。表面上互通有无互补优势互助发展的全球化，只造成全球贫富两极分化加剧，恰与地球气候暖化加剧一致。全球化其实是资本全球化，以自由贸易之名横越壁垒森然的国界之墙横冲直撞，在各地狂吞猛噬，那些无法随自由资本而高飞而转变的、无法挣脱镇界城界国界限制的劳动阶层，包括原来的中产白领，便成了全球化资本魔兽口中的美食。无法受惠于全球化的人群，自然要为保护自身利益而作出选择以至抵抗。这是天性，人如是，动物如是，植物亦如是。

有识之士在忧心世界往何处去。

我这种不学无术的人当然无资格去操这种闲心，加上相信人性并不高尚，在利益面前各家自扫门前雪是一定的事，所以人类前途的事就留给咸蛋超人去费心吧。但有一点却也深信，昔日那种闭关锁国专制独裁的回头路是不可能走的了，理由很简单，由俭入奢易，由奢返俭难。全球化的资本以消费之名鼓动起塑造出享受的欲念，想要去禁制它，谈何容易；禁得一时，禁不了长久。唯有去安抚它，甚至自己被这消费欲念招安。

所以我这种人性恶论者是乐观主义者，乐观在相信以人性之自私自利贪恋享受，当他有缘一尝消费的禁脔之后，恰似是《红楼梦》中贾瑞遇着王熙凤，岂能忘记那销魂的滋味，又岂容自己返回被禁欲的专制日子呢！当然，这是否自找死路，不得而知。

其实不好笑

电视宣传说《寡佬飞行日记》（*Up in the Air*）是佐治古尼“最搞笑的爱情喜剧”，但其实此片一点也不喜，甚至是带着哀愁，纵然在荷里活（好莱坞，下同）的处理下，是淡淡的哀愁。

此片安排男主角做一份不太为人认识的工作——炒人，即帮大公司辞退员工。于是，我们随着男主角的足迹，见到了许许多多被炒员工听到被辞退消息时的反应，有愤怒，有惊讶，有冷静，有威胁，有不知如何反应，有破口大骂；也见识了许许多多被辞退人如何诉说自己不能失业的原因，要供养子女，要供楼供车，或年纪太大无法再找到工作。总之，家家有本难念的经。

我很少见荷里活片肯花这么多的篇幅去关注低下阶层的困境，显然，导演是有意让我们去面对这些失业者苦况的，因此，画面全都是正面的大头照，逼使观众直视那些彷徨无助的失意面孔。

这幅失业的图像显然是当下金融危机的真实写照，许多大公司为求自保，不惜裁员减薪，大老板疯狂投资闯下的祸，却要小职员去吞苦果，这便是世道。世道的另一面，是大公司职员面临失业惨境之时，却是炒人生意最发达时刻，一鸡死一鸡鸣，资本主义就是如此让人哭笑不得。正如当一般小投资者用自己毕生积蓄为金融海啸埋单之时，华尔街的投资大行却于当年赚个盘满钵满。若有人还要坚持资本主义的所谓“无形之手”——自由主义是最好的市场运作方式，他一定得亲自面对这些满银幕的失业者沮丧面容。无形之手其实是很专制的一双恶掌，因为它专门偏帮权贵阶级，任由低下层打工仔成为炮灰。

片中主角的任务，便是说尽甜言蜜语，让被辞退者安然接受自己的命运，避免他们做出过激行为，立心虽好，毕竟是帮凶；虽然，你不去辞退，总会有人去做。恨只恨，大公司老板连辞退工人也要找人代劳，不敢直面为自己工作了大半辈子的员工。

《寡佬》中佐治古尼所过的日子，也是非常典型的全球化白领生活——不停地在外出差，在飞机上的时间比在家的日子还要多，甚至与情人相约幽会也得排期。主角很享受这种日子，甚至暗暗定了个飞行里数的目标。他自创了个“清空背囊”的理论，说人生如果是个背囊，便要将房子车子朋友妻子家人等等负累的“行李”尽量清空，能减就减，以便轻装上路。所以他不结婚，没房子，没车子，家人也多年没联络；他什么都是租来的，连情人也最好是一夜情。影片虽然说主角到最后对自己的“清空背囊”理论有所反省，开始重视亲情甚至爱情，但却没有延伸到社会的批判。其实，资本主义的赚钱哲学何尝不是这种“清空背囊”理论呢——尽量清除不能为公司赚钱的员工，不管他之前对公司作了多少贡献，一日他不能为公司赚取盈利，便成了冗员，便要裁去。

事实上，故事主角便差点成为被“清空”的对象——只要公司研发的那套视频炒人系统运作成功，他便再不能过自己享受的到处出差生活，公司也无须要他这个炒人专家了。可是，故事的主角不会反思到这一点，荷里活片也不容许反思到这一点，因为荷里活要制作的，是一套“搞笑的爱情喜剧”，这样才能卖座。

可是，这套片其实一点都不好笑，细心看看，到处都充满着悲凉。金融危机下的失业狂潮、全球化下的以飞机为家的生活；甚至连炒人，也要逐渐淘汰面对面的接触，改以远程电脑视频代替。到处都充满着冷漠的空气。“清空理论”到最后，只剩下金钱无情的干笑声。

吃

今时今日，打开媒体，从报纸电视电台以至互联网，从食经专栏到烹饪节目到美食专辑，都在谈吃；谈吃不足，更以“吃”为主题，制作影视剧集，从天才小厨师到食神到浓情朱古力，一个“吃”字也道尽世间的种种色相。至于现实生活中，“得闲饮茶”、“几时约出来食饭呀”之类的话已成了熟与不熟的朋友间表示友谊的间接方式——曾几何时，相约吃“私房菜”似乎是小圈子好友的“亲热”活动。

从来是“民以食为天”，但如此铺天盖地地谈吃讲究吃炫耀吃，千古应是头一回。“吃”成了当代流行文化的重要主题之一。

古人也讲究吃的。《红楼梦》里的饮和食，单是茄鲞一道菜，已够刘姥姥摇头吐舌高呼“我的佛祖”去赞叹一辈子了。只是那时毕竟像刘姥姥一样的穷人多，能吃顿安乐饭已是万幸，哪有许多闲时闲钱像贾家般讲究。今天可不同了，当下是全民谈吃，全民找吃，全民狂吃。君不见本澳某食肆经香港“食家”品评后，立刻其门若市，要轮候个多小时才能入内。

“吃”之成为流行，当然是因为今人的经济水平比古人大为提升，在消费主义的强风吹刮之下，自然人人俯首称臣，“按图索食”，趋之若鹜了。但对我这样一个只讲求饱肚，不在乎美食的粗人来说，排队一个小时苦等去吃一碗面，万水千山不辞路远去试某一道菜，是万万不会做的，甚且觉得今天这些对吃的宣传与讲究，有点太过分。再想想，在当今的消费文化中，一方面猛教人瘦身减肥，一方面又图文并茂讲饮讲食，如此矛盾的一对竟然能够并行不悖地流行，这到底是消费符号的幻觉，还是消费者的理性选择？我甚至认为，这不过是消费文化下，自我寻求集体认同的方式。因为当人人谈瘦身、谈美食时，自己竟然“搭唔上嘴”，这何异于“自绝于人民”？谁可以承受这种“群众压力”？

品味与吃

我不知道“品味”这个词是什么时候出现的，不过，从这个词的字面意义来看，一个有“品味”的人，肯定是个懂得吃的人;不知“味”之人，直是个无“品”之人了。而一个讲究“品味”的时代，一定是个讲究吃的时代。当今社会，不正处处标榜与出售品味与吃吗？

无独有偶，英语 taste 一词，既可解味道、滋味，亦可解鉴赏力、审美力。可见东西方的所谓文化差异，原来不是想象中的那般大。世界大同的理想，早已在品味与 taste 的口腹之欲中实现统一。

所以，方今要想做个有“全球化视野”兼有品味、有 taste 的人，他必得游遍世界，也必得食遍世界。异国他乡的文化冲击与原汁原味的美食佳肴，通过眼睛与嘴巴为媒介的导赏，人文性灵与口腹之欲轰然相碰，合而为一。那个灵欲交欢的时刻，才让他真正领略到异国的立体与丰满，也拓阔了他行囊中全球视野的景观。品味与 taste，随着风尘的散落与美食的消化而发酵出醉人的色香来了。

即使无缘飞往外地，食物也是认识异国的一个途径。像罗兰·巴特（Roland Barthes）笔下充满符号学意义的日本食品。当然当然，这里边充满着文本的“误读”，像唐人街的糖醋排骨与澳门街的葡国鸡，永远无法让人真正认识中国与葡国。问题是：什么是正确的解读？当全球化的后现代是个拼凑的大混酱之时，问“什么是正确”之类的问题，十足十是个混球了。

总之，“懂吃就是懂品味了”，全球化的后现代消费主义已从这个信念赚得盘满钵满。但对我这个只求吃饱不懂美食更不懂品味的人来说，最印象深刻的“吃”，是王一生的吃相：“拿到饭后，马上就开始吃，吃得很快，喉结一缩一缩的，脸上绷满了筋。常常突然停下来，很小心地将嘴边或下巴上的饭粒儿和汤水油花儿用整个儿食指抹进嘴里。若饭粒儿落在衣服上，就马上一按，拈进嘴里。若一个没按住，饭粒儿由衣服上掉下地，他也立刻双脚不再移动，转了上身找。”《棋王》里说：“他对吃是虔诚的，而且很精细。有时你会可怜那些饭被他吃得一个渣儿都不剩，真有点儿惨无人道。”所以，在讲饮讲食的当代，王一生肯定是个无品味的人，供有 taste 的人嘲讽。

数据主义安慰剂

Facebook 近来深陷泄露用户私隐的丑闻之中，人们质疑 FB 到底有否尽力保护用户资料。说句马后炮，我一早就不信 FB，或任何要用到互联网的网站或社交媒体，会用心保护私隐。对他们而言，用户资料是用来交易的货币。原因很简单，某天我刚在一个网站查完新加坡酒店的资料，去刷 FB 时，那个之前从未出现过的网站以及新加坡酒店广告就显现在我的时间在线。看到那个广告时，我有一瞬间是呆了：不会吧，这么快！我才刚看过房价呀！之后我意识到，在这个互联网中，我其实是赤条条的：我在浏览器上所做的每一个动作，均已被大数据监控中。在网络海洋，我以为有电脑做海水遮掩自己赤裸的身躯，但其实在网海深处，一个个大数据监控点已把你看得一清二楚，还贴心地为你提供“服务”。

大数据对人类的影响可以有多大、多危险，以色列学者哈拉瑞在《人类大命运》一书中已有描写，有兴趣的朋友可以一读。这回导致 FB 陷入丑闻的剑桥分析公司，正式在一般公众面前，揭开大数据分析丑陋的一面：控制人类情绪、意向。剑桥分析公司就是透过分析 FB 用户的喜好，有针对性地向其发放文宣，操控选民投票给幕后的委托人。选民以为那神圣的一票是自己理性选择的结果，现在剑桥分析告诉你：错了，那是我引导你得出的结果！

启蒙运动曾以人类的理性自豪，到 19 世纪末被现代主义者狠狠打了一巴：人还有非理性的一面的，包括直觉、性欲和无意识的领域。到了这个哈拉瑞称为“数据主义”的时代，包括直觉、性欲和无意识领域的非理性情感，也被精细分类的数码信息狠狠打了一巴：别太自 high 啦，那是我喂你吃的安慰剂而已！

网络异托邦

上周电讯公司的固网互联网“断网”事件，持续几个小时，影响三万多人，连邮电局长也成了“受害人”，网上网下骂声一片。的确，在一个手机不在手会心慌慌的时代，“断网”除了会影响无法计量的经济活动外，更大的是用户心理影响，这或许是事件为何会一面倒备受批评的原因。

长时间断网的最大影响是使用户陷入资讯的孤岛，他无法与人联络，也无法得知网外情况，仿佛一个明眼人进入漆黑而又无边际的空间，或是航船迷失在茫茫大雾的海上，那种由此引起的无形焦虑与彷徨，肯定是公众猛烈口诛笔伐的催化剂。

从哲学上讲，当代由互联网链接起来的社交媒体虚拟空间，可能恰正最符合半世纪前法国大儒福柯所描述的“异托邦”(heterotopia)，尤其是与福柯用作比喻的镜子“异托邦空间”相似，即:“我发现自己并不在我所在的地方，因为我在那边看到了自己。从这个可以说由镜子另一端的虚拟的空间深处投向我的目光开始，我回到了自己这里，开始把目光投向我自己，并在我身处的地方重新构成自己”。社交媒体空间像镜子里面的空间一样，都是虚拟的，人们在那里“看到”自己，呈现一个“真实”或希望别人以为是“真实”的自己，并通过各种互动(按赞或𠱁𠱁)重新构成自己(的形象)。对某些人而言，社交媒体使他们变成希腊神话中的纳西瑟斯（Narcissus），迷恋着自己湖中的倒影（网上形象）而不能自拔。“断网”使一个耽美少年无法照镜子、见不到自己的形象几个小时，真是是可忍孰不可忍呀！

后真相

后真相（Post-truth）成为《牛津词典》“2016 年度英文词汇”，意味着“相对于情感及个人信念，客观事实对形成民意只有相对小的影响”。客观事实不能压倒妖言邪说，反而是信者恒信、不信者恒不信的依情感与信念行事的顽固偏执 / 择善固执获胜，这难道便是传说中的“多元”时代？

什么是真相 / 事实？由柏拉图著名的洞穴寓言开始，千百年来，聚讼不休。互联网时代会告诉你，所谓真相 / 事实，就是电脑算法，你 Google 查询的结果，你 Facebook 看到的帖子，都是经大数据分析后按你喜好送上的。这些电脑算法，像极君王旁边的谗臣小人，专门报喜不报忧，挑主子喜欢听喜欢看的上呈。这位主子会否因此成为昏君？“后真相”一词告诉我们：会的，起码对社会事务的意见，大部分人是跟着被算法塑造出来的感觉走的。

四十多年前，美国学者伊罗生（H. R. Isaacs）已预言般地描绘出当今现况：“人类的科技越来越全球化，政治却越来越部落化；人类的传播系统越来越普及化，对于该传播哪些东西却知道得越来越少；人类离其他的行星越来越近，对自己这颗行星上的同类却越来越不能容忍；活在分裂之中，人类越来越得不到尊严，却越来越趋于分裂。面对世界资源与权力的前所未有的激烈争夺，人类社会正把自己撕裂，撕裂成越来越小的碎片。”

这分裂的碎片，便是藏身电脑算法洞穴中以同温层言论取暖的“后真相”时代的我们。

后生可畏

后生可畏，是先贤为我们总结出来的经验教训。差不多的一句话，是“宁欺白须翁，莫欺少年穷”，我做过几年“人之患”，看学生的事业发展，深感此话是颠扑不破的真理。少年人可能一穷二白，但他有着一个天然优势：时间。人会老死，一代新人埋葬旧人，虽帝皇将相，莫能避免，此所以伟大领袖说世界“归根结底是你们的”。

遗憾的是，世代积累下来的智慧结晶，却往往被讥为老生常谈，像糟粕般弃之不顾，尤其像我们中华文化，崇尚尊老敬老，对于年轻人，一句“嘴上没毛，办事不牢”就打发掉。可惜，今时不同往日了。

农业社会，耕种方式历五代人可能都没变过。方今时代，只要对比一下十年前后手机功能，以及手机里的电子支付应用程式，便知变化之速度。更不要说脸书教主祖克柏（扎克伯格）二十岁创业的神话了。

在刚过去的 2017 年，人工智能电脑 AlphaGo 打败人类围棋高手（提一句，代表人类的围棋九段柯洁也才二十岁），英国著名的牛津辞典选出“youthquake”（青年震荡）做年度词汇（Word of the year），指年轻人的行动对文化、政治、社会造成的重大影响。我不知道许多年后历史学者会否把这两件事联系来谈，但我看到以往重视的经验累积与学习，在人工智能面前已变成轻而易举之事（据维基百科介绍，从业余棋士的水平到世界第一，AlphaGo仅仅花了二年左右）。有了人工智能之助，皓首穷经之类的努力将成为历史，年轻人将以更快的速度追赶上前辈，并且带领方向，几无异议。从社会新陈代谢来看，这是健康之象，值得期待。

从万圣节说到狂欢节

日前 facebook 被朋友们万圣节的派对装扮“洗版”，惊觉再一个西方节日成功植入本地。当然，跟情人节、母亲节或圣诞节一样，万圣节同样逃不掉资本无孔不入的侵蚀，变质成消费商业活动。圣人不见，哗鬼乱舞，节日原有的宗教严肃性，早被奇装异服“扮鬼扮马”的派对气氛冲淡得一无所有。

这一切，不过三个字而已：钱作怪！

马克思在《1844 年哲学和经济学手稿》中引莎翁《雅典的泰门》名句：“金子！黄黄的、发光的、宝贵的金子！……这东西，只这一点点儿，就可以使黑的变成白的，丑的变成美的；错的变成对的，卑贱变成尊贵，老人变成少年，懦夫变成勇士。”之后自己也用诗意的笔触申论道：“货币也是作为这种颠倒黑白的力量出现的。它把坚贞变成背叛，把爱变成恨，把恨变成爱，把德行变成恶行，把恶行变成德行，把奴隶变成主人，把主人变成奴隶，把愚蠢变成明智，把明智变成愚蠢。”宗教节日变质成消费派对，便是证明金钱“颠倒黑白”力量的最佳例子。事实上，去年美国的万圣节消费已达九十一亿美元，是美国人花费支出最多的第三大节日。

庆幸的是，我们的盂兰节暂未受此消费模式“污染”，否则农历七月见到一班黑白无常阎罗判官到你家拍门，能不被吓死？当然，以咱们中国人灵活多变的生意脑袋，虽然传统节日插不了手，但可以自创一个新节日呀——是的，就是那个即将来临、百分百Made in China自主创新的"双11"购物狂欢节！

说到狂欢节，我们文学人最易联想到俄国理论家巴赫金那大名鼎鼎的狂欢节研究。巴赫金指出，中世纪的狂欢节"与严肃的官方的（教会和封建国家的）祭祀仪式和庆典有着非常明显的，可以说是原则上的区别"。简单来说，就是"与官方节日相对立，狂欢节彷佛是庆贺暂时摆脱占统治地位的真理和现有的制度，庆贺暂时取消一切等级关系、特权、规范和禁令"。狂欢节的诙谐、戏仿、滑稽以至粗鄙，就是对严肃神圣的权力结构的反叛；广场上全民参与的狂欢共乐，就是对森严的阶级秩序与礼仪规范的破坏。相对而言，今天的节日购物狂欢，虽然消解了宗教神圣权威，却使人落入资本宰制的消费陷阱。看来，金钱把狂欢的反叛性也"颠倒"了。

唯一仍保留的狂欢节特色是奇装异服。巴赫金说："换装，即更新服装和自己的社会形象，是民间节庆娱乐必备的因素之一。"不过，狂欢节的换装是对国王、主教等权贵的戏仿与嘲讽，今天的"扮鬼扮马"却不过是求开心过瘾，性质与功能不可同日而语了。更要记住的是，今天的节日变装派对与消费，是阶级的象征与体现，跟狂欢节要打破阶级樊篱的用意又"颠倒"了！

辑 二

读书随想

读柳苏《香港文坛剪影》得知，1957年版的《鲁迅全集》中关于叶灵凤的注文是“叶灵凤，当时虽投机加入创造社，不久即转向国民党方面去。抗日时期为汉奸文人”。而1981年版的注文删去了“投机”、“转向”和“汉奸”等文字，而改为：“叶灵凤，江苏南京人，作家，画家，曾参加创造社。”摘去了“汉奸”帽子……何其天壤之别！我不禁想起乔治·奥威尔《一九八四》中的那个纪录司。在那里，历史可以随意改写，“凡是与当前需要不符的任何新闻或任何意识，都不许保留在纪录上。全部历史都像一张不断刮干净重写的羊皮纸。”《鲁迅全集》也是一张羊皮纸吗？当然，叶灵凤的“冤案”由于内里很多症结不为外人所知，我们不好评说，可是，我却由此想到：历史，该如何写？

我常常怀疑自己是否真的认识了眼前的现象世界；现象世界作为时间与空间的存在，它所呈现的真实可信性有多大？不知道谁说的这句话：不是人创造了世界，是文字创造了世界。细细思量，深觉这句话的分量沉重，它涉及人们一直孜孜以求的“真”的问题。试想想1957年的中学生看了关于叶灵凤的那条注文，和今天的中学生看现在的注文，他们对叶灵凤的态度、观感会如何？由此引发的对与叶灵凤有关的人和事的态度、观感又会如何？……我实在不敢想象。此时此刻作为一种存在，是由无数个昨天走来的；此时此刻的一切知识，也是由无数个昨天积累来的，时间是一条无限延伸的横轴，知识则是一条不断沉淀的纵轴。今天的我们就在这个由时间与知识构成的空间里定位——了解过去，计划现在，预测将来，形成各自的人生观、世界观，决定自己的行为方式、处事态度，甚至该如何接吻，该如何做贼等等诸如此类的行动模式。知识大都靠文字记录，我们也绝大多数靠文字来学习知识，再把所获得的知识综合、整理，得出一个理念来指导我们创造世界（包括客观的实践改造和主观的玄思冥想），指导我们对真、善、美的终极追求。因而在思辨的层面上。我们不得不承认，是文字创造了世界（事实是文字说明我们认识的世界）。

历史书，作为真实事件的文字叙述文本，代表着我们认识世界的某种依据。可惜，叙事者却是人，而人，总难免因各种原因（政治、经济、阶级、意识形态等）而起爱憎好恶以至歪曲诽谤。那么，如何才能有一本人为而又接近历史真相的文本呢？要回答这个问题非我力所能及，或许，只有如刘勰所说的“折理吞正，唯素心平！”此所谓“素心”，就是要历史的叙事者们明白，他们白纸黑字记录下来的东西，在后人看来，几近真理，换言之，真理掌握在历史叙事者手中。秉此“素心”，即使不能达至真理（事实也不可能），但若能贴近真，庶几可矣。

史之为任，诚如刘勰所论“乃弥纶一代，负海内之责，而赢是非之尤。秉笔荷担，莫此之劳。迁、固通矣，而历诋后世。若任情失正，文其殆哉！”

我们不要随意涂改的羊皮纸，要亘古不变的真理。

历史三题

一、见证历史

在“见证历史”当儿，我想追问的是，在这段时间过程中，我“见”到了什么？我“证”明了什么？“历史”又是什么？之所以有这些疑问，是因为越来越多的阅读经验告诉我：所谓的历史“真相”并不存在，有的只是一批权力话语在你争我夺。归根结蒂，所有历史书写都是符号书写，不管它是传统的文字文献、遗迹或者今天日益蓬勃发达的影像图片。而只要是符号，则必然有遮蔽性及其背后所体现的权力。前者的例子可以举日本的教科书把侵略中国篡改成“进入”中国，妄图以此遮蔽其国人的历史认知；后者可以交通符号为例，我们可以想想：假使没有法律及警察武装的权力以作威慑，有谁会在红灯前把车子停下？正因为符号本身的遮蔽性及外部的权力左右，使我们无法真正地认识历史原貌。所以有人说，所有的历史都是当代史，我把它理解作所有的历史书写均决定于书写者的当时识见及其在当代权力网络中的定位；我们无法超越本身的时代局限，更无法摆脱权力网络对我们的掣肘。一句话，我们总得有自己的立场，而立场便是遮蔽。这是很叫人可惜的事。同时，一本历史书写文本的出版，不管是以何种形式与命名，都是一种社会生产，那么在生产过程中种种互动变化更不是书写者本人可以控制得了的。

所以，就以上的提问而言，我们现在可以修正作：我们能够见到多少真相？我们能够证明多少真相？历史是否就是真相？请不要怪责我的咬文嚼字，受骗的滋味不好受，求真更是人类的崇高理想。不相信历史书写的真实性并不能否定真实的历史存在，更不是走向历史虚无的深渊，它只会告诫我们，惊醒我们：切勿轻信。

二、历史的无用之用

“告诉我，爸爸，历史有什么用？”法国年鉴史学派大师马克·布洛赫的小儿子问他父亲。

不知道我的女儿日后会否问我这个问题，幸好我不是历史学家，不用像布洛赫般写一本《历史学家的技艺》去回答。然而，因为喜欢读历史书，我或许会跟女儿说：

历史真的没什么实用性，无法帮你赚钱，无法替你找到真爱，无法教你成功方程式。喜欢历史，多读历史，充其量是像中国历史学者茅海建说的，视野的放宽，距离的拉长，会给历史学家另一种价值观。这种价值观体现在，因阅读历史著作而放宽的视野，因纵观上下五千年而拉长的距离，让我这种读者，在面对当代事件时，有一种“澄明的淡定”态度——以历史长河的观点视之，任天大的要事，不过滔滔江河中的一道浪花而已；古今多少事，都付笑谈中。

历史就像怡红院里的宝二爷，除了多情外，于世无用。所谓鉴古知今，那是骗书呆子的话，因为统治者都不信不理不顾不屑历史教训的话语，或者，都认为自己是历史的例外，所以我行我素视被治者如刍狗，所以一朝又一朝野心家你方唱罢我登场，只有那些迷信鉴古知今的人永远被奴役着。

而历史的无用之用在于，让好此道者在被奴役时自我麻醉，减轻痛楚，而已。

三、历史既视感

澳门艺术博物馆举行“大阅风仪”展览，展出清代皇家武备，包括多把刀剑。那天参观时，赫然发现有一两把刀刀身上似乎仍留着血渍。为怕自己搞错，我特意细心多看几遍，颇肯定那是血渍，不像是铁锈。

当肯定是血渍时，我很震惊，一下子从看艺术品和文物的悠闲雅致心情，拉回到血腥的现实世界，意识到自己正在看的这把刀是武器，无论它的配件如何华贵，工艺如何精美，置人于死地才是它诞生的目的。而那些斑斑血渍告诉我，它不仅用作荣耀装饰，更是实实在在曾经白刀子进红刀子出的利器。那些血，可能来自动物，可能来自人类，不管如何，这是把名副其实的凶器。几百年后，当它以文物的身份被人横放于严肃堂皇的展览厅里供人瞻仰，摆脱了狩猎森林和动物尸体，又或者，征伐沙场与敌人骸骨的背景，仿佛获得了某种合法的光环。我们都有学习一种叫做“历史”的东西，但什么是历史？是几个成王败寇的一仗功成万骨枯，还是苹果跌下来的天才创意发现？直到看到这把染血的刀，我才醒悟到，哦，这就是历史。

历史当然沾满血，这是毋庸矫情感叹的，只是生于和平年代的我们，猛然于一个展览厅昏黄灯光中辨认出杀戮的血渍，仿佛时空穿越般的既视感幻觉，真是把几百年的历史，历现于一刹那之间，心头不禁一股寒气冒出……

坚忍

坚忍似乎是不分种族文化都提倡的美德。

中国历来有“卧薪尝胆”、“韩信胯下受辱”的故事，宣扬的都是“君子报仇，十年未晚”；至于孟子的“天将降大任于是人也，必先苦其心志，劳其筋骨，饿其体肤，空乏其身，行拂乱其所为，所以动心忍性，曾益其所不能。”更成了许多仁人志士自我鼓励的名言警句。

许多宗教亦鼓励信徒忍耐现世的苦难，并许以死去或来世的美好生活作愿景。

总之，能默默苦守就是好，怨天尤人发牢骚就是不好。

然而，细想这些故事与箴言，其实都很可疑。像卧薪尝胆、韩信受辱之类，其实都是事后诸葛的总结。历史书总是写成王败寇的故事，成功人士发迹前的受苦受难是坚忍坚毅的美谈，但历经艰苦失败收场的人似乎只能感叹时不我与；这种感叹也只有上位者才有资格发，普通人是任你如何高呼“歹命”也无人理睬的。再看看那些深信宗教的来世承诺此生饱受欺凌困厄任人鱼肉的低下阶层，你更会怀疑所谓“坚忍”到底是一张无法兑现的空头支票，还是教人忘记反抗的迷魂汤？

有人说，宗教是鸦片，坚忍似乎也是。

坚忍不坚忍，其实看性格。有些人快意恩仇，喜欢我行我素，要他忍，是绝无可能的。有些人内敛韬晦，城府深沉，坚忍是他的本性，自然一点都没问题。在现实社会里、在历史书写里，后一种人较受肯定。

我们不是常听人说：你年纪也这么大了，怎么还不成熟？这里的“成熟”，其实便是接受社会化的规矩，要沉实、稳重，更要坚忍，识得睇眉头眼额，忍气吞声就最好。

这是种很吊诡甚至变态的现实和历史现象。多少改朝换代，都是由不甘坚忍的人去推动的；多少主义新潮，都是由不满陈规的人去改写的；多少创新发明，都是由不依旧制的人去实践的。这些人的特点就是不满现状。我们的生活教条一方面叫人坚忍现状，另一方面却又鼓励人去变革求新，这种情况不是神经错乱是什么？

那些愿意坚忍吞声的人，不管他们是否自觉意识，其实背后都潜藏着同一信念：我的人生是一定会改善变好的。如果没有这信念，他们愿意坚忍的理由便无从理解了——那些信徒也是因为有了末世来生的美好愿景才肯坚忍的呀。此外，坚忍者还得有另一个假设：生命足够长，可以等到守得云开见月明的那天；否则苦难未到尽头，生命的灯火却已熄灭了，那坚忍又有何意义呢？

当然，许多所谓坚忍是逼于无奈委曲求全。所谓形势比人强，多少人纵使心有不甘，在独力难支之下，惟有哑忍下去。这是社会化常识教晓我们的“生存哲学”。然而，却有少数人选择“宁鸣而生，不默而死”，面对高墙也愿以鸡蛋之身去硬碰，这些人我们会称之为先驱、英雄、烈士。

所以，坚忍不坚忍绝对是个神经错乱的问题，美德云云更是可疑。我相信性格决定命运，因为性格先决定你是否愿意坚忍，而高墙与鸡蛋会有不同的命运走向。

马后炮与马前卒

文化史大师巴森在总结西方中世纪以来的文化生活时谓："一般以为，凡为历史记载成大事的事件，当时之人自当知悉，其实纯属无稽；因此整体而言，历史对过去的看法较为持平，正为此故。任何时候，对于任何过去或当前的事体，一般人知悉的多寡，往往因潮流而异，凭几率而增减。"此中国人谓当局者迷也。真的，谁会知道此刻在不知名爪哇国拍动的蝴蝶翅膀可以引发一场风暴呢？历史书写都是后知后觉的马后炮，可以做心灵鸡汤补补脑，却没有定律教你计算规划下一步如何。若硬要有一条鸡汤式定律，则曰：多行不义必自毙！至于此毙要多少年多少代方得圆梦，似乎只能以跟他斗命长来自勉。

历史大事的记载因潮流、凭几率，城市兴衰亦如是。16世纪时，当威尼斯城万邦来朝、客商云集之时，今天的国际大都会纽约才刚有欧洲殖民者的足迹；同一时期，前来东方的殖民者与传教士，必然带着一张标有"Macau"位置的地图踏上万里航程，但如今世界地图上的"Macau"安在哉？至于中国史里，当洛阳、长安雄视天下时，今天的北上广算老几？

所以，the city is dying 一点也不奇怪，只是身在当中的人执迷不悟而已。看看来时路，可知一切荣耀并非必然，多少机遇，多少巧合，才构建出历史浮沙上的几行文字。当时势的潮流改道，有心人纵想力挽狂澜，也只是徒然挣扎而已。当然，不必急于做犬儒避世的结论，反正历史都是马后炮，局中人也无须顾忌太多，顺心而行，尽力而为，做良知的马前卒去吧。

好家伙做坏事

德拉坝的梅达多子爵参加对抗土耳其人的战役，不幸被炮弹击中，身体被炸成两半。经过神奇的救治过程，这分成两半的身躯竟各自奇迹地生存下去。然而最神奇的是这两截身躯各自拥有极端的性格。右边的子爵极端邪恶，是个坏家伙；左边的子爵却极为善良，是个好家伙。坏家伙变态地将可以斩切的动植物都分成两半，兼且杀人如麻，作恶多端，德拉坝的平民害怕他，也憎恨他。好家伙完全相反，他把自己奉献给一切善行，照顾弱小，关切苦难；坏家伙犯下罪过的残局，就是他普施善心的地方。自然地，德拉坝的平民都感恩于好家伙。然而，好家伙不是处处受欢迎。以刻苦工作以获取收成而著名的胡格诺人就不喜欢他，因为好家伙责怪他们把黑麦的价钱定得太高，令穷人无法买到，又到处说胡格诺人的不是，令他们做不成生意。德拉坝的麻风病人也不喜欢好家伙。他们被隔离在麻风村里，整日过着唱歌跳舞寻欢作乐的生活。好家伙无惧传染，经常去探望这些病人。起先，麻风病人很感激好家伙的关心，可是后来却越来越讨厌他了。因为好家伙不停地说教劝他们放弃原来淫奢逸乐的生活。病人们在好家伙的道德压力下屈服了，但随之却要面对自身麻风缠身的悲惨现实，一个之前被终日作乐而忘掉的现实。麻风病人抱怨说：“在这两半之中，好家伙比坏家伙还要糟糕！”最惨的还是坏家伙的禁卫队。坏家伙派他们去杀好家伙，但禁卫队却想乘机起义，推翻坏家伙，拥戴好家伙为王。谁想好家伙不仅反对禁卫队的主张，并劝他们说："我们目前唯一的救赎之道，就是以德报怨，在他面前树立善良的典范……"？听从好家伙劝告的禁卫队回去见坏家伙，却被后者毫不留情地杀了。好家伙只能带着鲜花到墓前致敬。

这是卡尔维诺《分成两半的子爵》里的故事。近日美国人为应否拔去一个植物人的维生设施而展开争论，最后要由法院判决让其自然死亡，因为这是病人自己清醒时的愿望。由这件事，想到卡尔维诺的故事，想到好家伙的作为。善良当然好，但善良被发展作道德武器的时候，善良也会做坏事，像那些麻风病人的痛苦，像那批禁卫队的冤魂，还有，像那个植物人康复无望却被伪善的道德伦理苟延着生命……

后记：日前，该植物人已去世。

记忆，可以吗？

人可以复制，然而，记忆可以吗？没有了记忆，没有了双方共患难同风雨的经历，那么，复制技术再先进，也不过多了个镜中的幻象，多了个与你再无精神联系的陌生人而已。有人说，想复制已去世的儿子。可是，这个复制人真的是他“那个”儿子吗？这个长得一模一样的人会长成他原来的“那个”儿子吗？不会的。因为，不同的经历造就不同的性格与情感。某个人可以复制，造成某个人今天这种性格与情感的环境与经历却无法复制。既如此，他就不会是原来的他。最重要的是，记忆无法复制。没有了共同的记忆，也无所谓感情了。因为，一个对你毫无记忆的复制人，即使是跟你见他最后一面时完全相同，你们之间还是陌生的。而陌生，是谈不上感情的；没有了感情，复制个人来干什么？胡适夫子谓爱过方知情重，陌生人是无法理解你的情重的，更无法与你重温旧梦的。没有记忆的爱，只是个空洞的名词。那些嚷着要复制人的理由我都不能接受。说同性恋者、不育人士想要有孩子，这世界有的是孤儿等待领养呢；说他们想要自己的“亲生骨肉”，如果血缘关系真的如此重要，那么这世界也有的是精子银行与“代母”呢。说这是医治人类恶疾而需要的，可要牺牲一个人去成全另一个人，这又是什么逻辑？而且，人要那么长命来干什么？说因为怀念某个已去世亲人，想复制让其重生，更是荒谬，理由正是上面说的：记忆不能复制，情感不能复制。怀念之情固属可悯，可为什么就不能让它藏在脑海中酿成醇美的回忆之酒呢？为什么要弄出个熟悉的陌生人呢？

不过，未来真的不敢想象。上世纪的赫胥黎《美丽新世界》里有试管人类，可控制其阶级身份。21 世纪的复制新世界，说不定所有的回忆都由电脑编码，有兴趣的人可向一间叫微软的公司订购安装，或者，自行编写……

未来日记

又一年了，不经不觉21世纪又过了一半。踏入新年，我的心既喜且忧，真不知会发生什么事情。

喜的是爷爷后天就出世了。他老人家生前对我百般疼爱，这次复制再生，我一定要好好照顾他，以回报他对我的恩情。另外我家那只小狗阿斑快死了，实在是好消息。这只阿斑是复制犬，自小伴我成长，可惜近年老了，已不能陪我跑步。我已取了它的DNA，等它一死，立即再去复制，那么我可以重新拥有可爱而又健壮的阿斑了。求求你，阿斑，快点死吧。

不过，我妈我爸就真叫我担心。我妈今年升高中了，有许多人在追求她。我妈也看上了邻居志成的爸爸，他们是同班同学，又都是生物小组的活跃分子，两个人很投契呢！我爸当然不高兴，说当初复制我妈，就是因为深爱着她，不忍看她就此长埋地下。原打算等妈妈长大后再续前缘的，怎料到妈妈竟另有所爱，他说这是红杏出墙、背夫偷汉。可是妈妈反驳说，以前是以前，现在是现在，复制已是再生了，当然要过自己的新生活了，怎能任由爸爸主宰。

可怜的爸爸除了感情受挫外，更有性命之虞。最近医生发现他有肝癌。本来这没有什么大不了，因为爸爸早已复制好个替身，以防有恶病时可做器官移植。谁知替身爸爸知道后非但不肯做手术，还扬言说要杀死爸爸。他凶神恶煞般地对爸爸吼道："你已经七十几岁了，我才十八岁呀，怎么要我死而不是你死？我当初没要求你复制的，我亦从来无答应你切个器官给你的。既然现在我有生命，你休想轻易毁了我。跟你说，这件事，不是你死，就是我亡！”虽说可复制重生，但爸爸说那是另一个他了，怎及自己长命百岁好，所以坚持要替身做移植手术。现在事情僵持着。唉，两个人其实都是我爸爸，虽然替身爸爸比我还年轻，但他毕竟跟我爸一模一样呀！我也不知道帮哪一个好。

本来我打算下星期到复制公司预订复制个替身的，看现在这乱糟糟的情形，我实在怀疑，到底好不好复制呢？

邪恶的诚实

所谓“马基雅维利式”的人，就是不择手段以达目的的阴险人物，但当你真的看了马基雅维利的《君主论》之后，会发现他是诚实得可爱的政治人物，或者说，人性专家。没错，马基雅维利说：“君主必须是一头狐狸，以便认识陷阱，而同时又必须是一头狮子，以便使豺狼惊骇。”又说：“君主必须深知怎样掩饰这些兽性，并且必须做一个伟大的伪装者和假好人。”可是，他也一再强调说：“一个人如果同人民对立，而依靠贵族的赞助成为君主的话，他头一件应该做的事就是想方设法争取人民。”又说：“君主必须同人民保持友谊，否则他在逆境之中就没有补救办法了。”总的来说，马基雅维利认为君主在夺权的时候可以心狠手辣，但在统治的时候最好还是慈悲为怀。

马基雅维利的理论是他十几年外交官生涯的经验之谈。他看透了人性，也看透了人们对权力追求的欲望，用最实在的语言告诉君主该如何去夺权，和该如何维持权力。在道德家眼中他可能不是个好人，但他最少是个诚实的人，此在于他毫不掩饰的对争权夺利的实战操作指引。研究人类近亲黑猩猩的美国动物学家德瓦尔（Frans de Waal）就认为，相比起黑猩猩社会明目张胆的对权力的渴求和争夺，现代的政治候选人都不愿承认自己的权力欲望，他们总是把自己塑造成公仆的形象，参与政治只是为了振兴经济和改善教育。有没有人听过候选人承认自己想要权力？“公仆”一词显然是自欺欺人：谁会相信政客挺身加入现代民主的泥巴战，只是为了人民的福祉？事实上，相比马基雅维利，五百多年后的现代政客在政治上的狡猾与贪婪，绝对比前辈们有过之而无不及。

流芳百世与遗臭万年

名字是很神奇的符号。

街上碰见多年未见的老师或同学，他居然叫得出你的名字，你会乐上一阵子，尤其你不是成绩出众的那位。为什么呢？

杜甫咏诸葛亮“功盖三分国，名成八阵图”；辛稼轩感叹“了却君王天下事，赢得生前身后名。可怜白发生！”谈的都是同一回事，四个字：扬名立万。中国传统有“三不朽”：立德、立功、立言。什么会不朽呢？当然不是肉身，而是名字。

肉身会腐坏，灵魂摸不着，千古之下，只有名字通过德、功、言而被传下来。不论东西方，各族人民不约而同地会以神话、传说、故事、史籍、牌坊、碑铭之类的载体，把一个又一个的名字记录下来，流传下去，这实在是件很奇妙的事。

流传下来的名字有两种，就是国人说的流芳百世与遗臭万年。名字有芳、臭，乃因后人对名字主人的言行有好、恶，极端的事例便是“人从宋后羞名桧，我到坟前愧姓秦”。所以中外一体，个人也好，商号也好，都注重自己的“名声”，reputation；现代人更先进，若认为某人损害了自己的名声，可以诽谤罪将对方告上法庭。

正常人都希望自己即使不能流芳百世，也绝不能遗臭万年。虽然说“善恶在我，毁誉由人”，一般人还是在意别人的风评物议的。所以我觉得“名声”，尤其是“身后名”，是另类的道德戒律，规范着一个人的言行举止；因为稍一不慎，会有“身败名裂”之虞。也因此，若有大人物不理声望毁誉而一意孤行，我认为是很可怕的事：连历史审判都不畏惧的人，什么事不敢干呢！

好人总是自以为是

一、键盘上的恋人

有本书名《好人总是自以为是》，这个题目放在当下“后真相”全民键盘评论员年代，实在太有警世味道了。

好人，首先是其自我认知为好人；好人所为之事，当然是好事，好事当然应该执着坚持追求；越是在劣境中执着坚持追求自以为的好事，当然越证明自己为好人，虽千万人吾往矣的绝种好人！如此循环论证，好人迟早会认为自己是伟人。

揆诸现今网上网下的键盘评论员，谁个不以为自己是真理在握的好人？谁个不以为自己在为真理而奋“键”疾书？问题是，好与坏总是相对的，你之蜜糖，他之砒霜；你之真理，他之歪理。遗憾的是，因着社交媒体上言说的自由与方便，方今是好人尽出，对手该批抵斗，众声喧哗。

法国大儒罗兰巴特在名著《恋人絮语》中，对恋人之间的争吵有非常抵死的比喻：“并不是要倾听对方的意见，而是本着平等的权利分配语言商品。双方都知道他们所闹的别扭并不会造成离异，就像一种放纵的取乐方式（争吵是一种没有受孕风险的交欢）。”若以此来看键盘评论员自以为好人式的网上“键战”，放纵取乐是肯定了，受孕风险更是零，因为隔着屏幕，连口水花碰撞交流的机会都没有，可以说，是未曾接吻已射精的交欢。

所以，不要顾着去做好人，要去做恋人，像巴特已点出的，“倾听对方的意见”。如果键盘评论员之间都能像恋人般倾听对方、倾诉自己，则后真相年代的键盘厮杀一定能多几分柔情与浪漫。

二、两种公平

西欧从15世纪宗教改革思潮起，发展出人人生而平等之说，后更成为美国立国宣言，影响广及全球。人在神面前可能是平等的，但尘世间的人人公平理念，崇高得叫人热血沸腾，要真正实行，不要说在一社会一国度，就是一家庭内，仍然举步维艰。人类这几百年来流了够装满太平洋的血，至今依然无法处理好“公平”二字，似乎亦看不到出口的微光。

《好人总是自以为是》的作者、道德心理学家海德特（Jonathan Haidt）通过实证研究告诉我们，世上其实有两种“公平”观。一种是人人熟知的平均主义公平观，二一添作五，你有多少，我也得有多少；你有什么，我也得有什么。另一种是按比例公平观，简单点说，就是按劳分配，多劳多得，不劳动就不该得。

海德特说，那些怀着普世价值观的左翼人士，一般支持平均主义，反对压逼，谴责剥削，支持弱势，争取权益，希望在结果上做到人人权、利均等，好比澳门人人均享九千大元，皆大欢喜。持按比例公平观的则是些所谓右翼保守人士，他们当然也不喜欢被压逼，但在社会成果分配上，他们不以人类一家的普世心态出发，更着重自身利益有否得到合理回报，尤其讨厌被人占便宜“揩油”。比如，左翼视失业救济为扶助弱势，右翼则会贬为不劳而获的寄生虫。这种按比例公平观，正是造就特朗普上台的当今美国民意，美国利益优先，他国与我何干！那些新移民、难民也别想来揩我美国的油！

在下凡人一个，自私自利之念与身上脂肪成正比；亦正因系凡人一个，自知难保有朝会穷困潦倒或遭遇不公，到时当然希望有人伸出援手、主持正义。所以从自身长远利益计，我这种凡人应该感恩左翼的普世情怀。毕竟，人真的有三衰六旺呀。

三、谁是好人？

世间事总是这样：命名容易，深究草率。像“保守”一词，在我们中文语境，肯定是“中间偏贬”，但西方为何竟有政治人物以“保守”自我标签呢？而且有自称“保守”的政党长期执政呢？我们这些使用中文“保守”，而不是英文 conservative 的人，有没有深究过他们其实“保”的是什么，“守”的又是何物？

《好人总是自以为是》的作者海德特告诉我们，在道德心理上，所谓自由派 / 左翼人士较关注关怀、公平等原则，但保守派 / 右翼人士除上述两个原则外，还关注到忠诚、权威、圣洁等原则。当一个革命人士自称工人无祖国时，保守派人士却视效忠国家为理所应当的天职；当一个前卫艺术家把圣像放进尿液时，保守派人士却视信仰为维系人心不可或缺的力量……咦，保守人士的主张没什么不对呀！

其实，纷扰纠葛的世事种种，许多时候，难言对错，只看立场——不一定是金钱利益，因为有许多人愿意为精神信仰而捐躯。自许先进自由之士，不见得不会心狠手辣干尽坏事；以保守价值自居之人，说不定博爱济世惠泽万民。海德特说，“道德凝聚人心，却也令人目盲”，因为某人选择某种立场往往是非理性的直觉行为。所以凝聚人心，说得难听点，就是党同，而目盲的结果，便是伐异。在社交媒体当道之今时，党同伐异也者，朋友圈抱团取暖就是。

在海德特看来，要变目盲为开明，乃“循着对方视为神圣的价值观吧”。这是老生常谈了。世事令人扼腕之处，就是人都只站在己方立场用自己价值观去判断一切呀。于是，非我族类，其心可诛——到此地步，人类千百年来党派倾轧杀戮的血腥闹剧又再上演。

谁是好人？

后真相时代需要人类学

何不教些人类学？这是读人类学大师列维－斯特劳斯的随笔集《我们都是食人族》时，我突然冒出的念头。

以我粗浅认知，人类学知识起码会让我们的思想变得多元包容，反思更多身处的所谓“文明”社会的合理性，脑里激荡更多所谓“常识”的观念。

比如列维－斯特劳斯在《仅存在一种发展模式吗？》一文中指出，那些被我们视为原始、落后的“狩猎——采集者完全有能力耕种土地却不那样做，那是因为——无论对错——他们认为其他方式能让他们活得更好。……但他们拒绝仿效，因为耕种土地需要长时间的劳作，而休闲的时间太少。”这段话看在经历了十多年经济急速发展的澳门人眼里，是否百般滋味在心头呢？什么是“好”生活，可以有不同答案；现代以欧美资本主义社会生活为参照的“发展”道路，可以有不同的走法。

又比如，食人在现代社会被视为野蛮残暴，但在用作书名的《我们都是食人族》一文中，列维－斯特劳斯告诉我们，过去新几内亚某些族群会以食用近亲的尸体来表达对亲人的感念与尊敬，而且古代药典中有许多药材取自人体，在当时是被视为科学的。最重要的是，即使当今医学也会从人体抽取某些东西来医治病人，在列维－斯特劳斯看来，“将他人的一小部分物质，通过口腔、血液、消化或注射引入体内，与食人行为在本质上并无不同。”

当前教育强调要培养学生批判多元思考能力，以我们外汉的认识来看，人类学恰能起到这种作用，因为这个以“人类”来命名和作研究对象的学科，其尊重与包容“他者”或“异质”、悬置或不盲从既定意识形态的前设，正有价值纷乱的“后真相”时代所需要的开放心态与质疑精神。

记忆的物质性

一

一切都电子化的时代，最明显的改变，便是以纸张做载体的书信与贺卡日渐消失，连便条也没人写了。书信被电邮取代，贺卡被短讯取代。说来讽刺的是，我现在收到的纸张来信，都是政府机关或公共事业单位的各种通知函。我已忘记上一回收到的朋友纸张信函是何时了，当然，我自己也很久很久没有写信给人了。

纸张信函或贺卡的消失，便是记忆及其承载的情感的消失。今天有多少人还保留一封二十甚至更久远年份的电邮？但在我们收藏旧物的饼干罐或鞋盒里找出一封二十年前的信，应该不是问题。二十年前的电邮或电子档案，即便不是你存心丢弃，科技也不容许你长久保存。试想想二十年前用的储存光盘是怎样，再想想今天的云端备份是怎样。事实是，我们连五年前的手机短讯都无法保存得好。

电子化，便是虚拟化，非物质化，似有若无。因为是电子性质，得来容易，删去又容易，忘记自然也容易。纸张就不同了，有实体存在，占着物质空间，也占着你情感的空间。你会折起藏起，却不会轻易撕碎丢弃。即便要撕碎，那手起纸裂的瞬间，那鼓起的力量，那嗤嗤的撕裂声，会通过各种物理方式让你确认与记住自己的毁灭性动作。

更何况，一封书信，由信封起便是各种个性化或私人化的记忆凭证。信封上的地址、称呼、邮票、邮戳，是记忆。到信函本身，信纸如何折叠、何种花纹图案，是记忆；再到笔迹、上款昵称、内容、问候语、下款自称——亲爱的，那已不是记忆，那叫刻骨铭心！

二

逢节逢庆，手机社交程式就从早到晚响个不停提醒有新讯息，群组朋友圈里满是节庆问候图，款式也就那么几个，互相转来转去，东边雨抄西边云，按几个键就把问候送出去了——快捷，方便，可是那声问候似乎也因此而变得轻飘飘了。

我年轻时的古老年代，即二十多年前，送圣诞卡是一场仪式，得事先准备，得怀着虔诚。首先得去商店买卡，此时便该心中有数会送给谁；尤其是学生哥，钱有限，买几张，哪种卡，都得计较的。买卡时，便要花心思想哪个图案哪句祝福语送给谁，给暗恋对象那张要千挑万选更不在话下了。光是这买卡过程，便足够把你与他或她的友情恋情回味千百遍了。

到写问候祝福字句时，哪个不想自己李白转世，最少要扶乩请苏轼上身，好有支生花妙笔把肚里墨水挥洒出几句显才情又显深情的话语，只有公式化的“圣诞快乐”实在太没诚意了。要是像我的朋友谷雨般非但能以优美硬笔书法写深情动人文字，更能画几笔精致小插图，就肯定是“圣诞（卡）老人”了——人人都盼着收呀！

送卡了。外地只能寄，但要留意邮局截邮日期，往往要提前最少大半个月，所以十二月未到，但圣诞的心情可能两个月前已酝酿好了。至于送给心仪的那位，噢，那只能用一个圣诞节最贴切的四字词来形容——心如鹿撞！

而我还未说等待别人送卡的忐忑呢！而我还未说等待收卡人回送的彷徨呢！

一种古老的情怀，在今天，动几下指头，送出了，也消失了。

三

某饮品出了个“复刻”版，居然在面书上引起小洗版，但所谓复刻不过是用回旧包装而已，至于那饮料的味道是否能复刻，实在要问饮的那位了。其实，即使复刻版调较味道的配方严格依照当年成分及比例，那所用的水呢？古希腊哲学家说“人不能两次踏进同一条河”，因为河道虽在，但你第一次踏进时的河水早已流去了。依此道理，“人不能两次喝同一味道的饮品”应无异议，复刻云云，不过饮品商投消费者怀旧所好而已。

怀旧风吹得时人醉，连带“记忆”两字也成了最潮的社会话题与文化商品。不过，每当听到“集体记忆”四字时，我却常常想反问一句：哪个集体？何种记忆？以色列学者玛格利特（Avishai Margalit）在《记忆的伦理》一书中提到，“拥有土地的中产阶级（所谓的‘富农’）——他们在1929年根据斯大林的命令被‘清理’了——没有构成一个记忆的共同体”。同样是人，同样受人迫害，为什么当今人类记住了奥斯维辛纳粹集中营中的犹太人，却没有记住这些苏联“富农”呢？玛格利特的回答直截了当：它们都是社会建构物。简单来说，集体记忆跟你想去麦记吃早餐一样，都是主流话语植入你脑袋的幻觉而已，别太认真！

当今时势，只要某间老店要结业了，平白无故地会突然顾客暴增，大排长龙，个个在面书上大打其卡大惋其惜，集体记忆的账簿上又添了一笔旧情新怨。可是明白人都知道，这跟集体尤其集体利益无关；它只不过像购买复刻版饮品一样，在消费一个话题。

世界不过是虚构故事

以色列历史学者哈拉瑞（Yuval Noah Harari）在其畅销著作《人类大历史》中指出，现代人类始祖智人之所以能逐渐统领地球，是“只有智人能够表达从来没有看过、碰过、听过的事物，而且讲得煞有介事”。也就是说，现代人类是动物中唯一懂“吹水”的，虚无缥缈的东西能够吹到真的一样。关键是人类会相信这些“吹”出来的东西，而且是成千上万的人集体去相信这个虚构事物，变成共同信念。这是非常重要的能力，因为有共同信念就能为价值、目标而共同合作，而共同合作才使人类成为地球霸主。在哈拉瑞看来，“除了存在于人类共同的想象之外，这个宇宙中根本没有神、没有国家、没有钱、没有人权、没有法律，也没有正义。”一切，不过是某些被人信奉了的、虚构出来的故事。某些观念被人接受甚至实践，不过是宣扬的人讲故事能力高超而已。

当代文化人类学大师纪尔兹（Clifford Geertz）在其回忆录《后事实追寻》中亦提到:“政治实体（state）如同文学，都是组合而成、从地方产生、个性鲜明，同样具有原创性。”他又举千岛之国印度尼西亚为例，其多民族多语种的特点，必须靠共享之认同的意识形态使之联系起来，“而要将之联系在一起，需要一个故事足以说服他们，无论命运与本性，他们在政治上属于一国。”

从比喻来说，人类一切纷争，都像是读者争论哪一本小说好看、哪一个作者值得拿文学奖一般，为虚构的林黛玉薛宝钗哪个适合做老婆而争得面红耳赤甚至大打出手、自相残杀。所以，一切观念、理想、口号都是虚的，既是虚构的，也是虚无的。唯一真实的，是你会流血的肉体，它会死亡；而你的肉体如何死亡，端看你相信哪个虚构的故事。

食酸梅干变超人

食酸梅干变超人，“资深”卡通迷都知道这个典故。问题是，为什么超人都要“变身”才能去主持正义呢？从蒙面超人到美少女到什么什么战队，简单点的戴个眼罩，隆重点的全身由头包到脚大变身；东方如是，西方的蝙蝠侠蜘蛛侠神奇女侠亦如是。总之，正义朋友不能现真身。

“为了成为正义之士就非得戴上面具乔装打扮吗？”

这是日本作家寺山修司的大哉问。寺山说他小时候正义之士都以本来面目示人的，但二次大战之后，“原本象征正义的真颜逐渐变成了显露邪恶的本相，而正义却无处存身，不得不把自己的本来面目隐藏起来。”

虽然我觉得电视电影里“变身”这个情节设定，是“萨满”或民间信仰想象的延伸——比如人们相信道士穿起道袍作法念咒是有消灾解难能力的。然而寺山这个观察实在深刻：真的，为什么不能光明正大地以真面目行正义之事呢？

或许，问题在于对“正义”的定义与诠释，从来是权力话语之争。世间多少邪恶被当权者挟着正义之名行事，所以清醒的人必得问清楚：谁的正义？何种正义？特朗普的移民和中东政策，相信支持与反对阵营双方心中那把“正义”之尺的刻度会不同吧？所以寺山写道：“当我们看到政治上处于弱势的大众要求有‘另一个正义’‘另一个法律’时，这种要求本身，难道不已经反映出了他们只能无条件接受管理与统治的丑陋现实吗？”

当“正义”的话语权被强势阶层垄断之时，自命替天行道之士便只能“变身”隐匿身份去践行心中的“另一个正义”了。

最清醒的理性

选举的狂欢过后，那些候选人固然疲累，其实我们选民也很疲累——耳朵的疲累。在两个星期的宣传期内，我们每天都被候选人的豪言壮语洗脑，这个答应给你一个未来，那个承诺为你鞠躬尽瘁。这十四天内，简直就是个名词形容词大减价盛会，所有激动人心的字眼都被廉价地随唾沫售出。至于产品是否实用、售后服务如何，那要看消费者的运气了。

真的，所有选举宣传跟商品广告的本质都是一样的。广告说你用了本产品后会更靓更方便更成功更受欢迎，候选人说你选了我后生活会更好利益会更多，反正是信者得救，统统是语言的表演。无怪乎政治人物、广告商人与宗教传道都一样，只会叫你去信任他，从不会呼吁你去怀疑他质疑他。

也因此，精明的消费者会货比三家，面对政治表演秀语言炸弹的狂轰滥炸，要想成为精明的现代公民，便得抱持对政治语言的怀疑。在政治面前，最清醒的理性便是怀疑精神。世上最真诚的语言是沉默，是眼神交流，其他的语言形式都是伪术。

有人会反驳说，我很精明的，对政治人物不仅会听其言，更会观其行。我只能遗憾地提醒道，对犹太人残酷的大屠杀，其发动者希特拉（希特勒）正是一位公认的优秀演说家，尽管他不是民主选举出来的。

身为写作人，告诉读者语言都是伪术，有够讽刺的。不过信不信由你，反正我不是政治人。

对付“非人”的手段

银行里，所有人都无聊地在轮筹苦候，突然一把女声夹着粗口对着电话高声埋怨说为何没帮她轮筹，现在人好多，不知要等多久！之后，女人坐下来看手机视频，却把声音开得很大。过了有五分多钟，银行保安员走过来示意她调低音量，女人没有理会；再过一阵，保安又过来，这回女人夹着粗口大爆发：细咩声呀！我系要大声呀，边个叫你地咁鬼慢呀！你快啲我咪细声啲啰！

面对如此泼妇，保安员苦着脸悻悻然走开，银行职员抬头望了一眼后又低头做事；其他等候的顾客被女人的恶声所震，愕然地望了她几眼后又低头看回手机，没有人出面去斥责女人手机声浪的骚扰，包括在场的我。十多分钟后，我离开银行，那声响依旧。

这种人，男的叫泼皮无赖，女的叫泼妇骂街，共同点是不要脸，无耻感，却往往能得偿所愿，因为人无耻则无敌，自尊自重的人都怕了他，只能任其胡作非为。从市井小人到政治要人，我们都曾见识过这种无赖，令人丧气的是，东西方的智者都有许多探讨羞耻的伦理著作，但就很少教我们如何对付无耻之徒的手段。像孟子说：无羞耻之心，非人也！可是，碰到这种“非人”的时候，如何对付呢？孟夫子没有教我们。当然，古老智慧还是有的，所谓泼妇怕烂佬，你够胆泼我就够胆烂，斗无耻，谁怕谁！是这样吗？

我觉得，无耻之人的卑鄙意图之所以能够得逞，很多时候是纵容作恶的结果。像上面银行里的例子，只要负责人出来警告那女人如果不调低音量会报警处理，我就不信那女人有种凶下去。

他朝君体也相同

《哈利・波特》的作者罗琳，名成利就之后没有自矜身价，反而积极就社会事务发声。早前，美国总统特朗普下令禁止七个穆斯林国家的人民入境，罗琳就在推特上引用《圣经》语句反讽；在此之前，罗琳已批评特朗普的排外种族主义政策比其笔下大奸角佛地魔（伏地魔）更不堪。没想到，罗琳因此招来特朗普支持者不满，除有人扬言烧掉《哈利・波特》外，最近更有人在网站发起联署，说罗琳既然同情那些穆斯林难民，应该开放其有十八间空房的豪华大宅让难民来住，否则就是伪善。此联署一发起，居然已有二万多人参加。

这实在是个非常恶劣的做法。先不说罗琳如何处理其个人财产有其自由，最根本的问题是，以这种理由来批评一个人对弱势者的同情，是极其卑鄙而且最终损人不利己的。有同情心、同理心，是人性区别于兽性的重要之处。除非只有一个人，否则一个群体内，很难想象成员之间没有同情心会如何维系团结下去。一个人有钱，就应该把钱都分给穷人，否则就不能同情穷人，不然就是伪善——这是什么逻辑？那是否只有穷人才能同情穷人？口头的同情或许比实际的行动要容易要廉价，但像罗琳这种有知名度有影响力人士的口头同情，已是一种引领风尚的发声表态。说罗琳光批评没行动的言论伪善，难道排外歧视的言论就高尚？何况问题关键在于：为何要批评嘲讽同情弱势的言论呢？

支持以大众舆论压力去将同情弱势者的言论消音的人，最危险的地方在于，他们忘记了自己有朝一日也有可能成为弱势者，自己也有可能需要别人来打抱不平声援支持。当愿意为弱势者发声的罗琳们都被消音后，当你也成了需要帮助的弱势时，已没有援手可以伸出来给你了。

孟子认为人皆有恻隐之心，我却认为人皆有自私之心；为私利而忘公义，世间常情，但我想改香港某坟场门口的对联奉劝一句：今日为私压公义，他朝君体也相同。

谁是正义朋友

跟我家老大在马路边等红灯，有位仁兄见没车就大摇大摆走过对面，老大一见就大声喊：爸爸，叔叔做得不对呀！还是红灯呀！

家长都知道，要问谁是正义朋友，肯定是小孩子。你千叮万嘱不能做的事，他记住了认住了，就是不能违反的真理；谁要是犯了，他会当场大声叫出来，或者不停问“点解”要你解释。所以小孩的赤子心是最富正义感的。当然，我们都知道小孩的正义感长大后会慢慢消失掉，那是因为被伪善的大人教得世故了，而且还美其名作“社会化”。

心智成长与正义感不一定成正比，这让我想到知识多少与正义感也不一定成正比。年轻时，满脑子的浪漫理想，以为“知识分子”是头顶有光环的真理掌握者与守护者，是不畏强权、敢于发声、主持正义的社会先锋；如今当然明白奉知识分子做道德楷模是痴心错付，先贤不是早已言明“仗义每多屠狗辈”么？正义感与知识量没半毛钱的关系！小孩子字都还不认得半个，但往往比大人更勇于对不规则做法发声呢——想想《国王的新衣》故事吧！

以前读书，见古往今来有许多做大学问的人助纣为虐，心想有学问的人不是更有能力明辨是非吗，为何竟“落水”为虎作伥呢？后来明白，世间事不过水泥匠开门口——过得了人过得了自己。要为自己的所作所为做解释找借口，没有人比有知识的人更优而为之了；有学问的人要作恶，其理由可以写成一部书，而只要有理由了，自然心安理得，悠然自在于谄媚路上。

终于绿灯了，我拖着老大的手过马路，口里支支吾吾地躲闪着她的问题：点解叔叔红灯都过马路？因为我知道自己偶尔也会红灯过马路，而我面皮还不够厚去告诉她：这是大人可以犯的错……

魔鬼的智慧

安·比尔斯（Ambrose Bierce）的《魔鬼辞典》一书，是一个愤世嫉俗者对世事的解释与看法，正话反说，不求成为真理，却往往一针见血。人间的神灵太过虚伪，魔鬼就直肠直肚，说话既尖锐又痛快。像下列所引的几则，比照现实，似乎不无道理。

> 人——一种动物……它的主要职业是消灭他的同类。
>
> 战斗——一种解政治疙瘩的方法，用舌头解不开，就用牙齿咬吧！
>
> 外交——一种为自己国家的利益而说谎的爱国主义艺术。
>
> 大炮——一种用来校正国家边界的仪器。
>
> 战争——这是和平的各种艺术的副产品。最具威胁性的政治状况是国际的和睦。……和平的沃土里撒满了战争的种子，这沃土又特别适合这些种子的萌芽和生长。

人类的历史可以简单地概括为战争的历史，一个又一个的政权，你方唱罢我登场，主角变了，布景变了，道具变了，不过杀害自己同类的本性却没有变。战争串联起整个人类历史，从蛮荒到所谓的文明，和平不过是战争阴霾中偶现的星光，瞬间即为血光掩盖。自许理性的人类，用牙的时间比用舌头的时间要多得多。这也难怪，牙齿绝对比舌头方便咬死敌人。

21 世纪的第一年就要结束了，伴随最后一页日历撕去的，其实只有那一页有形的纸和那一段无形的时光，可是，它却留下了一道长长的硝烟和一片惶惶的人心，在 2001 年岁末的黄昏中狰狞不散。

时光逝去了，人性的本质仍然没变。

断章写义

一、人性与蛮性

新闻纸上为什么登载着各种杀人流血的惨剧呢？因为人喜欢看。我们为什么喜欢看这些事情呢？因为我们祖先是肉食兽。饮血的贪欲是我们性质中的一种最老的欲望，这种欲望所以消灭得如此迟缓，因为它是根深蒂固的了。

——[美]摩耳（J.H.MOORE）：《蛮性的遗留》，

李小峰译，海南出版社，1994 年。

在摩耳看来，“文明拖着一条尾巴”，而且是一条极长的尾巴。这条长尾巴包含许多内容，动物性是其中一个。

做人做得长了，常常忘了自己动物的本源，甚至贬低动物。骂人“连禽兽都不如”，就是个好例子。这句话固然“政治不正确”，有歧视动物之嫌，不过，从另一面也可反映人的自视自许甚高。高在哪里？理性、良知应是人区别于、高于动物之处。

遗憾的是，人虽然常常忘记动物的祖传，并且自视高于动物，却经常干着动物般的行径，甚或更甚于动物；暴力、嗜血是好例子。从摩耳看，这是动物蛮性遗留于人类基因中的天性，可是另一方面也警惕我们人类不要自视过高，文明有着千疮百孔的缺憾，人性更有着宿命般的劣根，要时时警醒，战战兢兢，如履薄冰，才不致重蹈动物老祖宗的覆辙。

最重要的是，扪心自问，我是否还算个人？是人的话，请以理性、良知来决定自己的行动；否则，不过是进化尚未完成的动物而已，算不得文明人。

二、流浪着的幸福

我们都要互相帮助。做人就是应当如此。我们要把生活建筑在别人的幸福上，而不是建筑在别人的痛苦上。我们不要彼此仇恨，互相鄙视。这个世界上有足够的地方让所有的人生活。大地是富饶的，是可以使每一个人都丰衣足食的。

生活的道路可以是自由的，美丽的，只可惜我们迷失了方向。贪婪毒化了人的灵魂，在全世界筑起仇恨的壁垒，强迫我们踏着正步走向苦难，进行屠杀。我们发展了速度，但是我们隔离了自己。机器是应当创造财富的，但它们反而给我们带来了穷困。我们有了知识，反而看破了一切；我们学得聪明乖巧了，反而变得冷酷无情了。我们头脑用得太多了，感情用得太少了。我们更需要的不是机器，而是人性。我们更需要的不是聪明乖巧，而是仁慈温情。缺少了这些东西，人生就会变凶暴，一切也都完了。

——卓别麟（卓别林）：《〈大独裁者〉结尾演讲词》，载《20世纪中外巨人随笔精品文库．艺术家卷》，光明日报出版社，1995年。

大半个世纪以前，差利·卓别麟（查理·卓别林）借大独裁者的口呼吁人类良知的觉醒，然而这位卑微的流浪汉的伟大愿望没有实现，人类凶暴依旧。人心永无餍足，富饶的大地开始露出贫瘠的颓靡，可是还有许多人远远未达丰衣足食的水平，远远未达安居乐业的理想，差利的流浪汉仍得在人类追求幸福的路途上继续跋涉。

更可悲的是，新的独裁者出现了，正肆无忌惮地颐指气使。新的仇恨正在播种，耕作者就是人类贪婪的欲望。我们更善于建设了，也更善于摧毁了；我们更善于创造了，也更善于破坏了。良善总伴随邪恶，好不容易在这边积聚起半点暖流，永远地，在另一边又袭来冷血的寒风。这使人怀疑差利的流浪汉能否走到人类幸福的天堂，甚至怀疑这世界是否存在幸福的天堂。

或许，在流浪的不是差利，是人类的幸福。

三、快乐

快乐在人生里，好比引诱小孩子吃药的方糖，更像跑狗场里引诱狗赛跑的电兔子。几分钟或者几天的快乐赚我们活了一世，忍受着许多痛苦。我们希望它来，希望它留，希望它再来——这三句话概括了整个人类努力的历史。在我们追求和等候的时候，生命又不知不觉地偷度过去。也许我们只是时间消费筹码，活了一世不过是为一世的岁月充当殉葬品，根本不会享到快乐。但是我们到死也不明白是上了当，我们还理想死后有个天堂，在那里——谢上帝，也有这一天！我们终于享受到永远的快乐。你看，快乐的引诱，不仅像电兔子和方糖，使我们忍受了人生，而且仿佛钓钩上的鱼饵，竟使我们甘心去死。

——钱钟书:《论快乐》，摘自钱钟书:《人·兽·鬼　写在人生边上》，海峡文艺出版社，1991 年。

快乐如果真的如电兔和方糖，那也不错；只怕我们当不好忠诚的格力狗和赤诚的小孩子。

格力狗追逐虚妄的电兔，人看了觉得可笑，可它仍然忠实于专注于自己的任务、自己的追求，晚复晚，场复场，不理会身旁的讪笑。世人又有几人像格力狗般忠实于专注于自己对快乐的追求呢？

小孩子受惑于方糖的甜美，以为是世上最好的食物，于心满意足中获得了快乐。成年人当然会嫌弃方糖；他懂得了挑剔，懂得了比较，于是整日价为挑剔比较而张罗着烦恼着。他已忘记一粒普通方糖带来的快乐。

人生的快乐当然是短暂的，因为我们做忠诚的格力狗和赤诚的小孩子的日子也是短暂的。

四、旅行的意义

它与时间一样造成遗忘，其方式是把人从他的各种关系中分离出来，放进一种自由的、原始的状态。可不是吗，在转瞬之间，它甚至能把一个循规蹈矩的小市民变成跟一个流浪汉差不多。人说时间是一条忘川，其实远方的空气也有同样的效力，你吸了它虽然还不像饮过这条忘川的水那样彻底忘记一切，但是却忘记得更加迅速。

——[德]托马斯·曼:《魔山》,杨武能等译,

桂冠图书公司,1994年。

优秀的作家都是思想家,而且比思想家更可亲可近,因为他们都会用形象来说理。上述引文中的“它”是指旅行。你看,托马斯·曼简直把旅行的作用与意义讲透了。

旅行最大的好处是可以抛开一切,把平日烦扰的事情统统放到一旁,逃避也好,眼不见为干净也好,总之,不管了,且尽情来享受这异地风光吧。怪不得有许多人说要旅行散心,更怪不得许多伤心人说要离开伤心地到外地清静一下,因为到了异地他乡,起码可免睹物思人之苦呀。

外地之能吸引旅行者,我想“异”字是关键。每日生活在同一个地方同一个空间同一群人之中,见惯不怪,“熟视无睹”,引不起兴趣提不起精神之余,更有无数烦恼伴随。到外地旅行恰是个新鲜的刺激,把平日进入休眠状态的神经重新调动起来,像个小孩子般瞪着好奇的眼睛向周围观看,每一秒都有新发现,惊觉世界之美之大。所以我发现旅行中的人总显得稚气一点傻气一点的。

此外,在陌生的地方陌生的人群当中,没有熟人眼光的评头品足,没有交际应酬的利益关系,可以毫无顾忌,把平日带着的假面具护身甲放下,尽情尽意地肆无忌惮一翻——这可能是旅行叫人最雀跃的地方。

五、学校

学校正如父权制家庭一样,肯定是被其管理者设

想为能永久延续现状的工具。然而，尽管两者都没有教导孩子反抗，许多年轻人还是在受教育期间学会了它。区分开哪些是制度规定要教的，哪些是由于存在的条件实际所学到的，是非常重要的。当学校企图教导学生适应社会的制度习俗时，它常为批判式言论文化留出了空间，导致权威被不知不觉地破坏了，反叛精神被培养了出来，现状被改变了，不同意见被成系统地生产了出来。

——[美]阿尔文·古尔德纳：《新阶级与知识分子的未来》，杜维真等译，人民文学出版社，2001年。

反叛的基因深植入于每一个青少年的灵魂，无分种族阶级，也无分时空地域。每一个时代都有青少年问题。

当今的学校教育是一个吊诡的存在。一方面，它号称要教导学生明辨是非、追求美善；另一方面，它却要求学生遵从时流、安于现状。然而，越来越多的青少年问题，正正说明了这种吊诡的荒谬，也说明了当今学校教育的缺失与虚伪。

反叛，是青少年心底一股势不可挡的洪流，学校教育正是扮演筑堤防堵的角色。可是，它从未能完全成功地阻挡洪水的漫流，反而积聚起更大的冲力。今天，这道堤坝明显地被洪水冲击出更大的缺口，东堵西补亦无济于事。

学校教育有如父权专制，威权至上，壁垒森然，这是宿命，亦是港澳社会的现实。洪水的流向我们无法测知，但学校教育对青少年问题的解决越来越无能却是可以肯定。我们也许只能乐观地期许：专制家庭出来的叛逆者，正是开创新天地的革命者，以及，旧家庭的埋葬者。

改革者，孤独么？

湖北武汉的“张之洞与武汉博物馆”实在值得一去，除能详细了解晚清名臣张之洞如何雄才大略筹划实务，以挽狂澜将倒的时局之外，光是其名师操刀的内外建筑设计，以及充分调动声、光、影多媒体以吸睛的展示手法，就可一新耳目，保管叫文青们打卡的闪灯亮个不停。最令人惊艳的，是馆内居然有一个角落，大胆地开一般博物馆展示之先河，因为里面展示的不是文献文物之类的实物，而是一个意境，或者说，一种精神。

这个角落叫“一个改革者的孤独”。要进入，得先经一段窄路侧身而过，寓意变革之艰难如行独木桥。继而入一昏暗空间，一道斜坡占据大半，中间伸出一小平台，平台上置一椅一架，架似乐谱架，又似翻开的书本；小平台上面是四方天窗，光从上而入照着这孤零零的一椅一架，似圣光，似烛照，似天启，整个空间就靠这天窗的光来视物。角落空间的出口在另一边，是一条开阔的道路通往外边展厅。

如此空间命名，如此空间设计，其寓意与用意，幽渺而深远，笔者不敢强作解人，诸君自有领会。敏感的文人置身其中，当想起王静安《人间词话》著名的境界说：“古今之成大事业、大学问者，必经过三种之境界：‘昨夜西风凋碧树。独上高楼，望尽天涯路。’此第一境界也。‘衣带渐宽终不悔，为伊消得人憔悴。’此第二境界也。‘众里寻他千百度，蓦然回首，那人却在，灯火阑珊处。’此第三境界也。”孤独，似乎是成大业者必经之路、必处之境。不知道此“一个改革者的孤独”的策展者，其设计理念是否就是静安先生的三种境界？则此昏暗的空间，又是否那灯火阑珊处呢？又不知道策展者心中那个改革者是否就是馆的主人张之洞，还是泛指世间所有改革者？

在改革路途上，张之洞“孤独”么？笔者没研究过，不敢妄下判断，但对于孤独这个话题，因人到中年，早从文青的浪漫梦幻中苏醒，世故不够，犬儒日增，所以觉得孤独是改革者命运簿上早早写下的句子这件事，似乎静安先生也不作此主张。观其境界说，独上高楼只是第一境而已，在为事业与学问奋斗的衣带渐宽境界，孤独不是必然，甚至是不应该与不可能的——起码当今管理学入门书不会同意。今时今日连做 group project 的中学生都知道团队合作之重要，遑论要成就大事业者，没有团队做背后支撑只靠单打独斗就想获取成功，非不能也，实较难也。连作家艺术家都得有人帮忙做经纪营销，躲在高楼里舔着孤独苦涩的肝胆，能成大业吗？

孤独是文艺的境界，不是事业的境界。不过那个“一个改革者的孤独”角落还是很值得一进的，毕竟，孤独是情感的大麻。

辑　三

知识分子

“我生平优点不多，但自谓爱国不敢后人，即便把我烧成了灰，每一粒灰也还是爱国的。可是我对于当知识分子这个行当却真有点谈虎色变。我从来不相信什么轮回转生。现在，如果让我信一回的话，我就恭肃虔诚祷祝造化小儿，下一辈子无论如何也别再播弄我，千万别再把我播弄成知识分子。”

以上一段话如果出自其他人之口，我还不大惊讶，可是说这话的是我们学术界的泰山北斗之一的季羡林先生，于我则不仅是惊讶，更有深深的感叹。知识分子，特别是中国的知识分子就这么不好当么？季老睿智，后生无知如我当然是无法领会其中甘苦的；但这诚然是一番极沉痛极沉重的话，只有饱历风霜迭遭变幻如季老者才有资格下此痛语。可怜末学如我等对季老只有高山仰止五体投地的份儿，正想以其为榜样努力攀登学术的高峰，做个似模似样的知识分子，没想到季老竟有此悲痛之语，却教我如何是好？

东坡云“人生识字忧患始”，此“忧”当作“先天下之忧而忧”来解。怎奈此“忧”却因识字始，明理则必然继之；明理则是非辨，是非辨则好恶分，好恶分则正义生，正义生则清议月旦，甚或著书立说，驱逐邪妄，扶持正气；但这却往往不为统治者所喜，于是轻则尽销其书，禁其言论，重则构陷入狱，甚至刀斧加身——这一切的一切怎不叫人心寒，怎不叫人悲愤。

知识分子而不爱国，那是假道学；爱国而不欲为知识分子，那是“甄士隐”，非极沉痛不作此极端语。

为历史写作

文章之道，轻者不过怡情自娱的雕虫小技，重者可是警世兴邦的鸿篇巨制；然而，怡情也好，警世也好，为文不可曲学阿世这千古不易之真言，却是每一个弄笔者必须时刻谨记的。因为，文章一经印刷而成“不刊之论”，则写作者不仅是对读者负责，更要对历史负责。我们中国人都知道，历史是面镜子，可照出文字背后灵魂深处的贤愚俊丑。

以上是我读完谢泳的《学人今昔》后的一些感想。

冯友兰、金岳霖、汤用彤、陈垣、贺麟、周一良、王瑶等，到今天他们的著作依然占着中国学术的半壁江山；可是，正是这一大批让人如雷贯耳的名字，曾在政治现实面前，低下了学术良知的头颅，要么强作违心之论，要么否定自己旧作，更甚者，则投主政者所好，故意歪曲史实，以迎合“潮流”之需，既背叛了历史，也背叛了自己。事过境迁，回首过去种种，换来的是过来人对“当年情”的深痛忏悔，和后人无尽的扼腕之叹。

这些人均可说是人中龙凤，他们学识之深、智慧之敏是不容置疑的，但这班精英中的精英，竟也在历史转折的紧要关头，重重地摔了一大跤，引来晚年的切肤之痛，后人观之，诚可悯，复可悲。

巴金老人在痛定思痛后提出作家要敢于说真话，这话看似平常，因为它应是每一个写作人的“常理”，也是真理。但过来人都知道，我们生活的空间里，真要做到说真话可谓谈何容易。不要说在那万马齐喑的时代，即便是今天，即便是今天的澳门，我们就真个能“说真话”吗？事实是，虽然“说真话”的倡议提了很久，可是我们每天依然看到无数的假话、大话、空话。这种情况的存在，只要是还有些良心去保持历史真实性的人，都不能否认。

对说“假、大、空”话的人，我很想请他们看看上述学者们的遭遇，更想他们深思这些遭遇背后的教训——政治从来是你认得他，他不认得你；需要时是肝胆相照的战友，无用时是弃之不及的破鞋。更重要的是，每一个弄笔者都要自重自知下面一点：我们不仅是为自己、为读者、为稿酬而写作，我们更是为历史写作。你可以抛开历史不顾而大肆“造假”，历史却总不畏披荆斩棘于字里行间找寻你的罪证；你可以凭生花妙笔替丑恶涂脂抹粉，历史却能析毫剖厘地戳破丑陋的假面具。写作人心中所想、眼中所见的，不应是时势，应是历史，是无尽的我们的后人。后之视今犹如今之视昔，我们今天为前辈学人的过错而斥责而叹息，怎不汲取教训，却续作违心之论之举，莫不是也想让后人来唾弃来痛惜么？

相对历史大潮，文章诚是小道，问题是它有两种“走法”：卑躬屈膝与昂首阔步，而选择权在每一个弄笔者的手中。

上海的鲁迅

上海的鲁迅很温暖，也很寂寞。

上海的鲁迅有一个温暖的家，更有了个儿子，虽然这是避孕失败的意外收获，但上海的鲁迅在生命的晚年有了个真真正正像模像样的家；所以，上海的鲁迅比北京的鲁迅祥和多了，人也越来越好看了。

上海的鲁迅越来越感到寂寞，他搞不清谁是敌人，谁是朋友，因为这两者不同时候会在同一个人身上出现。他甚至搞不清中国以及中国人的真正出路在哪里，所以他在挣扎，在攻击，在寻求，在希望，又在失望……不过，这一切都过去了。上海的鲁迅成了中国的鲁迅，成了祭坛上的鲁迅。鲁迅更加寂寞了。

又一个世纪开始了。上海的鲁迅很寂寞。

上海的鲁迅故居很寂寞，虽然装修一新，可是没有了文学青年的身影，没有了仰慕者的目光，静静地隐在里弄深处，深到的士司机也不知道它的所在。鲁迅故居是一张价值四元的门票。

上海的鲁迅纪念馆很气派，气派到很媚俗，没有了纪念，只有馆，以及一个小商场。鲁迅纪念馆里的鲁迅很冰冷，就像宽广的展览厅里的大理石地板，空荡而淡漠。间或，有三三两两的参观者走进来，有中国人大声吆喝："你们都有些什么纪念品卖？"有日本人静静地听着导游讲解……

叫鲁迅的公园里有许多人，运动的下棋的谈情的饮台式珍珠奶茶的路过的，许多人，很热闹。鲁迅的墓只有一个，鲁迅的像只有一个，有一个老人在墓前耍拳，有几个男女在一角抽烟大声嬉笑，没有人理会鲁迅。见惯不怪了。

几片惊喜的声音出自另一队日本游客的口中，虽然他们只逗留了不到五分钟，虽然他们可能刚游完了繁华的外滩。几个日本游客在鲁迅像前照相，有两个是高中生模样的。周围有许多中国人，走过。

上海的鲁迅很寂寞。他其实在那里有个温暖的家的。

苍凉原是冷

“张爱玲是躺在房里唯一的一张靠墙的行军床上去世的，身下垫着一床蓝灰色的毯子，没有盖任何东西，头朝着房门，脸向外，眼和嘴都闭着，头发很短，手和腿都很自然地平放着。她的遗容很安详，只是出奇的瘦，保暖的日光灯在房东发现时还亮着。”这是张爱玲死后被发现时的情景，记述者是林式同先生，她的遗嘱执行人。

我不是“张迷”。她的文字当然叫人心折，可我不喜欢她埋藏于字里行间的冷傲，一种高高在上的冷淡。张爱玲很“冷”，我以为。“冷”到“自私”——只沉浸于个人天地里，爱其所爱，憎其所憎，其他的，一概不理。为着这“冷”，她穿奇装异服，因为她认为其他人的打扮才是“奇装异服”；她爱胡兰成，因为她说“我的事与你何干？”她的文字极写人心七窍，因为她隔岸观火洞悉秋毫；她的见解每多独创，因为她不依常人不甘附庸。这“冷”，于文学或许是件好事，但我不喜欢。它给我一种压逼感，告诉我：你是凡夫俗子，我呢？我就是我！老实说，我对这种“冷”很不以为然，它不过是种姿态：冷傲地拒别人于千里之外，为的是怕当双方接触后自己会受伤害。自卑与自负，实是一体之两面。

然而我绝对没有想到她的死是这样子，套她的“名词”：苍凉。“奇女子”张爱玲死在一张行军床上——我总以为这样的叙述有点诡异。更诡异的是：光头的张爱玲。为了避开蚤子，

“因此她把头发理了，衣服也丢了，东西也甩了，还到处躲，只有住没家具的新房子才忍受得了。”所以奇女子张爱玲死在一张行军床上。我在想：张爱玲是不是蚤子？

当然，当然，苍凉原是冷。

失败的理想主义者

电影《孔子》是部失败的片子。

说是传记片吧，却只记了孔子的后半生，而且为营造高潮，把颜渊和子路的死亡时间提前了（两人其实都在孔子返鲁后才去世的）；更硬生生地把“敬鬼神而远之”的孔子，描述成反对以生人殉葬的“人道主义者”，先不说春秋时已不流行以生人殉葬，光说孔子是否够胆公然反抗当权的季氏，便是疑问。

说是剧情片吧，前半段已把戏剧矛盾(“堕三都”）解决了，后半段只是拖沓的叙述，无故事性可言了。

说是“主旋律电影”，更是冤枉了《孔子》，因为戏里的孔子非但敢于反抗强权，而且也没见他如何强调“君君臣臣父父子子”，倒是集中写其“累累若丧家之犬”的潦倒遭遇，一点“忠君保王”的主旋律调子都见不到。

同样的，历史上的孔子，也是个现实生活中的失败者，不过却是个值得敬重的失败者。

孔子之所以失败，众所周知是因为他想在列强争霸的春秋时代宣扬“仁政”，要那些政治野心家去“克己复礼”，重现他“郁郁乎文哉”的周礼秩序，这当然是不合时宜的主张，不为人所用是注定的了。老实讲，若孔子的主张能够实现，那情况会怪恐怖的。《史记·孔子世家》说孔子当鲁国的大司寇（大约现在的警察和司法部长）时，“与闻国政三月”，结果是“男女行者别于途，途不拾遗”。路不拾遗固然好，但男女上街要分开来走，你接受不接受？

孔子之所以值得敬重，乃因为他是个不可救药的顽固分子，坚持自己的理想，“知其不可为而为之”，为自己的理想而生，为自己的理想而死，“吾道一以贯之”。这种韧性，虽千古以下，实不多见。

孔子不知道哪里来的“天启”，俨然以周礼的唯一继承人自居，说“文王既没，文不在兹乎？天之将丧斯文也，后死者不得与于斯文也。天之未丧斯文也，匡人其如予何！”（文王已经死了，文德难道不落在我身上吗？如果天要灭了文德，我这个后死者就不能来发扬文德了；如果天不灭了文德，匡人又奈我如何！）非常的慷慨壮烈，却也自信满满。更自信的表现，在于孔子认为若有君王肯任用他，“期月而已可也，三年有成”，即一年就会有成绩，三年就会大成了。

可惜，孔子的自信，既填满不了政治强人的欲望沟壑，又挽救不了他自己的事业。虽然孔子高喊：“沽之哉！沽之哉！我待贾者也。”期望着一个“识货”之人来买走他这块美玉，但最后不得不感叹：“天下无道久矣，莫能宗予。”

孔子的政治理想彻底失败了，但从我们后人来看，却失败得很可爱可敬。要知道孔子周游列国“求仕”是55岁时才开始的，一直在外奔波十四年，到68岁才返鲁国定居。今天的人到55岁早就看破红尘想着退休了，但孔子却实践着曹操所说的“烈士暮年，壮心不已”，这种坚毅的意志力，不能不叫人佩服呀。

移民

报载邻埠又有新移民因不适应香港的生活环境而“四料自杀”。从人道来说，这固然可叹；从中国人来说，这更是可哀。

不知道从什么时候开始，我们中国人要抛下年迈父母，离开娇妻稚子，只身远赴异国他乡，在不见天日的境况下赚取微薄的收入——要是你能平安抵达大洋彼岸，要是你能承受非人的劳动。然后，在劬累的肉体稍得片刻的休息时，梦回故土亲人。大洋彼岸，却增添了一双双渡头远眺，妆楼颙望的眼睛。于是，我们多了一个新同胞叫“华侨”，我们有了一条新村落叫“侨乡”。这种远渡重洋谋生活的旅程，由当年拖着“猪尾巴”的“猪仔”开始，到今天西装革履的“二等公民”依然，中国的土地上每天都有人在送别，中国的土地上每天都有人在想方设法出国。其间的差别，只是历史已走过了百多年，即将滚进21世纪，只是今天可以乘着银鹰远走，不复大海孤舟的颠簸（虽然不时还听到某处截获装有中国偷渡人蛇货船的消息）。

百多年了，为什么我们这群崛起于黄土之上的族裔还在不断地要渡海呢？什么时候，我们可以真正地扎根深土，不用高呼“把根留住”？什么时候，在不再拖着“猪尾巴”，不再被称为“中国佬”、“支那人”之余，还可以不再仰人鼻息？或许，我们更应该问，是什么促使我们中国人这百多年来不肯/不能留在自己的土地上？就邻埠的事件而言，我们也可以问，为什么一个中国人在以中国人为主的社会里不能生存？在外国人的社会里又如何呢？

我的叔公当年是马来西亚的新移民，我当年是澳门的新移民，那么，我的下一辈呢？

哀“五四”

“五四”，中国现代史上最频繁出现的字眼之一，也是被遮蔽被曲解最大的字眼之一。这种现象其实是可理解的，不是有人说所有历史都是当代史么？其未尽善处，只在遗忘了掌权者之意愿罢了；修正之，则应谓所有历史都是掌权者之当代史。要非如此，何劳福柯之“考掘”？

“五四”是怎样的呢？余生也晚，无缘躬逢历史盛会，只记得教科书上写的是有游行示威、有火烧赵家楼、有罢工罢课、有内阁倒台等等；最重要的是，有一班热情洋溢有理想有承担敢作敢为的青年人。

“五四”的理想是什么？在下孤陋，也仅从教科书上得悉有叫德先生者、有叫赛先生者，按其解，则西方之民主、科学也。

“五四”反对的是什么？区区寡闻，道听途说有反封建反专制反腐败，总之，反一切不合理的制度。

今天的“五四”又如何？我不知道，只见到街上的摄像机前镁光灯下一个个青年的面孔满口五四五四地做着的投机秀，恰似是贪杯好饮的酒徒在猜着酒枚，怕只怕醉翁之意不在酒，在乎名利之间，则“五四”即使不死，也要给灌个半死！

影响“五四”运动至深的《新青年》杂志创刊号上有一篇陈独秀的《敬告青年》，慨叹当时之青年人：“青年其年龄或身体而老年其脑神经者十之九焉。……叩其头脑中所涉想所怀抱，无一不与彼陈腐朽败者为一丘之貉。”没想到，近一个世纪前的话语，竟也贴合当今之世。

声声纪念“五四”者，何妨于觥筹交错之间，齐来重温陈独秀的“六义”：一、自由的而非奴隶的；二、进步的而非保守的；三、进取的而非退隐的；四、世界的而非锁国的；五、实利的而非虚文的；六、科学的而非想象的。

陈独秀云：此供“新鲜活泼”敏于自觉、勇于奋斗之青年抉择。

文化败家仔

“中国建筑既是延续了两千余年的一种工程技术，本身已造成一个艺术系统，许多建筑物便是我们文化的表现，艺术的大宗遗产。除非我们不知尊重这古国灿烂文化，如果有复兴国家民族的决心，对我国历代文物，加以认真整理及保护时，我们便不能忽略中国建筑的研究。”这段引文出自梁思成为其《中国建筑史》写的序言。梁先生谈的是研究中国建筑的重要性，我却想借来强调文物建筑保护的重要，因为很遗憾，据报载蔡元培在北京的故居，徐志摩在浙江海宁的故居都分别面临被拆毁的危机，有关人士纷纷呼吁当局应给予保护。

中国人的确是个很特殊的人种，口口声声说自己礼敬祖先，清明、重阳满途扫墓的孝子贤孙，一副虔敬的模样。可对这些文化名人的故居却毫不吝啬地说拆就拆。或许，这不是中国人的错，是中国城市地产发展的错。说不定又是我们中华民族优良传统的另类发扬光大：祖辈们辛苦耕耘、筚路蓝缕，好等儿孙们坐享其成；不过，中国人对这种儿孙通常又有另一种称呼：纨绔子弟、败家仔。想不到的是，原来文化也有败家仔。

文化名人故居需要好好保护，就像我们的家庭旧照片需要好好保存；因为那不仅仅是一张照片，更是我们一去不再复返的岁月，里边交织着无穷的人与事，一张旧照片承载的是一串串长长的或甜或酸或苦的回忆。物是人非也好，风景依旧也好，旧照片的意义，又岂仅一张图片而已！文化名人故居亦是如此，因为那已是我们的文化遗产。我们会为一张全家福旧照的丢失或毁掉而顿足、而痛心，但为一座文化名人故居呢？

《红楼梦》说一个大家族要衰落的话总是从自家内部腐败开始的；同样道理，一个民族的文化巨厦要倒塌的话，也总是从这些文化败家仔自挖墙脚开始的。

“稻草人”

据报载，由于新加坡学者与领导人，近年来均批评新加坡青年缺乏创意与思考力，所以该国从明年起，绝大多数中小学及预科课程，将删去一至三成的内容，以便让学生有更多时间培养创意与思考力。发这则消息的报纸以“学童大喜讯”为标题，真个最贴切不过。

我一方面为新加坡的莘莘学子感到高兴，一方面在想我们的政府、我们负责教育的官员以至我们的教育工作者，什么时候也能有新加坡人这样的高瞻远瞩呢？对现行的教育制度，从政府当局到教育机构到老师到家长到学生，大家都非常清楚：这是一种填鸭式教育，大家也心知肚明填鸭式教育是一种不好的制度，然而我们除了几声抱怨外，却很少听到有任何新的教育改革建议，更遑论实际行动了。

在填鸭式教育的重压下，今天学生的素质，已经不是缺乏创意与思考力那么简单，而是变成了一个身前挂着分数牌的稻草人——除了分数外，脑子里是空空如也。语文水平低下已经见怪不怪，“两耳不闻天下事，一心只读教科书”的书呆子更属正常。现在的情况是，他们连课本上的知识也是“升班即忘”，今年的课明年忘。除了《铁达尼号》瑞安纳度（《泰坦尼克号》莱昂纳多），他们根本不管柏拉图茅盾老舍是谁跟谁，只要这不是明天测验或考试的内容。但就是这样一个稻草人，我们的家长拿着成绩表依然会欣喜地说：“你看，我儿子拿了第一名！”我们的校长也傲然地对台下宣布：“今年我们学校的大学入学率是百分之一百！”于是我们学生的真正素质便被一阵轰然的掌声掩盖了。

21世纪将是一个知识主导的社会，新的学科与资讯将层出不穷。面对这种新的社会与知识结构的转型，我们的教育制度是否依然一成不变地只管往学生的脑袋里塞东西呢？真正塞进去的能有多少？这是否足够应付新时代的要求？

救救稻草人！

美丽新教育

一

我孤陋寡闻，不知外国可有学生因学业问题而轻生，港澳地区却时有所闻。这真是对教育的莫大讽刺——本是“育人”的工作，却成了“绝人”的帮凶；学校之道，本应通往人生的康庄大道，没想到现在反走向黄泉路、奈何桥。港澳地区教育之“可怖”，可见一斑。

不知道会不会有那一天，我们的家长心中不再有“名校”，不再以为理组比文组有前途，不再凭成绩表上的分数来判断子女的长进与否；我们的学校领导不再争当本地一哥，不再炫耀升学率获奖率，不再列出校友名人榜，不再自傲于课程艰深难考；我们的老师不再只是关注赞赏听教听话成绩高分的学生，不再只顾自己的尊严自己的权威也看看学生的尊严学生的心灵；我们的社会不再唯精是英，不再出专入业，不再青眼有加红眼以对白眼不睬……不知道会不会有那一天？

什么时候，我们每一个人都能把周围的人真的看作“人”，平等的人？

二

许多有识之士早已认识到填鸭式教育之弊端，纷纷出谋献策。可是，虽然谈教育改革的文章天天见，我们莘莘学子的书包依然一天比一天重，功课依然一天比一天多，压力也依然一天比一天大。改革之雷未响，埋怨之声早闻。学生怨老师怨学校怨家长，家长怨老师怨学校怨学生，老师怨学生怨家长怨学校，而社会呢，怨学生怨家长怨老师怨学校。

文学研究中有一种方法叫“结构主义”，它的出发点是基于这样认识：“任何一种因素的本质就其本身而言是没有意义的，它的意义事实上由它和既定情境中的其他因素之间的关系所决定。总之，任何实体或经验的完整意义除非它被结合到结构（它是其中组成部分）中去，否则便不能被人们感觉到。”如果将教育当作一个“结构”，那么我们就会知道，教育是由其结构中的各个部分组成的，就像人体是由各个器官组成的一样。重要的是，按照结构主义的观点，结构是整体性的，不是一个简单的集合体，不是一加一等于二，是有其内在连贯性的，结构的各组部分不会以它们在结构中存在的同样形式真正独立地存在于结构之外，就像一只手脱离了人体便不能活动一般；而一只手之能活动，也得靠手部肌肉与大脑神经微妙而复杂的配合才成的。造成一个人手部不听使唤的原因有许多，可能是手部出了问题，可能是脑部出了问题，也可能是手和脑同时出了问题；同理，教育出了问题，原因也可以有许多种，要负责的人也很多，不能埋怨任何单一方面。

现在是世纪末了，结构主义方法据说早已过时；现在时兴后现代，讲究“解构”，不知我们的教育之构何时能解？

三

我有时候想，中国人与西方人之间在教育问题上态度之别，不是今时今日才形成的，早在老祖宗那儿，中西之间已泾渭分明了。你看我们“万世师表”孔圣人教授的“六艺”，哪一门不是为着立功立德立言而设？孔圣人有教无类、因材施教固是伟大，但孔门弟子念念不忘治国平天下也是不争的事实。一句话，中国人在教育方面，不管是授的一方，还是受的一方，其潜意识里皆有着经世致用的打算的，不改我们祖宗一贯的“实用主义”传统。中国人说“万般皆下品，唯有读书高”，仿佛是清高得可以，但骨子里却为着“学而优则仕”，为着书中那颜如玉黄金屋。可人家西方那个柏拉图，在他的“阿卡德美学园”（阿卡德米学院）（Akademeia Academy）里是何等的逍遥自在。请看看罗素（Bertrand Russell）在《西方的智慧》（*Wisdom of the West*）里是如何描述的：“阿卡德美的学习科目大体与毕达哥拉斯学派的传统学科相一致。算术、平面几何与立体几何、天文学、声学或和声学是全部课程的基本学科。……这种教程的目的是要把人们的思想从现实世界的纷纭变化之中转向其内在的永恒不易的实质，用柏拉图的术语就是：从生成到存在。”阿卡德美的办学宗旨是“要训练人的心灵根据理智去进行独立思考，所以计划中没有立竿见影的实际目标”。一个讲求“学以致用”，一个讲求“学以致思”，中西两个月亮之间的阴晴圆缺原来自古已是不同的。

对阿卡德美的教育宗旨，罗素评论道：“说实在的，甚至到了今天，这仍然是真正教育的目的。大学的作用不在于把许多事实塞进学生的头脑，而且似乎是塞得愈多愈好。大学的正当任务应该是引导学生养成批判地审察的习惯，使他们懂得那些与一切问题有关的准则和标准。”不幸地，港澳地区的教育恰好是罗素认为不该做的“填鸭式”教育。那么，相比之下，今天的我们可能还不及二千多年前的一个希腊人哩。

四

赫胥黎（Aldous Leonard Huxley）的名著《美丽新世界》（*Brave New World*）里写“世界邦”里的人都由一个叫“中央伦敦孵育暨制约中心”里“生产”出来。这些生于“福特纪元”年头的人，其愚贤俊丑、学识修养、阶级地位以至工作职业早在中心里已被统一规定。这制度之能实行，因为世界邦用的是“催眠教学”，人从“生产”出来时开始就被不断催眠，“直到最后，孩童的心灵就是这些暗示，而这些暗示的总和也就是孩童的心灵。不仅仅是孩童的心灵而已，成年人的心灵亦复如此——终其一生而不渝。那用来判断、希冀和下决心的心灵，都由这些暗示所组成。”——那是一个没有“思想”这东西的时代。

填鸭式教育就像催眠教育，生产出一批人去做特定的工作；而心灵，没有心灵。

人生的运动场

有人问，学校花那么多人力物力搞校运会，可实际参与比赛的只那么几百人，大部分人只能无聊地呆坐，这代价是否值得？

我也有类似的疑问。

直至那天看到运动员出来领奖时的喜悦笑容，我才明白到，花大力气搞校运会绝对值得。

我常说，人需要自信、自尊、自爱，其中自信最重要，是基础；没有自信的人，大多缺乏自尊、自爱的精神。自信不是盲目地自我感觉良好，它需要在日常生活中经受磨炼、考验，通过实践中的具体成功而建立。没通过困难的考验而来的信心，不是自信，是自大。一句话，自信建基于个体自我价值认可，即相信自己的能力，相信自己生存于世是有价值的，不是废物一个。在充分的自信底下，才可学会自尊、自爱的宝贵。

可港澳地区的填鸭式应试教育恰好是摧毁个人自信的凶器。这教育告诉莘莘学子的只有两个标准：你读书成绩高，你有用；你读书成绩低，你无用。应试教育以成绩作为唯一标准来衡量每一个年轻人，它无视了人类个体能力的丰富多样性，更无视青少年潜能的无限可塑性。在成绩的金刚圈紧箍下，本应活泼的少年人变得呆板而了无生气，两耳不闻天下事，一心只读教科书，要么成了高分低能的书呆子，要么自信心随成绩的低落而低落，萎靡不振，甚而走上自杀的不归路。看过《儒林外史》或《孔乙已》的人，当会知道屡次名落孙山的举子们是怎么个可怜相，我看今天的许多学生跟那些人没什么分别。

因此，在我看来，校运会的意义不仅在于培养团队精神，不仅在于破了多少项纪录，更在于它以活生生的例子告诉我们，人生的竞赛是多种多样的，人生的比赛不是只有读书一途，人生的成功也不是只有成绩表上的分数，或者银行户口里的银码。在读书的运动场里，你或许是冠军，但在八百公尺的赛道上，你或许只是个气来气喘的落伍者。可是，大部分的家长，以至大部分的老师，都愿意把目光投注于成绩优异的学生身上，都愿意把耳朵专注于成绩优异的琅琅书声当中，却无视或不愿挖掘成绩落后学生身上的优点。我想，运动会或许是一个好时机，让这些曾经苦练的学生告诉家长们、老师们：瞧，我不是一无是处的！让他们辛劳的汗水擦亮偏见的眼光，叫人刮目相看。于是，校运会的存在价值在于：它提供这样一个场所，让读书跑道上的失败者在这里获得成功，让他们寻回自身存在的价值，寻到自信、自尊、自爱的动力。

最重要的是，每一个人都有属于他的运动场，都有属于他的领奖台。行行出状元，正是这个意思。我很希望，人们从运动场上学到的不只是团队精神、体育精神，更应注意到，原来人的才能是多种多样的，不要因自己在某方面的优秀而骄傲自大，也不要因自己在某方面的缺失而气馁。每一个人应努力地去找属于自己的运动场，攀登最高的舞台，怀着满脸的自信。

心情，好好照顾

邻埠中学发榜，全城的神经与嘴巴总动员，如临大敌，注视之、诱导之，唯恐枉死城中，多了个惨绿少年，罪恶途上，加入个“双失”青年。这边厢，有学生问我：老师，三地大学的三个不同系收了我，我该念哪一系才好？我该往哪里升学才好？做老师永远是最标准也是最实用的答案：念你最喜欢的系，往你最喜欢的地方。两个都拿不准主意？那么，就念你最有把握能拿到毕业证书的系吧。

在大学教育成为职业培训的今天，年轻人能不能念大学，念大学又能不能进到个名牌的念到个“有前途”的系，似乎成了决定他们一生荣华富贵的宿命，一纸文凭竟是占卜批语，预示了人生的前景。然而我们都知道，荣华富贵不是握在大学系主任的手中，不是握在公司大老板的手中，更不是握在你努力与奋斗的手中；荣华富贵，握在命运之神的手中。如果命运之神要你在明日死去，今天你是全国考试状元也不过是换得几小时的瞎乐。

荣华富贵不是我能管的事，真的。不要说我悲观，命运的事，谁也插手不了。我能管的，只有我的心，和我的选择。风雨人生，一句被咀嚼得毫无味道的真理。天要下雨，娘要嫁人，人生会有波折，都是你没办法阻止的事。下雨了，不要怨老天爷，赶紧找个地方避雨才是。遇到挫折了，不要怨老天爷，赶紧安慰自己的心才是。人生的唯一任务，也是唯有自己才能办得到做得好的事，就是照顾好自己的心情，不让忧愁伤悲缠着自己。而这，是命运插手不了的。之后就是选择，让自己心安地选择。条条大路通罗马，船到桥头自然直，选择，就是选一条你喜欢走的路，择一道你喜欢靠的桥头。再之后，就是，照顾好自己的心情。

知道什么叫不知足吗？就是连命运之神碗中的那块肥肉你也想吃。知道什么叫烦恼吗？就是你篡权夺位想代命运之神来为自己忧心。知道什么叫听天由命吗？就是你没有照顾好自己的心情，没有选择好自己的道路。至于大学文凭，亲爱的，那与富贵无关。

千红一窟万艳同杯

鄙人肚满肠肥，牢骚满腹，虽每日拚命喝茶，惜脂肪减不掉，牢骚也消不了，诚可谓“口水与茶水齐喷，牢骚共脂肪一样”。上星期一篇劣作，竟蒙彭海铃女士辱赐《同情书》，眷注殷殷，隆情厚意，拜读之余，既感且悲。然鄙人与彭女士所述，实乃九牛一毛、沧海一粟，荒谬之言，乖张之事，无日无之亦无地无之，苟加收集，定可出《反文史语录》数册。忽想到《红楼梦》中有千红一窟（哭）茶、万艳同杯（悲）酒，真该取来邀彭女士共饮！

查文史课为人鄙弃久矣。钱宾四先生抗日战争期间著《国史大纲》，于“前言”中慨叹：“今国人方蔑弃其本国已往之历史，以为无足重视，既已对其民族已往文化，懵无所知，而犹空呼爱国。此其为爱，仅当于一种商业之爱，如农人之爱其牛。彼仅知彼之身家地位有所赖于是，彼岂复于其国家有此逾此以往之深爱乎。”时隔半世纪，国人蔑弃文史之情，只增不减，于今尤烈，于港澳尤烈！

夫我辈文史教员，岂不知今世何世，敢不识时务，乖违潮流，而与英、数争辉？所争者，“尊重”二字而已。怎奈学子无知、家长无理、校方无心、社会无情，致文史教员直如过街老鼠，唯恐避人耳目之不及，岂敢轻言从严教学？不及格与补考，更是“阻人发达”之举，非但家长质问之，即校方领导亦开声“求情”。如斯境况，置文史课于何地？置文史教员于何地？“尊重”云云，春秋梦话而已。更且祸及文组学生，亦视作智力不济、学力不足之辈。社会上下、校园内外，鄙文史若此，能不痛心疾首？呜呼哀哉，呜呼哀哉。

做了父亲之后

一、小孩的价值观

小女万千宠爱在一身，长辈及友人送了好多玩具给她。然而她却不懂珍惜，对新玩具只有三分钟热度，刚拿到手时尚有兴致，没多久就丢到一边，另寻新玩意儿。

她的新玩意儿可以很多，即使一张纸巾，或者一个纸杯，她都可以玩个不亦乐乎。而且在她眼中，“众生平等”，一辆车仔玩几分钟，一张纸巾也玩几分钟。我不禁感叹：孩子，你可知道那辆车仔是名牌货，花了人家好多钱买来送给你玩的，你却把它与纸巾等量齐观，怎对得住送礼的叔叔姨姨呀！

然而这便是小孩子的价值观。她没有名牌的概念，只有新鲜不新鲜好玩不好玩的念头。在大人眼中可以炫耀的名牌，在小孩眼中却是只有三分钟热度的新鲜感。孩子身上穿的手上拿的所谓名牌，不过是父母用来充撑面子的工具而已，小孩他本人是不在乎的。

可是我知道孩子这种纯朴的价值观很快就要沦陷的，因为我们成人世界是个充满功利计算的地方。不用等太久，从孩子进入托儿所开始，也就是她开始学习过社交群体生活，开始社会化历程之后，各种各样的功利价值便会如影随形地跟着她一生。

不说别的，从托儿所到幼儿园再到小中学，便已经有名牌不名牌的分别了。看那些为子女前途而在名校门前夤夜排队轮候报名的家长，我深深同情他们的苦心，亦明白这是社会现实。我不会故作清高地去不屑鄙夷，因为说不定哪天我会出现在那条人龙中。

这些名校观念或许还是大人的游戏，但孩子一进入群体，自然就有同侪间的压力。比如这个小朋友有某玩具，我没有，比较羡慕的心理自然而生。某年我们同学春节聚会，跟着来的小朋友凑堆一齐玩。我见男孩们围着一圈儿玩电子游戏机，便好奇问年纪这么小就整天对着电子屏幕，不怕看坏眼睛么？同学说只准做完功课才让他玩的，但不能不给他玩，否则学校里其他小朋友都在玩，你不懂的话会被排挤。我们都知道在学校被其他同学排挤或嘲弄有多痛苦的。小朋友的势利刻薄是不输成人的。被排挤便是群体价值观压倒个人价值观的表现。

更何况，我们正身处广告无处不在的消费社会。一般的常理说“需要制造供求”，比如要保暖，于是衣服被制造出来；要生存，于是食物被制造出来；要耕种，于是农具被制造出来。可是消费社会是“供求制造需要”，商家制造出商品，然后通过日复日夜复夜无孔不入的广告宣传，不停地催眠式猛灌“你需要本产品”的迷魂汤，宣称拥有了或使用了本产品会更型更潮更显身份地位，最重要的是，会更受异性欢迎。其变态的例子，便是一方面大量推介所谓美食，另一方面又宣扬瘦身 / 修身的潮人“美学”。大量的消费产品早已脱离实用的需要，变成虚无缥缈的商品拜物教的“型与潮”咒语。

小孩子在这种消费氛围下长大，还能保持一张纸巾也能玩个不亦乐乎的纯朴吗？这似乎有点缘木求鱼了。当然，我明白孩子是父母的一面镜子，孩子的价值观可能是父母价值观的映照。要孩子纯朴，父母便要以身作则先纯朴。毕竟，孩子只管好玩不好玩，成人才在意名牌不名牌。

二、背后的眼睛

女儿八个月大了，会爬之后，现在慢慢地学站起来。

见她扶着沙发边缘颤巍巍地挣扎站起，做父母的心里一边在为她喊加油，另一边亦暗暗担心她站不稳跌倒。可是明白如不让她跌倒，甚至撞头，她便永远无法学会自己独立站起来，于是便伺候在一旁，以便随时作出支援。

这样的时刻，让我想到一个在基督徒聚会听来的故事：有个人埋怨上帝：不是说上帝常伴左右的吗？为什么沙滩上的足印永远只有自己的那一行？上帝对他说：你错了，那一行足印不是你的，是我抱着你行走留下的。

在小孩子成长的路上，其实也留着这样一行父母抱着孩子行走的足印。孩子以为是靠自己的能力走出那条路，却不知道背后有一双眼睛随时留意着自己，不知道背后有一双手随时准备扶起自己。

我没有宗教信仰，但上述那个叫“足印”的故事听完便记在心中。在不如意时，我常常想起这个故事：今天的挫折与困难当然令心里难受，但毕竟不是什么天塌下来的大事，说不定背后已有上天的暗中垂怜眷顾，没有将重大的灾难降祸于头上；再看看眼前所拥有的，比上不足比下有余，可能也是老天爷垂顾的恩赐。因此，只能感恩，不好埋怨了。

今天做父母了，看着被照顾的孩子，再想想人生命运，说不定自己也是个被眷顾的幸运儿呢，背后有一双眼睛一对臂膀随时注意照料着，才有了目前的一切。至于那些失意或挫折，不过是在旁照顾的人希望你从失败中学会自己站起来而已。

不知道这种想法会否被笑为阿Q，不过时刻想着自己所有的，总比经常埋怨自己没有的，应该会较开心吧。在跌倒的时候，想想背后可能有一双眼睛在关照着自己，就不会觉得自己孤单了。

三、幼儿交际

同一幢大厦的住客，熟口熟面，互相知道是住上下层的邻居，但搭电梯时绝少打招呼问好，更不要说搭讪闲聊了。这是都市人见惯见熟的冷漠关系。

然而，如果搭电梯时某一位邻居带着婴儿或幼儿同行，平时互不瞅睬遑论攀谈的两个近邻，却随时“将冰山劈开”。老婆婆一句“个B好得意呀！”型哥哥一句“条裙仔好靓呀！”，就立刻将原来冰冷的空气升温，两个“熟悉的陌生人”会自然地对话起来。虽然响应的可能只是简单一句“多谢”，但相信同结这趟极短旅程缘分的各方步出电梯时，心里是暖暖的，脸上是微笑的。

婴幼儿能够成为人际交往的润滑剂或催化剂，是因为大人觉得他们对自己无害，不构成威胁，乐意称赞几句，对方家长当然亦满心高兴，于是皆大欢喜。

四、如何做长者

书店里，教人如何做父母的书，题材由育儿到青少年问题的，琳琅满目，可是我却没见过教人如何做长者的书。

我的两个女儿慢慢长大了，现在她们会自个儿埋堆玩她们的游戏，做老爸的无从插手，当然，起纷争的时候还得当调停人的。然而我知道有一天即使她们之间闹矛盾，我也不该插手，由她们自行学习去解决。直到某一天在反叛的贺尔蒙（荷尔蒙）刺激下，做老爸的可能得靠边站。

从两个女儿的成长，人到中年的我越发觉得，是时候学习如何去做一个前辈、长者、老人，因为长江后浪推前浪是自然的必然，在社会上年轻一代赶上来甚至超越年长一代，亦是势所必然甚至应该鼓励期待的。当后浪盖过前浪，晚辈超越前辈，面对自己无法再站在舞台中间时，当年也曾是弄潮儿的年长者该如何调整自己的心态呢？这是个需要适应与学习的过程。

做父母的，看着儿女长大，慢慢离开自己身边以至视线，只能是打气与支持了；做长者的，看着后辈赶上来以至超越，似乎也只能打气与支持了。至于恃老卖老的骄横、打击后进的欺压，当然是要不得的。与其花心思嫉妒，不如去想想自己该走还想走什么路，继续走下去。年纪大了，不代表不能去追求梦想的。

做父母也好，做前辈长者也好，与其怨气，不如争气。其他的际遇，不过缘分一场，无谓执着。

面对童，才有真

之前有一出日本卡通片叫《钢之炼金术师》，我只零散地看过片段，但知道里面有个法则叫“等价交换”，即“为获得某种东西，必须付出同等的代价”。

其实，稍涉世事的人都知道，现实生活中“等价交换”的机会几乎是零的。一件商品不可能是等价交换，即它的售价会等于其生产成本；商人是一定要赚取利润的，有时甚至是暴利，比如一部手机的利润可能是其生产成本的十倍。这就是马克思所谓的“剩余价值”。

等价交换是理想状态的“一分耕耘，一分收获”，可是我们都知道世事往往是要十分耕耘才有一分收获，有时甚至是颗粒无收。

人间的情与欲也是如此。有些人为了享受片刻的性欲欢愉，可能要付出沉重的代价，故中国人有所谓“色字头上一把刀”。其实，养育小孩也一样。养儿方知父母恩，因为只有到自己为人父母时，才知道养育小孩的艰辛，除了肉体上要付上劳力时刻照料外，精神上亦经常处于忧心状态。孩子不肯吃东西，父母担心；孩子打个喷嚏，父母担心。最常见的，是连孩子该穿多少件衣服，父母家长也会争论不休。至于孩子真个发烧出疹甚至生病，父母更是眠干睡湿，日夜忧愁。总之，养育子女是一生的责任，是永无假期的工作。

既然养育子女如此辛苦，为什么我们人类仍愿意生育繁衍，有些人甚至乐此不疲呢？以前，可能有传宗接代继承遗产的原因；今天，我想可能是因为“不等价交换”的原因吧。

因为我们太爱小孩子的笑容了。不知道这是否造物主安排在人类情感基因中的特殊化学剂，父母家长照顾小孩再辛苦，但一见到孩子展现笑容，发出笑声，便不自觉父性母性发作，忘记劳累，满心欢喜，陪着孩子发笑，用广东话说，就是“甜到漏”。我常常想，做父母的真犯贱，为了孩子几秒钟的笑，便不得不付出一生的劳累。孩子与父母之间的那笔账，又怎会是“等价交换”呢？

然而，我们都知道，爱孩子的父母都对这些劬劳默默承受甚至甘之如饴。我们希望与孩子“交换”什么呢？我想，或许就是在孩子身边时那无拘无束的烂漫纯真吧。陪着孩子玩耍时，为搏“红颜”（孩子红扑扑的脸当然可算红颜）一笑，多少平日会被视为“白痴”可笑的动作与声音都会肆无忌惮地做出来；为哄孩子多吃一口米糊，父母都心甘情愿在旁装癫扮傻，个个无师自通地做起小丑来，其落力程度绝不逊于职业艺人。

这便是父母与小孩之间的“交换”：辛苦照顾孩子，换回在成人世界社会化世故化之后难得再现的赤裸裸无机心的坦荡与单纯，平日上班交际中处处提防虚情假意的面具被卸下了，以一张“素颜”面对孩子。在成人世界，“幼稚”是不被接受的；功利社会要求你最起码要“稳重”“成熟”，更不要说那“防人之心不可无”的种种算计以至互相倾轧的尔虞我诈勾心斗角了。

然而我们无必要在孩子面前穿起这些铠甲的，反而要想办法去“幼稚”“白痴”“无知”，去诈傻扮懵，因为这样才可以跟仿如一张白纸的小孩沟通，去逗他们发笑，去抚慰自己被社会磨得发痛的粗糙心灵。

我们面对孩童时，才能找回与享受那曾经拥有却已不能亦不敢保留的纯真。这样想想，似乎养育孩子是一种“等价交换”了。因为与孩子相处时的坦荡率真，是成人世界千金难求的无价之宝呀……

辑　四

敌友

这阵子留意新闻，端的叫我这种读书读坏脑的人莫名其妙之余又感慨万分兼似有顿悟。套一句大文豪的句式：这是个和解的年代，这是个怨怼的年代；这是个朋友的年代，这是个敌人的年代。

二次世界大战结束六十周年，俄罗斯大事庆祝，广邀世界领袖“赠兴”。一时之间，六十年前白刀子进红刀子出的敌对双方，如今言笑晏晏西装笔挺地聚首一堂。这真是一幅奇妙的图画。我在纳闷：是当今的人心太仁厚，还是当年的人心太狭窄？如果知道今天终要言归和好，那当日何须血肉相拚？特别是侵略的一方，那些为元首或天皇卖命的野魂地下有知，会否起身长叹：我的死，所为何事？

另一边，越战结束三十周年，有十个参加过战争的美国老兵重返旧地，参加越南当局举办的庆典。其中的两个美国老兵说：“过去我们来这里不是为了杀越南人。相信政府，是我们唯一的罪孽，为此，我每天都背着战争的重负，这次回来，希望（能够）提供一些帮助。”好一句“相信政府，是我们唯一的罪孽”，这会是他日侵伊美军的心声么？昨天的敌人，今天的朋友，真是美好的事情。可有没有人问过：昨天为什么会成为敌人？今天又为何成为朋友？都是因为政府么？那么，明天呢？明天我们是敌，还是友？也得看政府么？

在历史的洪流里，小人物实在很可悲、很被动、很无力，尤其在判断对方是敌是友的这种“大是大非”事件面前。香港娱乐圈时兴说“没有永远的敌人，也没有永远的朋友”。套入近日时事，世界变幻何尝不是如此？所以，对那些政治场面上的话，吹捧恭维也罢，严词厉声也罢，一笑置之甚至大笑不理吧。这样，你才会够长命；够长命，你就会看见敌人变朋友，朋友变敌人。

到最后会发觉：原来我们都是政治的扯线公仔。

意志而不自由

写本文的时候，美国总统大选的最后结果还没出来，虽然布什阵营已宣布获胜。姑勿论结果如何，这次历来最受全球瞩目的美国总统选举，却让我有无限的感触：人的“意志”到底有多自由？

不管你愿意承认与否，21世纪人类的命运，系于住在那座毫不起眼的白房子（White House）里的人的决定——要非如此，美国总统选举为何牵动全球的神经？可是，那些哲学家伦理学家不是告诉我们人有自由意志么？不是说人可决定自己的命运么？但是，不要说世界政经大事普通人无法置喙，只能任少数“精英”决定去向，就是想死，对不起，在这地球上的大部分“文明国家”里，该不该死不由你决定，由医生决定，特别是当你变成一种叫“植物人”的状态时。所以，真要自杀，请痛快点，利落点，一命呜呼，不要剩半条命让法律去检控。

稍为留意地球村民意动向的人都知道，当今世上大部分人不喜欢布什，讨厌他，甚至憎恨他。但只要美国过半数的选民投票支持他，布什根本不用理会其他几十亿人对他的观感如何。全球人民的“意志”自由到哪里了？如果全球人民的脑电波可以合成能量化作电流，相信足以电到布什变成焦炭。但现实里，总统他自为之，主义厉行单边。身为“美帝国主义”阴影下的“外邦人”，我们除了既羡且妒美国人有资格去选影响自己命运的人外，只能黯然地改编奥威尔（George Orwell）

的名句说：人人的意志是自由的，不过有些人的意志比别人更自由。当然，清醒的人都知道，白房子主人要风得风要雨得雨的能耐来自他手中握着的军权与财权。我们或许可以由此推论：自由意志如果是性能超卓的跑车，也必得权力的汽油去开动，否则徒具欣赏的价值，尤其是在现实政治中。

所以，务实的人不会去羡慕别人，只会去争取权力，因为他知道，有权力，自由意志才可伸张；当然，只限他的自由意志。

乡土地球

这个地球，越来越乡村化了，名副其实“地球村”。

在自由口号响彻云霄的全球化时代，真正自由的只有贸易——金澄澄的银纸；除此之外，自由并没降临到你头上；相反，这世界越来越不自由。君不见媒体上左一个制裁，右一个隔离，前一个禁止，后一个壁垒，此起彼落，好不热闹；更别说那什么“先发制人”了。“自由”在哪里？

“自由”已在地球村村民各自的现实利益前苟延残喘了。

有人说，国内农村村民为防沙士（非典）而自设检查站严禁外人进村，乃愚昧兼公民教育不足之结果；那么世界各国为防沙士而隔离甚至拒绝病区人士前往又是什么？

半世纪前，费孝通先生的《乡土中国》说中国人的乡土社会结构是“差序格局”，以一己为中心，亲疏关系层层向外推，像向水中投石子一样，一圈圈涟漪往外推，越外越疏。今天地球村有哪国不是按一己利益来评定与别国的亲疏关系呢？费先生又说西方社会是“团体格局”，“团体是有边有际，在这个界线之内人人平等，规定下不同权利和义务”。然而环顾地球村，哪里有什么“人人平等”的团体？联合国？别开玩笑！

地球村有一位村长，叫美国。跟美国亲的，叫志愿同盟；跟美国对头的，叫邪恶国家。夹在两者中间的，叫合作伙伴——你要明白，伙伴是以利益为中心的，合完即散，别想攀什么交情。今天村长觉得你服侍的舒服，就赏个“自由贸易协议”给你；明天村长觉得你碍事，就以危害村长人身安全为名，派护院家丁杀上门，打人兼霸地。

在我们伟大的同胞阿Q住的未庄里，一切是赵太爷钱太爷等说了算的。在未庄，只有赵太爷等府上的事才上口碑，其他平头百姓是不值闻问也无人理会的。证诸现实，美国总统的狗病了可以上花边新闻；同一时间，非洲的穷国饿死多少人，又有谁知？

诸君，别被全球化的甜言蜜语灌醉，实情是我们已重返农村了，村名叫未庄。

算不完的账

请问，一点九万亿美金有多少个零？据报道，美国侵略伊拉克的战争如果旷日持久，其最高费用就是这个天文数字。

对数字我一向反应迟钝，可是这阵子的新闻总离不开它。像那个美国发动侵略的日期，一个系千万人生命于一线的悬念数字，一猜再猜，一推再推，至今尚未揭盅。虽然我们希望这是个永远的悬念，让其长存于人类历史，可惜实现的机会不大。像那个安理会通过决议所需的最少九票，究竟能否凑足呢？又是未知之数。幸好这是布什牛仔的烦恼。再像伊拉克导弹的射程超过了多少又销毁了多少，都是数字游戏。其他诸如什么时候表决呀延长武检时间呀部署兵力呀石油价格呀民调数字呀之类，通通都叫人心烦。当然，最叫人愤然又黯然的，就是伊拉克无辜平民在此次战争中的伤亡与难民数字。

那我们谈些“花边数字”吧。

据报道，美国士兵是目前世界最“昂贵”的士兵，因其一身装备，价值七千五百美元；全身最值钱的是头盔上的夜视镜，值三千五。我想，伊拉克百姓要是有机会活捉个美军，扒光他一身装备后让其走人，也可发一笔可观的“战争财”吧。

又据报道，说有网上赌博公司以伊拉克问题作赌，有家公司已收到一万人下注近七十五万的赌金。以残酷的战争作赌，其荒诞与无良，与战争本身不遑多让。只不知有没有人赌萨达姆上天堂又或者布什落地狱的机会呢？

然而这些都是有形数字了，不管叫人如何头痛烦恼，相对于因战争而起的仇恨与伤亡，一点九万亿的零再长，也是无法算得清计得完的。一个美军的装备值七千五，那一条伊拉克平民的命呢？一万个人下注赌伊拉克的命运，可一万个人身怀炸弹去报复的命运呢？这一场战争，美国军火商将因此收入天文巨款，可全世界也将因此损失惨重，从生命到经济到政治。

这是一笔算不完的账，还不清的债。

死亡的不平等

也不知是什么世道了，这时势的新闻报道，弥漫着死亡的腐臭味，实在叫人沮丧。

那边厢，炮声隆隆，烽火连天，死伤枕藉；这边厢，病毒肆虐，人心惶惶，新坟日增；更没想到，拥挤的奈何桥上，如今竟添上红歌星的新魂。那个整日价埋怨“一代不如一代”的九斤老太要是生于斯世，不知作何感想呢？

其实也没什么好感想的了，死亡这回事秒秒都在发生，除了林黛玉小姐的敏感外，其他人似乎也无须突然悲天悯人起来。然而在这场美英侵伊战争中，原应众生平等的死亡，似乎也有了阶级贵贱之分。

有一个据说是可扭转战争命运的关键性数字，就是美军死亡人数。有美国传媒说，一旦美军的死亡人数超过 1991 年海湾战争时的一百五十人，布什政府就有大麻烦，分分钟要撤兵罢手。所以牛仔也事先放话，要美国人做定有大量士兵死亡的心理准备。有人说，这是美国人重视生命价值的表现。

或许是吧。

不过，美国人重视的显然只是自家人的命，其他人的大可不理。我们从未见过有什么数字是美国人不能容忍的伊拉克死亡人数。今天，伊拉克人的死亡数字早就是那一百五十的几倍了，伤的就更不用说了，可是美国人依然不甘罢休。各位，这就是死亡的不平等了。美国人的生命有价，所以他可以在毫无证据下“先发制人”拿炮弹到人家国土上去狂轰滥炸，等你死了许多人后，再给你个任他主宰的民主与自由。各位，这已不是不平等，这叫荒诞。

无奈的是，这种黑色荒诞在以正义的面目出现：“我可不想炸你的，谁叫你不叛变？谁叫你要保家卫国？你死是应该的。管你是妇女还是小孩。总之我性命要紧。有杀错无放过！放心吧，我会给水给粮食的，如果你们有命躲过我的子弹与炮弹的话……”算了吧，无奈又如何？弱肉强食呀，这是血淋淋的现实，别再做那什么正义与民主的美梦了。不想无奈？不想看新闻？找本《龙珠》看吧，里面的神龙可以令死人复生的……

Abu Ghraib 之后

“奥斯维辛集中营之后，写诗是残忍的”（Writing poetry after Auschwitz is barbaric），阿多尔诺（Theodor W. Adorno）如是说。因为，旧的诗歌语言只会赞美，奥斯维辛只有残忍，没有赞美。

21 世纪的人亲见美国大兵在伊拉克阿布格莱布（Abu Ghraib）监狱的暴行之后，或许要说：“Abu Ghraib 之后，一切的道德说教都是谎言。”因为当今世界的唯一超强以其无可匹敌的军事力量向人类的良知说：是的，我就是这么口说一套，实际另一套，你能拿我怎么办？歉我会道，鹰派部长，我也要保。找一两兵丁做替死鬼，容易得很！你不要挡着我发财。谁要敢挡我财路，我是见人杀人，见佛杀佛。见伊拉克人嘛，我不杀，我虐待死他！

这世界很残酷。谁的拳头大，谁说了算。什么民主、自由、公义，统统都是屁话，都是拿来装点门面的广告词。由美国出兵伊拉克到今天虐待战俘丑闻越揭越臭，我们除了几声抗议几场示威，我们能干什么？美国大兵“解放”了伊拉克人，转身又监禁了伊拉克人，我们能干什么？

牛仔一边说：“对于那些残忍的，而且可耻的虐待伊拉克囚犯的行为将有一个全面的调查。曝光的这些行为是对伊拉克人民的侮辱。”一边称赞他的鹰爪说：“你很有勇气地在这场反恐战争中领导着我们的国家。你的工作异常出色。你是一位有力的国防部长。”这除非是最人格分裂的变态说话，否则就是最伪善的同情与最无耻的赞美。

Abu Ghraib之后，我相信这世界的人心是会变的。变得要么为了一己私利对残虐暴行视而不见，要么空有道德理想却在严酷现实前被打败得心灰意冷，要么就是明白世界的森林法则拿起拳头立下狠心去以暴易暴。谁再相信民主、自由、公义？没有拳头，会有民主、自由、公义？

奥斯维辛是一个民族的罪恶；Abu Ghraib是人类全体的罪恶，因为它以人类最崇高的名义去干最丑恶的暴行，而我们，无能为力。

“I don’t want to die！”

自美国大兵“解放”伊拉克以来，没有比这位韩国人凄厉惨叫的声音更叫人讨厌这场以民主自由为名的战争：“I don’t want to die！ I don’t want to die！ I know that your life is important，but my life is important！”你的命要紧，我的命也要紧呀！

稍有良知的人都应该在这句话前低头，再去思考这场由美国主导一切的战争。一个韩国平民为什么要为美国去受那么残暴的酷刑？我们的世界为什么要因为美国而惶恐不安？

恐怖分子可恨么？可恨！岂止可恨，简直是禽兽不如的懦夫！他要是敢去绑架牛仔总统或哪一个头面人物，我还算他有种。如今将无辜平民也卷入去而且对其采取惨无人道的做法，恐怖分子绝对死不足惜。

然而，无辜平民为什么也得死？因为一将功成万骨枯？那为什么“将”可以不用死而且有功可领而我就得死？

“I don’t want to die！”我不想死！这不是一个金善日的心里话。这是每一个人的心里话。可为什么那些发动战争的人可以骄横跋扈地继续不可一世而不用战死沙场？如果这是场保家卫国的战争，牺牲性命还算为国捐躯。可这个韩国人到底保的是哪个家卫的是哪个国？如果这个韩国人是为人类的崇高价值而被斩首还算生的光荣死的伟大。可为了一个有伪造当兵记录之嫌的野蛮牛仔的狂妄自大而无辜受累，金善日的冤魂该向何处申诉？要是在天有灵，他应该每日在布什梦中重复那番叫人揪心的呼号，让他寝食难安。

可是当下的野蛮牛仔非但毫不愧疚，还满面得意之色。他会说美国不会向恐怖分子低头，于是趁机继续驻兵增兵。反正，死的不是他，不是他那些有钱人子弟。死的是美国黑人、拉美裔人，死的是西班牙人意大利人韩国人。于是他牛仔布什继续正义地“反恐”，其他人也继续正义地“牺牲”。

“I don't want to die！”战争贩子布什也会这样叫。所以，他叫人替他去死。

“I know that your life is important.”恐怖分子布什也会这样说。不过，他补充说：“我的命比你更重要！”

强权胜过公理

1896年，一个叫赫茨尔（Theodor Herzl）的奥地利犹太人写了一本叫《犹太国》（*The Jewish State*）的书，从筹措资金来源、国民组成、城镇规划、国家管理到宪法、语言、国旗等等为犹太国的建立作了认真的讨论。这样，赫茨尔成了政治犹太复国主义的创始人，《犹太国》也成了犹太复国主义运动的纲领性著作。在此起彼落的反犹声浪中，赫茨尔埋怨道，犹太人虽然忠诚于自己所在的国家，为国家牺牲生命和财产，为国家提升在科学和艺术方面的声誉，为国家增添商业和贸易的财富，可是"在我们已经生活了许多世纪的国家里，我们仍被轻蔑地称为外来者，而且往往是被那些当犹太人已经在那个国家里遭受着苦难，他们的祖先还未在那里居住的人。"面对如此不公平现象，赫茨尔总结道："在世界上，强权胜过公理，现在如此，在未来很长的时间里可能仍将如此。"为此，他呼吁犹太国的建立，并说："压迫和迫害消灭不了我们。……当反犹迫害发生时，我们中的强者毫不动摇地忠实于自己的民族。"是的，强权胜过公理，犹太人赫茨尔道出了世界的真相。果然，犹太人没有被消灭，更立了以色列国，更在当代超强的美国掌控了财军以至媒体的命脉。他们结束了被迫害的日子，开始迫害别人；这一回，对手叫巴勒斯坦，叫阿拉法特。你看，时间多么奇妙。在欢庆自由的时候，同一群人，开始了另一出悲剧。时间演技之精变脸之快，无人能及。其千变万化诀窍之处，不过二字：强权。这是政治教科书上最简单最实用也是唯一的公理，其他文字不过修饰词而已。今日，我们听到一把声音告诉以色列的迫害者："压迫和迫害消灭不了我们。……当反巴勒斯坦迫害发生时，我们中的强者毫不动摇地忠实于自己的民族。"他们在等待：强权。

悲欣交集

弘一大师曾书下“悲欣交集”四字，我资质鲁钝，无法揣其深意。然而看看当今世情，心中也颇有点“悲欣交集”的感慨。

悲，是感叹世事无常、生命脆弱。任你平常如何兢兢业业安安分分做人，一道好战分子的命令，一枚恐怖分子的炸弹，就轻易地夺走你无辜的生命。怎不教人兴起生命短暂及时行乐的念头呢？其极端者，想到既然安分做人反遭厄运，何不干脆弃善从恶，更能威风八面享受富贵，甚至像本·拉登、萨达姆兼布什之流，受人仰慕崇拜呢。至于良心或良知，更是麻醉人心的谎话——炸弹与子弹是认不得良心谈不上良知的。

欣，既是欣喜，也是欣慰，从巴格达的“人体盾牌”到席卷全球的反战示威到今天澳洲各大城市出现的中学生反战游行，似乎告诉我们人性的良知并未被战争的硝烟熏黑掩盖，反而是疾风知劲草，人类的同情之爱在烽火的背景下更显光芒。善良的人无须绝望。《纽约时报》说，当前世界有两大超级强权，一个是美国，另一个是全球民意。我想，后者或许叫人类良知会更好。

而且，还不只良知，更有勇气与达观。新华社记者到巴格达大学文学院采访，见到“校园内，身穿上蓝下灰校服的男女学生，有的坐在石凳上或树阴下温习功课，有的聚在草坪上聊天，学习氛围浓厚但又轻松”。一个女学生说：“我们出生在战争年代，在战争和制裁下长大，但我们的学习生活没有受到任何影响，这里一切照常进行。”

如果生活在战争阴霾下的人尚且坦然地“照常”过日子，那我们这些生活在和平富裕里的人似乎更不能埋怨生命的无常了。是的，生命虽有许多无奈，却不一定是无常的，而且肯定充满希望——在一个美伊两国高中生的视像交流会上，一个美国学生对他的伊拉克同龄朋友说：“不管你们要经历什么，我们的心与你们的心是在一起的。”

听着年轻人说着这么一句动人的话，看着新闻上成年人一句又一句地放着狠话，唉，怎不叫人“悲欣交集”！

龙的踪迹

整整二百年前，一个叫“阿虎同”（Ahuto）的木工到了澳洲。他是踏足澳大利亚洲土地的第一个中国人。步他后尘而至的另一位同胞要十五年后的1818年才到，他叫Mak Sai Ying，后来开了间小酒馆，成为澳洲史上第一位华商。

这，就是中国人移民澳洲的开始。

不知道是否为纪念华人来澳二百年，上个月，澳大利亚文物保护委员会（Australian Heritage Commission）出版了本《龙的踪迹——澳洲华人史迹探源》（*Tracking the Dragon - A Guide for Finding and Assessing Chinese Australian Heritage Places*）的指南，既表明澳洲政府对华人历史遗产的重视，亦肯定了华人对澳洲社会发展所作的贡献。这本指南旨在推动澳洲华人史迹的发现与评估，除澳洲华人历史简介外，指南逐步地介绍了如何评估历史遗产的价值及申请列入政府文物保护名录的手续，并附丰富的参考资料。随同出版的还有一本《工具书》（*Toolkit*），列出互联网上各种相关传记、文化遗址、网址等的资料，方便查询。

我们那些先人绝未想到自己原来还有受人重视的一天。

华人移民澳洲的第一个高峰在19世纪中叶。随着澳洲金矿的发现，华人大量涌入做淘金工人，单是1857年，维多利亚省的中国淘金工人就超过二万六千人，大部分来自广东的四邑及中山。可是他们并没有因淘金而过上好日子，反而备受迫害。我曾到离墨尔本三小时车程的一个金矿旧址参观。那是个旅游点，主事者按图重建了当年原貌，工作人员都穿着仿古服饰穿梭于沙尘滚滚甚至泥泞满地的街道上。遗址里，在欧洲白人一幢幢一列列木建房屋的角落，有个“中国村”。不过，虽有“村”名，却无村屋，因为华人是不允许住屋的，只能蜗居于一个又一个简陋至极帆布搭成的帐篷里，日晒风吹，苦况可知；而紧接帐篷的，就是猪圈。整个复原遗址里，最“富丽堂皇”的中式建筑物，竟是座关帝庙，是座砖砌建筑。

这些都成了澳洲华人的血泪史了。所幸这次“龙的踪迹”计划似乎颇有雄心，举凡与华人生活有关的遗址、建筑物、公园、菜地，甚至华人用过的井都是他们保护的范围。这应是澳洲华人之福了。

日本的耻感

“日本这一代面临一个关键性的选择。他们可以继续欺骗自己，日本的侵略战争是一场神圣正义之战，仅因为美国经济强权，所以他们不幸战败了；他们也可以彻底斩断国家的恐怖遗产，面对真相：世界之所以变得更好，是因为日本战败，因为她不能把她严峻的‘爱’强加给世人。如果现代日本人不站出来护卫真理，他们在历史的纪录，将和他们在战争期间的先人一样晦暗污秽。”去年弃世的张纯如在她记录侵华日军1937年在南京所犯暴行的《被遗忘的大屠杀》的后记里如此呼吁。遗憾的是，日本政府显然漠视张纯如以至全世界良知的呼吁，而且变本加厉地掩饰自己犯过的种种罪行。

日本诺贝尔文学奖得主大江健三郎曾多次深切反省及谴责自己国家在二战中所犯的暴行，而且非常担忧日本国家主义（即军国主义）的一个特色：锁国主义的还魂再生，即“日本人和日本国都非常封闭，缺乏作为个人自立、作为个人与外国人交往的态度。”如果将大江的“锁国主义”理解作鸵鸟主义，那正好说明当前日本不愿面对历史、面对自身过错的“封闭”特色。讽刺的是，这样一个“锁国”国家，竟然想做联合国常任理事国。

说到锁国，“日本通”周作人指出过，日本由于独处海上，历史上没有被异族征服过，“这不但使国民对于自己的清白的国土感到真正的爱情，而且更影响到国民的性情上可以使他比被征服的民族更要刚健质直一点。”很可惜，这种对自家国土的爱演变成侵略别人领土的罪，而所谓的刚健质直就成了死不认错的厚颜无耻。

鲁思·本尼迪克特在其论日本文化的名著《菊与刀》中非常深刻地指出，日本人非常重视“耻感”，这种耻感的特点是“有错误的人即使当众认错、甚至向神父忏悔，也不会感到解脱。他反而会感到，只要不良行为没有暴露在社会上，就不必懊丧，坦白忏悔只能是自寻烦恼。”今天的我们都知道，在面对侵华战争所犯下的滔天大罪前，日本的这种耻感文化，其正确称呼应该是：无耻感。

日本的复仇与公

由于历史与文化的渊源，中国人不知怎的，虽然在器物层面上“哈日”得发烧，骨子里却有点瞧不起或不屑于日本的酸溜心态。尤其在历史教学中，动不动搬出大唐盛世日本“遣唐使”来华之类的老皇历来炫耀，却不知道或无视近代尤其是五四时期日本对中国知识界的影响。最叫人遗憾的是，近代以来，日本出了许多对中国方方面面都有系统而深入认识，甚至具权威性的学者；而中国学者对日本的研究，在质和量上则远远比不上。作为邻国，中国至今还未有鲁思·本尼迪克特《菊与刀》那样的日本研究权威性著作，实在值得反思与惭愧。目下日本军国主义蠢蠢欲动，中国人在享受着日本电器产品追捧着日本影视明星参观着日本山川美景品尝着日本鱼生寿司的时候，是不是也该认真地去了解这个曾对我们造成重大伤害的邻居呢？别一味只顾着舐弄历史的伤口，更不要沉沦于汉文化中心的幻海。

近日看了些日本研究的论述，有两处颇有意思，摘出与读者分享。

冈仓由三郎在《日本的生活与思想》一书中谈到日本人的复仇心理，说：“所谓日本人的心理特异性，很多来自喜爱洁净及与之相联系的厌恶污秽。否则无法解释这种现象。我们被训练成（实际情况如此）遇到侮蔑家庭名誉或者国家荣誉，就视若污秽或疱疥，必须通过申辩洗刷干净，否则就犹如不能恢复清洁或健康。对日本公私生活中常见的报仇事例，不妨看作是一个喜爱洁净成癖的民族所进行的晨浴。”

另外，日本研究中国思想史的著名学者沟口雄三在《中国的思想》中比较了中日对“公”这个概念的异同，指出“公”在中日都有“首长”及“共同性”的意义，但中国的“公”更有相对于“私”而言的“公正、公平”的意思，并引申出“天下为公”的理念；而日本人的“公”只将天皇、朝廷、国家置于最高位或终极地位。其结果，“日本更多国家主义，中国则以民族主义为共同观念”。即日本只以自身国家利益为考虑，中国人的“天下为公”观念却延伸为世界（天下）各民族平等（为公）的主张。

由武士到日本强大原因

以下的对白，你猜是什么背景下说出的：

“洋鬼子是野蛮人，茹毛饮血！”

“抛弃旧东西，你这种崇拜洋鬼的思想，难怪一世娶不到老婆！”

熟悉吗？是不是有点像晚清保皇派甚至“扶清灭洋”的义和团的口号？但其实，上述对白出自我昨晚看的山田洋次的《隐剑鬼爪》。同样的对白还有这句：

“洋枪大炮有违武士精神！”

看过上一部《黄昏清兵卫》后，对山田洋次这“武士系列”第二部曲已没有惊喜，因为前后两部实在太相像了。吸引我的，反而是上述对白中透露出来的讯息：

原来，日本在现代化过程中也曾出现过“拒洋”心态。这情况跟晚清时中国人对西洋的反应不是一模一样么？

于是，虽已是深宵下半夜，急急脚去书房找与日本有关的书，幸好有本美国人约翰·惠特尼·霍尔著的《日本——从史前到现代》，据介绍是英语世界研究日本史的权威之作。翻阅之后，找到些段落可以解我心中疑问。

先说一下武士。

据霍尔介绍，刚进入17世纪的时候，大部分武士阶级是粗俗、没文化的武官，但到17世纪末时，他们都成了有相当文化、致力于文官政治的有教养的阶级了。这是因为随着德川幕府的逐步建立，日本一方面走上闭关锁国的道路，断绝与外界交往；另一方面却又因此得到二百年相对和平稳定的局面。原先服务于战争的武士阶级，便配合和平时期的需要，学习起文职工作。像“黄昏清兵卫”，便身兼武士与仓管两职。当然，随着行政职能扩展和德川社会内部封建联系的削弱，行政官僚日益庞大，武士阶层也由原先的封建诸侯，变成在政府内领薪水的官员；又由于藩主（大名）疑忌武士拥有土地，极力使之变成供自己使唤、倚赖薪水过日子的行政官员。由是，武士便变得有点像中国士大夫般的官吏，只是他们还兼着军人的职能而已。

这种制度，时间一长，跟中国的情况一样，第一很容易演变为体制庞大、冗员繁多；第二便是阶级两极分化，形成低级武士的出现。像中国低下层官员一般，这些武士拥有受尊敬的身份，但家庭收入却非常微薄甚至穷愁潦倒，《黄昏清兵卫》、《隐剑鬼爪》的主角便都是如此（范进与孔乙己也是有秀才名分，却家徒四壁的穷书生）。

随着 1853 年美国海军准将佩里挟洋枪洋炮之威叩开日本封锁的大门后（中国其时早已先后败了两次鸦片战争，签订了丧权条约），日本举国上下不得不开始思考如何应对“西洋”的挑战，从战争到商业到文化。跟中国晚清时出现洋务派的新式士大夫阶层一样，当时占日本行政主导核心的武士中也兴起了向西洋学习的热潮，当中虽也有像《隐剑鬼爪》中的老一辈反对派，但开明之士早明白洋枪洋炮终会战胜刀剑血拚，因此积极向西方学习。

霍尔书中的这一段分析可供参考：

“维新领袖的特点是一律受过高水平教育和特殊训练。大多数都在自己的藩内以军事技能或学问而得到承认。结果他们在青年时代就有活跃的业绩，例如做大名的顾问、外交代理人或是新军队的组织者。……在智力方面，他们所受教育首先是儒家的，侧重忠诚和对社会的奉献。因此，他们个人的抱负虽然强烈，对国家问题也十分关心，效忠上级权威的思想也被反复教导。他们是志士，大多数都有挽救国家、效忠自己大名的愿望。但是几乎没有顽固不化或政治上盲目的。到1868年，有一些人曾经出过国（五代、伊藤、井上去过英国，胜曾经坐日本船横渡太平洋），还有别的人在日本国内就和西方人有过联系（大久保、西乡及大隈曾和英国翻译萨托长谈多次）。虽然大多数志士1853年是激烈的排外者（伊藤曾参加1863年对英国领事馆的袭击），但最狂热的分子早已被杀死，而存活的人到1868年都信服了西方文化的优越性。几乎全部明治领导者都有这种心理变化，在许多情况下，他们由复古者变成维新者。”

如此，对我而言，随之而来的问题便是：

既然两国的精英阶层在19世纪末面对西方船坚炮利的挑战时，都不约而同地生出向西方学习之心，为什么日本的维新改革可以成功，中国的就不可以呢？日本不但成功学习了西方的文治武功，而且在不到一百年的时间内，先后以武力打败俄国、中国，侵占朝鲜、中国台湾领土，建立起一个日本帝国，更于20世纪发动其“大东亚圣战”。日本何以至此呢？

上述问题当然不是我这个外行人三言两语可以回答的。但从霍尔书中的叙述看，我觉得有一点很值得注意：

当西方挑战出现时，日本武士阶层没有乘机拥兵自重，割据天下；相反，他们迅速主动抛弃以武士阶层为主的幕府制度，建立起以天皇为核心的领导机制，进行维新改革。中间虽也有叛乱出现，但很快便被平息。也就是说，在“国难当头”之时，日本的各路军事首领以大局为重，组成一个由天皇领导的中央集权团队，上下一心地进行变革。

但同一时间的中国，先是政府上层有以慈禧太后为中心的反西方保守政治逆流，下有两次鸦片战争、太平天国、义和团等连年的战争与动乱，更不要说西方列强在中国土地上的横行霸道予取予携了。其时，中国根本无一个推动改革的核心，亦没有足够的社会与经济条件去实行。如此，相比起日本的安定团结、默默耕耘搞改革，一退一进之间，中国怎能不落后于日本呢？ 而这一落后，晃眼之间，便是百多年了……

对“大日本”的挽歌

光看样子，即使不觉得他是猥琐佬，肯定认为他是电车男或御宅男。

更惨的还有：人过四十，老婆跟他离婚，女儿半年才能见一次；日日自己煮饭，无假期，未出过国，更不敢去旅行，随时准备 on call 工作；无朋友，无亲人，只有一个患老年痴呆症的爷爷在老人院要照顾；虽然有事业，但陷入低潮，风光不再，而且收入不高；最重要的是，所作所为被人唾骂，四处都张贴了抗议他的大字报，有如过街老鼠……

这样的一个人，是不是悲剧中年的典型？当然是。但是，这个悲情中年人却不是个普通人，他是“大日本人”——一个通过电击可以变身胀大成巨人的超人，而且跟所有日本超人片一样，他的对手都是怪兽……

相信大部分人都看过“超人”类电视或电影，从美国超人蜘蛛侠到日本咸蛋超人五星战队，所有这些超人片的主角，纵使内心有许多挣扎，但表面他们都是很风光的，至少不是被人厌恶的。但是，在这套《大日本人》中，导演兼主角松元人志彻底颠覆了日本超人片的“传统”。这个叫“大日本人”的超人，非但在变身前是个平凡潦倒的中年汉；即使变身后，首先造型不威风，其次身手不敏捷，甚至有点迟钝，更没有什么“超能死光”之类的必杀绝技；最最最惨的是，这个超人居然会被怪兽打败，更成了逃兵，不敢面对怪兽……可怜的是，市民非但没有嘉许他打怪兽的辛苦，更公然呛声他变身时耗费了太多电力，打怪兽时造成许多巨响、垃圾……总之，所有传统超人享受到的“礼遇”与欢迎，他统统无福消受，更连老婆女儿也不要他。

表面看，《大日本人》是在解构日本的超人片，用一个软弱无用的中年人嘲讽外表风光的超人形象；但是，我觉得骨子里，这是一首对日本传统的挽歌，甚至是对昔日强盛日本的缅怀。因为，上世纪三四十年代的第四代“大日本人”（即那个已患了痴呆症的爷爷）曾经很威风的，粉丝无数，出入前呼后拥，身上根本不用带钱包，因为总会有人帮他结账，女人就更加不用愁了；可是，这一代的“大日本人”，非但供变身用的发电厂由五十多座缩减到只剩两座，连变身前严肃的神道仪式，也被视为可有可无。总之，一切都变味了……

现实中“大日本人”的唏嘘与感叹，其实是日本人在经历经济由盛转衰的切身之痛呀。片中尤可留意的，是结尾时要由美国超人家庭来帮忙打怪兽，而“大日本人”只敢龟缩在一边旁观，这是名副其实的“大日本”被美国取而代之的象征。因此，《大日本人》其实是首哀歌，送给昔日的“大日本”……

松元人志集编导演三角于一身，是个鬼才。整套片构思奇特，时有怪招，让你惊喜连连。喜欢日本超人片的朋友，看这部片时当有不少会心微笑之处，因为导演彻底将一个“超人”的平凡甚至弱点暴露在你眼前，让你莞尔之余，亦有更深刻的反思。而且，片中用3G动画特技制作出来的怪兽，个个造型突出，各具性格，有趣异常，带来视觉惊喜之余，亦带来欢乐气氛。

辑　五

文化儿童化时代的知识分子

《知识分子都到哪里去了》（*Where have All the Intellectuals Gone*）一书的真正书名应是“文化精英分子都到哪里去了”。

在作者富里迪（Frank Furedi）看来，知识分子是具有特殊使命的。富里迪认为：“定义知识分子的，不是他们做什么工作，而是他们的行为方式、他们看待自己的方式，以及他们所维护的价值。”学者不一定就是知识分子。因为“知识分子可以受雇于某个机构，但是如果他们的想象和工作始终局限于这些机构的范围中，他们就将变成纯粹的专家和技术官僚。”而真正的知识分子是要“远离任何特定的身份和利益”，其“一切言行都是为了社会整体利益。知识分子可以被视为启蒙传统的化身，始终追求代表全人类立场。”而且，“不管个人的性格如何，知识分子总是被迫挑战当代的观念和传统。”同时，“成为知识分子意味着社会参与。”总之，“无论单个知识分子的发展轨迹和特性如何，作为一个群体，他们在质疑传统、使社会对那些有助于推进人类进步的理想和价值更加敏感方面，扮演着重要角色。”

遗憾的是，当代“学者职业化使知识分子生活的生命力受到重创。”因为现代学术的分工，使学者只能专注于自己专业领域知识的发展，成为“专业人士”。对富里迪而言，专业人士只能提供“脑力的服务”，却不能推进思想。此外，“诸如对现状提出批评、充当社会的良心，或者追求真理、不计后果，这类行为都不能完全构成专业人士的工作。”这样的后果，就是知识分子的贬值，即“知识分子的权威并不建立在表现真理的能力之上，而是建立在捍卫特定群体身份或专业身份的能力之上。”然而，让富里迪最痛心的还不是知识分子启蒙价值捍卫者身份的丧失，而是知识分子成为现代学术体制的顺从者，即“多数学者倾向于成为聪颖的专业人士和精明的专家，他们遗憾于没有得到文化上的支持以扮演公共知识分子。他们属于他们的机构，并与公众的世界保持距离。”

逼使知识分子从启蒙时代的真理追求者与捍卫者的角色转化成孤立于学院的专家学者的原因，是因为当代西方社会弥漫着一股反“精英主义”的思潮，其表现是将知识平庸化、弱智化与媚俗化。简单来说，这股反精英主义思潮就是将往日看似高不可攀的知识、文化或艺术变成人人可亲近（accessible）的东西，从大中小学的课程设计到图书馆博物馆展示方式再到整个社会的文化政策制定，都向一种令受众感到无压力、无障碍的方向呈现。因此，学校教育要强调对学生多加鼓励，多发现学生的优点，少批评其学术的无知，少打击其自信心。图书馆与博物馆更要改变其高深莫测的形象，以互动娱乐的方式吸引大众的乐于参与。至于政府的文化政策，更应要照顾全体大众的感受，不要使他们感到自己被遗弃，成为不受重视的弱势社群。总之，所有的政策都应该保证最大多数人的参与，其做法是不管在哪方面都“要求不要太高，少一些挑战性”，也就是迁就大众的水平，让人人感到自尊与自信。富里迪称这种做法为“包容政治”（politics of inclusion），也就是在降低要求的时候将尽可能多的人的感受照顾进去。

富里迪这本书的主要目的就是对这种包容政治进行批判。在他看来，以降低要求来迁就大众的水平，是一种势利的颠倒

（inverted snobbery），也就是“不加批判地批评各种过去所珍视和培养的文化。”其结果就是，在教育方面，教师为了照顾学生的情绪与自尊，培养其成就感，于是不断将对学生的学术水平要求降低；教师变成学生心理照顾者而不是知识传授者。在图书馆与博物馆的展示方面，就是加入娱乐性元素，或者所谓“麦当劳化”，将原本是严肃高尚的知识变成仿佛超级市场里等待消费者选购的货物一般，以“消费者”的口味为考虑依据。而在政府文化政策方面，则是强调要“联系现实”，也就是要照顾一般民众的需求，让更多的民众能参与到文化生活当中。富里迪指出，这是一种反精英主义的做法。他说，“繁复的语言、复杂的思想、挑战性的教育，以及高难度的艺术形式，如今都被贴上精英化的标签，因此被认为是件坏事。声称达到优秀标准这一行为本身可以被描绘为精英主义的，因为通过暗示，它不尊重那些其成就其能力达到这一点的人。保护民众远离精英文化，被认为是必须做的事情，因为这类文化被认为是对普通人的自尊的威胁。”

富里迪对这种势利的颠倒的潮流表示忧心忡忡。在他看来，这种潮流只是将民众当成儿童来看待，百般呵护，唯恐将其损伤。他认为这做法“并不真正尊重民众改善自己的能力，以及民众应对由教育和文化提供的机遇、挑战能力，他们倾向于把民众当作潜在的病人，而不是思想的听众。使学校里的孩子、大学生或参观博物馆的人避免感觉受到威胁、沮丧消沉，也许看起来是一项开明的支持政策，然而，把民众当作软弱、易受伤害的个人，遇到智力上的挑战时很可能跌倒，这种文化态度结果造成一种低要求的风气。”正如温室里的花朵无法经受真正风雨的考验一样，当公众习惯接受这种低要求的风气时，非但无助于知识的提高与普及，相反更会引来知识的平庸与弱智。

富里迪一方面感叹当代“精英们丧失了对自己权威的确信”，一方面又谴责“文化精英的职责不是去培养公众的头脑，而是变成了对它的批准和赞颂”，其结果是“文化和教育机构把民众当作消费者，把文化和教育一勺一勺喂给他们。低期待的文化体制很少能激发公共讨论和辩论。”然而，“睿智的公众是由学术和文化的蓬勃发展与热烈讨论造就的”。这就是富里迪感叹“知识分子到哪里去了”的原因。在他看来，知识分子与公众是互为互动的，当“公众的文化潜力变得琐碎平庸，这对学术思想的未来发展有重要的潜在影响。知识分子需要睿智的公众，艺术家需要参与进来的批评性观众。不幸的是，文化媚俗政治很少能够激发人们起来应对困境。”

面对当代知识平庸化与弱智化的趋势，富里迪呼吁“知识分子需要通过重申独立自主来重新塑造自己，这种独立自主正是他们的前辈在过去为之奋斗的”，最重要的是，“在一个文化儿童化的时代，把民众当作大人对待，已经成为人文主义知识分子的主要责任之一。”

“酷”的思考

你“酷”吗？或者，你想“酷”吗？但，你知道什么是酷吗？那你要看这本书了。

这是本谈“酷”（cool）的书，但内容一点也不酷，对某些自认酷的人来说，甚至会很闷。但这是本适合社会、文化、教育工作者以至父母甚至想扮酷的少年男女读的书。只要你有点好奇心，你会发现这本书很有趣甚至很有启发性。

《酷派当家》（*Cool Rules*）的两位作者为我们追踪了酷在不同地区不同年代不同领域的表现，最重要的是，他们为我们挖掘了在“酷”的表象底下的心理因素，这是全书最具吸引力及启发性的地方。

首先，什么是“酷”呢？作者这样定义：“酷，是个人或小团体采取的反态度，用以表现对当权者的反抗——不管当权者是父母、教师、警察、老板或狱卒。更简单地说，我们视酷为永久的个人反叛的状态。是为永久，因为酷不只是某种‘经历过的阶段’（长大了就不再有），而是一旦获得会持续一辈子；说是个人，因为酷不是种集体政治反应，而是个人的反抗立场，它不以刺耳的标语之姿出现，而是把叛逆隐藏在泰然自若的面罩之下。”这种反抗的叛逆姿态，既为20世纪尤其是二战后的社会变革带来动力，但亦带来深层的社会问题（如毒品）。当然，酷的最大影响或贡献，就是改变了20世纪至今的当代人的精神面貌。

作者指出，酷的源头是西非的宗教崇拜，之后经黑奴带到美洲。在第一次世界大战后，酷的苗头开始萌芽。在美国，便是黑人蓝调及爵士乐的兴起，以控诉黑人受奴役的状态及对白人基督教清教徒传统的反叛。随着二次大战的结束，酷渐渐辐射至白人青年世界以至中产阶层，成为他们对战后社会、政治与道德反叛的武器，或者说标志。其表现形式，便是垮掉的一代（Beat Generation）、嬉皮士（Hippie）、庞克（Punk），其影响所及，非仅流行文化如音乐、电影（如猫王、占士甸），甚至连文学、政治（如反战）、民权（包括女权）运动也受牵连。当然，“酷”在这些领域以不同方式呈现，但总的来说，是好坏参半。因为，酷一方面为反建制、反专制、反不公搭建了舞台，但另一方面，酷也以毒品及性滥交提供着反抗的勇气。

正如作者指出，“酷是一种态度或个性，浮现在很多不同历史时代、不同社会里，它提供了不同社会功能，但还是可以从三个核心人格特质辨认出来，也就是自恋，讽刺的疏离，以及享乐主义。”从这三个人格特质来看，无怪乎酷虽然在某方面具社会改革的抗争精神，但终归还是以个人利益的享乐主义为主。也就是说，酷是自利的，而不是利他的。由酷所带起的性解放及女权运动不过是其副产品而已，甚至是他们始料不到的副产品。因为，不管在什么年代什么地区，酷的反抗形式不是以集体的革命起义作抗争，而只是龟缩于小圈子里的毒品与发泄。本书作者正确地指出了这一点：“（酷的）反文化非但没有要求无产阶级革命，反而不经意地开辟了资本主义的新阶段。……虽然反文化偶出革命辞令，但只有少数反文化成员想以布尔什维克的模式推翻资本主义，大部分人只想以较酷且较偏向享乐主义的心态取代保守的战争世代。”

到了20世纪末，酷的反抗精神更荡然无存，反而被资本主义“收编”作消费的潮流标志，这就是本书作者在上文所说的“不经意地开辟了资本主义的新阶段”。这种酷的新表现形式，便是“雅痞”(Yuppy)的产生，其定义便是“年轻并向上流动的专业人士”(Young Upwardly-mobile Professional)。对雅痞来说，钱是万能，贪婪无罪，享乐至上，只要不违法，一切的利益追求都是可以接受的。按本书作者的话，雅痞是“将猖獗的个人主义与享乐主义以及对时髦服饰的品位结合”。至此，酷已由当初黑人对不公义的控诉与反抗蜕变作白人中产阶级追求时髦享乐的标志。何其讽刺的历史转变！

当今，什么是“酷”呢？本书作者总结道：“酷的局面既阴郁又矛盾：在一方面来说，酷重视个人自由胜于一切；酷痛恨种族歧视；酷的本质是平等主义与享乐主义。在另一方面而言，酷着迷于暴力、毒品和犯罪，还有赤裸裸的权力。”然而，不管当今的酷是如何，“酷”的潮流席卷全球已是无可争辩的事实。连中国农村的小孩也面临着“cool”字当头的巨幅美国产品宣传海报的诱惑，更不要说那些澳门街头以滥药及性滥交为时尚的惨绿少年男女。

当酷由一种反抗精神变成可供消费的产品之时，清醒的人应该要知道，酷已发生基因突变，可能拒绝酷才是真正的“酷”！

米开朗基罗和他的伟大时代

尼采曾因为自己的不为世所容而感叹道："伟大的人物不是时代的儿子。"这句话在古今中外有许多知音者；但马克思也曾说："每一个社会时代都需要有自己的伟大人物，如果没有这样的人物，它就要创造出这样的人物来。"

对米开朗基罗来说，他绝对是时代的儿子。因为像20世纪的毕加索一样，在世之时，他已凭其开一代新风的雕刻与绘画艺术，闯下赫赫功名，举世瞩目。他甚至可以将马克思那句话改写为："每一个人物都需要有自己的伟大时代，如果没有这样的时代，他就要创造出这样的时代。"

米开朗基罗很幸运，因为他既有赏识他的时代，也有激励他创造的人物。

《米开朗基罗与教宗的天花板》(*Michelangelo and the Pope's Ceiling*)正为我们呈现米开朗基罗生活的时代与人物。

这本书叙述的是米氏为教宗尤利乌斯二世（Julius II）创作著名的西斯廷教堂（Sistine Chapel）天花壁画的经过，但作者妙笔生花，并不是平铺直叙地讲述，而是在大量史料的扎实基础上，巧妙地以米开朗基罗与尤利乌斯二世之间的矛盾，以及米开朗基罗与同时代的达·芬奇和拉斐尔之间画艺的竞争为辅线，以小说笔法高潮迭起地讲述了这幅闻名中外的艺术瑰宝诞生过程。

书中，作者为我们生动地塑造了一般美术史书上鲜有提及的米开朗基罗形象。他才华横溢，举世公认，但脾气暴躁，骄傲自满，稍有不称他意的，即使是教皇他也敢顶撞得罪；他性情孤僻，朋友无多，且禁色绝欲，终身未娶，倾全力于艺术创作；他胼手胝足，废寝忘食，克服种种条件的限制与肉体的疲累，以超人的意志与毅力，誓要技惊艺坛，名垂青史；他一心重振家族名声，照顾兄弟事业，却会为锱铢小利与父亲兄弟斤斤计较。总之，他是天才，却不是完人。

此外，书中还有两个人物，也是作者倾力而写的。一是尤利乌斯二世，米开朗基罗的艺术赞助者，同时是东征西讨开疆拓土亲临前线的“战士教皇”，更是脾气横蛮只手遮天包养情妇身染梅毒的世俗暴君。书中详述了他两次出征贪功好胜誓要一统意大利的野心与权谋。另一个是同样名垂美术史的拉斐尔（Raffaello Sanzo）。他是米开朗基罗的后辈，而且倾慕后者的艺术创作，但这位少年得意的艺术天才，却决心要与之较劲，超越前辈。在书中，拉斐尔是米开朗基罗的“对立面”。当米氏相貌平庸、暴躁孤僻、缺友少伴、艰苦度日之时，拉斐尔却是年少英俊、风度翩翩、呼朋结友、情妇无数、享受奢华；最重要的是，他在艺术上另辟蹊径，形成了与米开朗基罗粗犷有力画风相对照的圆润精致风格。他是米开朗基罗的倾慕者，也是竞争者。

然而，这不是一本米开朗基罗或尤利乌斯二世或拉斐尔的传记。作者的笔触可以用波澜壮阔来形容。书里，有以意大利为中心的16世纪初叶欧洲合纵连横的政治军事斗争史；有以梵蒂冈为中心的教廷生活画卷，包括从教皇到教士生活糜烂荒淫的堕落史；有以米开朗基罗为主的众多艺术家为争取艺术赞助人与政治庇护人而尔虞我诈的种种阴谋诡计，以及他们的生活时尚与创作历程；有以湿壁画为主题详述其创作技法与颜料配制的种种欧洲古代绘画知识，读后包你大增艺术史见闻。当然，书中最重要的部分就是详细地考证与描述了米开朗基罗是如何克服重重困难绘制出西斯廷教堂天花壁画的经过。从壁画原料与颜料的准备到绘制方法与工序，从米开朗基罗构图灵感来源到艺术创新的地方，从每一幅画的人物图像分析欣赏到其神学渊源，作者都巨细无遗地为我们一一描述。这不仅是本西斯廷教堂壁画创作过程史，还是本西斯廷教堂壁画鉴赏书。

总之，这是本百科全书式的巨作。它以米开朗基罗和西斯廷教堂壁画为出发点，旁及 16 世纪欧洲的政治、军事、社会、教廷、神学、风俗、艺术、文化以及同时代无数著名或不著名的人物。作者视野开阔、资料丰富、铺排有序，娓娓道来，直教人如置山阴道上，目不暇接。读完本书，你除了认识到一位艺术巨人的成就与一件艺术瑰宝的诞生，更认识到创造他的伟大时代，和时代所创造的伟大人物。

你看见那头大象吗？

如果你家里有头大笨象，你会看不见，或，诈作不见吗？

有些人会，即使那头大象已经占据其生活空间，不便其生活作息——这便是西谚“屋里的大象”（The elephant in the room）要指出的鸵鸟现象：明明屋里的大象是那样的庞然大物，不可能看不见，有人却居然诈傻扮懵当其无到，这便是有心回避。

美国社会学家杰鲁巴维（Eviatar Zerubavel）专门为此写了本书，叫《沉默串谋者——日常生活中的缄默与纵容》（*The Elephant in the Room: Silence and Denial in Everyday Life*），探讨为什么有人明明知道了某件坏事，却要默不作声，诈作不知：这种沉默是如何产生的？其形式又如何？产生的社会条件是什么？其影响又如何？

杰鲁巴维引用了大量日常生活中的例证，说明对恶行的沉默，是一种集体现象，里面牵涉到权力关系、风俗禁忌、社会伦理、个人心理等等复杂的问题，但不管出于何种原因，人人沉默不作声不揭发的结果均是一样：恶行被纵容而得以继续，正义无法伸张。

作者引用的最经典例子，一是虚拟的童话故事《皇帝的新衣》，一是真实的纳粹对犹太人的逼害。为什么明明没有那件新衣，可上至皇帝大臣，下到围观平民百姓，无人够胆去指出，却要个小孩来揭破呢？纳粹对犹太人的残害是如此的明显，可为什么外从集中营周围的百姓，内到里面参与的医生，都愿意对正在身边发生的事视而不见呢？不管是虚构的故事，还是真实的历史，所有这些人物，都有个共同的特征：沉默，或许更确切地说，在公开场合沉默。这种沉默不是说不讲话，而是不去公开讲那件大家心知肚明有其事，却不便不愿不敢讲出来，也就是说，回避话题。

这种回避性的变相沉默，存在于生活中每一个地方，小至家庭夫妻，大至国家民族，都存在着这种大家心照不宣的"识做"式沉默。老婆明知老公有外遇，可为着面子，可以诈作不知；全家人明知父亲侵犯了女儿，可为了家声，也可以默不作声，包括受害的女儿自己；全公司的人都知道某经理任人唯亲，可为了保住饭碗，下属都得过且过；整个国家人民明知统治者为保权力而残害异己，但为了怕被逼害，也不去谈论这件事……类似的例子，自人类有历史以来，便不曾停止过，我们每一个人都或多或少曾经参与其中。

可是，稍有常识的人都知道，这种沉默长期下去，只会有害无益；尤其是对恶行的沉默，便是变相的纵容与鼓励。这种沉默伤害的，非仅是受害者本人，更有可能波及所有该团体（从家庭到国家）中的成员。

杰鲁巴维指出，长期的沉默串谋，首先会导致出现"变形的现实感"，因为你明明看见了某事，可人人都不去谈它，你便会开始怀疑自己看到的是否真实现象；沉默还可以导致口是心非表里不一的犬儒心态，最终形成无动于衷、麻木不仁；那些想打破沉默的人，由于触犯了其他人的利益，被认为"搅屎棍""麻烦制造者"，他们更形孤立，其内心便越益孤独；当这种被孤立的状况越来越多，人们便自觉地参与沉默之中，以免被排挤，沉默便由个人现象，变成集团遗忘，"可想而知，我们能触碰的话题范围因而越来越小，逐渐生活在由紧闭的门扉和越来越窄的通道组成的社会迷宫中”，而这样社会迷宫的结果，便是人与人之间互信的丧失；到最后，整个社会为之付出的代价，便是道德的沦丧，因为一切该坚守的价值底线，都会因为无人理会的沉默而被束之高阁。

前不久，奥地利揭发出一个父亲禁锢女儿长达二十年，对其性侵犯，更生下六个儿女；更可悲的是，事后披露，原来其家人以及受害人的同学以至邻居全都觉察到这件事，然而大家都保持沉默，让一个悲剧持续了二十年。

鲁迅先生曾说：“沉默呀沉默，不在沉默中爆发，便在沉默中灭亡。”这真是先知式的至理。是的，正因为人们的沉默，那个奥地利家庭甚至其所在小区的伦理灭亡了。

《皇帝的新衣》里打破沉默的是一个小孩，今天，我们许多人连一个小孩的勇气都没有。

一段路结束了，另一段路呢……

“人生犹如漫漫长夜，能渴望什么呢，除了我自己的困惑，对于任何人，我可以一无所有。”——题记

凯鲁亚克的《在路上》是“垮掉的一代”的代表作，上星期终于看完。书看完，心却沉重了。沉重，因为发现无论小说虚构或人生现实，狂飙突进式的人物都只是个理想形象，狂欢的烟花璀璨过后，终归要回复沉寂的黑暗，融入黑暗，或者悲观点说，被黑暗吞没。

《在路上》的价值，在于其宣告了美国年轻一代抛开主流价值，通过跨州长途旅行的经历，去追寻自己认可的价值。其间，有狂欢，有潦倒，有性交，有毒品，有偷情，有结婚，有亲情，有友情，有对生活的形而上思考，也有生活的拮据与困顿……总之，这些年轻人尝尽了低下层青年人该尝的苦头，但他们依然激扬着“因为我年轻，所以我要上路”的精神。这种“在路上”的状态，居无定所，食无定处，身无长物，然而年轻的心灵却甘之如饴，无他，不甘心屈服于主流安稳无趣的中产生活，要以年轻的肉体与生活的铜墙较量一番，纵使皮破血流，浑身痛楚，也绝不畏缩与后退。

看着这些汽车文明世界的奥德修斯（Odysseus）找寻着生活的原乡，很波希米亚，很浪漫。可是看着他们的结局，我却有着无尽的悲凉与哀愁。原来，不管年轻的肉体与灵魂如何反

叛与不羁，最终，命运会借助时间的绳索与生活的泥沼，把桀骜不驯的野性捆绑起来，让你苦苦挣扎却无从翻身。像书中的主角，嘉年华式的长途游历过后，年纪大了，负赘多了，最后仍得乖乖回去尽自己该尽的责任，做社会要求做的角色。做丈夫的做丈夫，做父亲的做父亲，做职员的做职员，一切又回到传统的角色扮演游戏，心灵慰藉与生命意义的追寻，最后的答案是遥远东方的老子与佛陀……

我很为这种最终的“投降”姿势而气馁，而气愤。我原本期望狂飙的精神能带来另一种生命模式的启示，没想到答案竟然是回到宗教的怀抱寻求安宁，那我这不安的灵魂怎么办？因为我既不信宗教，亦无法满足自己……

或许，唯一可以开解的借口，是“毕竟我曾经上路……”的自豪。是的，能够为青春留下一段值得炫耀的疯狂回忆，也不枉曾经年轻过。那我只好向年纪尚轻，或自认年轻的朋友说：

趁还年轻，及早上路！

说故事的高手

《光天化日》是我看的第二本哈金小说，第一本是长篇《等待》，这一次是短篇小说集。

小说家都应是说故事的高手；哈金当然是高手，不过他这个高手很沉静，没有飞天遁地，没有飒飒拳风，没有吆喝呼喊，他只像个老实巴交的榕树头下的“讲故佬”，含着有点腼腆的笑容对着你，开始说他的故事，声音不徐不疾不高不低。之后，你会发现有一种异彩在他的脸上出现，随着故事的开展而闪耀不已；他偶尔会抬头瞄一瞄他的听众，然后又收敛心神，回到他的故事，回到他的灵魂，去追踪那一个个平凡的小人物，一副陶然而忘我的样子。听众呢，也陶然而忘我，沉浸在他不徐不疾不高不低的叙事语流里。终于，故事结束，哈金恢复他腼腆的笑，听众也笑，微笑，之后，突然出现一阵叫人尴尬的寂静，这寂静维持了一袋烟工夫，再之后，许多听众发出一声长长的叹息……

哈金也写“文革”，可是他的“文革”红火只隐隐约约地在布景背后像晚上坟场的磷火跳动着，你可能不大会注意到，哈金也不提醒你；但你总能感觉到，因为故事里那些荒谬的情节脆弱的人性只能在那种鬼蜮才会出现。

这便是哈金最使我敬佩的地方：写的虽是那荒谬年代的故事，却不是以反思为名，借机作自怨自艾的苦情戏，就像街上的乞丐，故意露出化脓的伤口以博取同情的铜板。“文革”是整个中国的灾难，不是臭老九反革命分子的专利，也不只臭老九反革命分子受害，当中更有农村里的农民、妇女、小孩。最重要的是，小说不应只作发泄私怨的武器，倒应是检视人性灵魂的放大镜，呈现人生景况的追光灯。

读哈金，很容易联想到萧红，想到她的《呼兰河传》，这除了他们的小说都以中国东北农村作背景外，更重要的是他们都愿意去注视这一片土地上那些卑微而坚毅的灵魂。虽然，他们两个相隔半个世纪的时空，然而遗憾地，在这片严寒深锁的土地上，不幸的事情依然荒诞而悲哀地上演着，让人觉得这可能不只是一个地方的不幸，而是整个国家的不幸。

是故事，不是小说：断背山

一个文艺理论的问题：同样是叙事文体，故事与小说有什么分别呢？

简单地用打比喻的方式来说：故事是人体的骨骼，小说是整个人体，连着骨骼与血肉。所以，小说必有故事来做结构框架，故事却不会有小说的丰富与深度。

就这个分别来看，文学版《断背山》虽有短篇小说之名，我却以为不过是个故事而已。让我最奇怪的是，《断背山》居然曾获 1998 年欧·亨利短篇小说奖，刊登在《纽约客》后，获得“全美杂志奖”。

之所以奇怪，因为我觉得这个短篇不外如是，从人物塑造到故事结构，普通得普通，虽然通篇有一股淡淡的苍茫与哀愁贯彻其中，但那是作者文字的功力，不是整篇小说的张力。

正因为整篇东西张力不强，所以我觉得它像故事多于小说。也就是说，它有个情节骨架，但没有丰满的内容血肉。可能受篇幅的限制吧，作者没办法（或无意甚至无力）展开太多的细节描写，因此整篇小说给我的感觉是“到喉唔到肺”，像个皮包骨的瘦削流浪汉，没精打采的，看了只让人觉得沮丧，甚至无聊。

整个故事最让我“耿耿于怀”的是作者没有交代清楚两个主人翁的感情关系如何由相知相契发展到性爱欲望。因为两个男主人翁从一开始就不是同性恋者，其中恩尼司甚至已有未婚妻。那么，一对原本是异性恋的男人如何变成同性恋者呢？书中没有细节交代。只说两人在山上孤零零地看守羊群，随着接触与了解日深，两个原本相隔万里的陌生人变成无所不谈的知己良朋。一个晚上，恩尼司因太晚无法回指定的地方去睡，被迫与杰克同睡一个床垫；之后，两人就无声无息地做爱起来……

这种“简约”写法让我很受不了。不要说这是对异性恋男人，就是一对男女，要做爱也得有点感情基础吧。如果这对男人在山上因为太孤独而结成无话不谈的好友是感情基础，那如何飞跃至性爱关系呢？要知道，友情与爱情是不同的。尤其是这两个男人都是异性恋者。天生同性恋者的心情如何我不清楚，只知道作为异性恋者的我，要让另一个男人的阴茎插入身体，那可不是一件轻而易举的事。为什么这两个男人居然可以如此自然而然兼若无其事呢？而且，据作品描写，这一对“情人”自那一夜后简直“欲罢不能”，不仅晚上做，光天化日之下也做，简直是旷男怨妇了。是什么东西促使这对情人如此“渴望”对方呢？书中的交代少得可怜。

这个由友情升华至爱情的片刻应是全篇故事的基石；只有这块基石坚稳了，往后的叙事才感人才可信。然而，这篇故事的基石并不稳固，所以后面的内容在我看来就显得荒唐怪诞。因为我不清楚他们如此强烈思念对方的感情基础在哪里：是肉欲的刺激，还是爱情的牵挂？

我不是说男人与男人不能有牵肠挂肚难舍难离的爱情，但爱情的产生是有个过程的，《断背山》欠缺的就是细致描写这种感情产生的微妙互动过程，反而倾力于描写这对男人分离后如何在“世俗藩篱”的隔绝下想念对方，如何想方设法瞒着各自妻子去私下“幽会”，以寻求片刻的欢愉，而且是肉体的。这样，我只见到两条肉虫在床上的纠缠，却见不到两个灵魂在精神的交合；也因此，这个故事毫不感人，甚至无聊，对我而言。

这样的比较可能对《断背山》不公平，但我必须要说，《红楼梦》中宝黛爱情故事之所以感人，就因为当中充满着细节，让读者一步一步地看到主人翁的性格与感情发展，与他们同呼吸共哀乐。即使是短篇，鲁迅的《伤逝》也是以许多细节来展现一段伤感的爱情悲剧的。如果《断背山》也想呈现一个爱情悲剧，那我要说声：很遗憾，作者没做到，因为我只看到面目模糊的人物性格与无来由的感情段落。这是个爱情故事，却不是篇爱情小说，因为里面没有人物的血肉灵魂。

话儿不嫌长

这本书超值！才二十几块钱的人民币，就看到黄永玉的“出恭一十二景”和林行止的五篇大作，不管物质上或精神上，都是超一流的享受。

这不是本“正经”的书，因为内容都不容于“经典”。黄永玉的画和序，画的、谈的都是“出恭”，也就是广东人说的“屙屎”——哎呀，又臭又私人的事，怎么拿来作画作文呢！林行止的文呢，除一篇谈日本相扑外，其他谈的是男人的“那话儿”、变性人、厕所、放屁，哎呀呀，都是“儿童不宜”的话题呀！

这些话题，落入一般作者手中，自然又俗又臭，不堪入目；然而，放到黄、林两位手上，便正正应了那句俗话：神仙放屁——不同凡响。在他两位笔下，这些难登大雅之堂的话题，非但能从中见出风俗之异，更能见出文化与文明之变；读这些文章，增广见闻之外，更有醒脑开窍之效——打破旧成见的老框框。

比如那厕所业吧，其发展与改良，可见文化与文明的兴衰。林行止谈到中国早于战国时已有公厕之设，其先进处远胜欧洲。在抽水马桶发明前，巴黎、伦敦等当今“文明城市”其实臭气熏天，屎尿满街；时人非但毫无卫生观念，更无公德心，家中屎尿大喊一声“注意”后，往窗外便倒，行人一个不留神，分分钟“粪”从天降，以至18世纪时巴黎被称为“臭都”（City of Smells），那时还不知“花都”在哪儿呢！不过最搞笑的记载，是说中世纪的城堡外大都有护城河，可因为城内的屎尿都被排放到这里，日积月累之下，成了“屎尿河”！然而，恰恰因为其臭难挡，敌人无人敢过，反真起了“保护”之效。因此城内之人宁挨奇臭，不想扫粪！

人类很怪，性及屎尿屁等，其实是我们最正常及最贴身的事，但在大部分的文化里，它们都成了禁忌，不准随便谈论，更发明了许多“委婉辞”去避讳。但正正是在对待这些“切身需要”事宜上的态度与方法，显出文化的开放与先进。试想想今天住在参天高楼里的人没有抽水马桶的日子会如何？

因此林行止这本《说来话儿长》便不只是本“闲书”，而是微言大义深寓其中矣。更何况作者涉猎广泛，博览群书，文中信手拈来，故事轶闻多多，且都抵死幽默，令人忍俊不禁。像这样的书，最宜深宵夜半，黄灯一盏，洋酒一杯，浅斟细读，会心微笑，读着读着，不觉天之既白，只恨话儿不长！

实干之文

王佐良先生选英国散文，既选文章家的，更兼实干家的，因为“文艺家佳作是值得珍惜的，但我们也常看到各行各业的实干家写一手好文章，有时比文章家写得更令人爱读。”之所以如此，我以为是由于实干家的文章比文章家的少了些酸气，多了些实践获致的真知灼见，因而显得深刻有力。这其中最要紧的是“要将办事的实际本领同想象力的探索结合起来。”因为有入木三分的洞见而无造词的生花妙笔，读之味同嚼蜡；有天马行空的想象而无情理的深邃有力，却是花言巧语。所谓“文质彬彬，然后君子”，文章亦然。所以王先生说，实干家的文章好在“这当中有内容因素——这些实干家是言之有物，而且能言常人所不知的新事物——但也有语言因素，即他们不喜欢舞文弄墨，却能运用一种平易、清楚而有力的语言。”

实干家的好文章很多，王先生主编的《并非舞文弄墨》多有辑录。我以为法布尔（J.H.FABRE）的《昆虫的故事》就比很多文章家写花鸟虫鱼的所谓闲情小品高出很多，不论从文笔或内容来说。还有现在我手上这本由美国人摩尔（J.H.MOORE）写的《蛮性的遗留》，便不但是本通俗伦理学著作，我以为更是本警句集呢。比如：

他说：不能看护小儿的种类决不能长久生存。

他说：文明不过是一层表皮。人性的内心是野蛮的。人类社会是很守旧的，它保留着野蛮人的各种思想、感情及动作。

他说：倘若我们是透明的，能互相观照，得见一切思想和情感在我们的内心出没，那么我们就能窥见人的真性质，比现在明白得更真切，知道我们是善于做作的，我们的外表存在于内心的是装得光明和动人得多哩。

他说：新闻纸上为什么登载各种杀人流血的惨剧呢？因为人喜欢看。我们为什么喜欢看这些事情呢？因为我们祖先是肉食兽。

他说：进步不是自然的。我们是好像装着轮机尽绕圈子。改革家不要希望过奢。我们只能进步得像现在这么快。金刚石的性质是硬的，人的性质是机械的。

果然字字珠玑，发人深省。因此在激赏之余，也是时候思考如何铲除我们身上蛮性的遗留了。

名副其实《不只中国木建筑》

这是一本很好看的书。

作者在大学里教的就是艺术设计，怎不把自己的书打扮得清新雅致？你尽可以不看书的内容，光看那简洁优雅得仿如中国山水画的版式设计，也是一种性灵的享受。

这是一本很好读的书。

作者眼高手更高，以学院派的卓识写小品文的闲章，从一棵树的栽种说起，把与中国木建筑相关的内容，由家这个字到建屋的伦理到木工的标准到屋子的结构到各种构件到屋的种类风水园林装饰通通透透彻彻底底地娓娓道来，图文并茂，使人仿如置身山阴道上目不暇接，更似听细流津津，直如与天地为一，浑然忘忧。要说是谈建筑的专著，却更像明清的闲雅小品。更何况，作者会说很多故事给你听：我是中国古代的农民……

这是一本很需要仔细想想的书。

作者不空谈理论，而是以中国这片土地，以及这片土地上的中国人最平凡的愿望最平凡的生活最平凡的人际伦理最平凡的手工技艺为基础，旁征博引中西对比，建构出中国木建筑的煌煌巨厦，使读者叹为观止；更于雕梁画栋的字里行间，突显着中国人由木建筑所表现出来的心灵手巧聪明多智，思考着中国人由木建筑所表现出来的人生观伦理观社会观文化观审美观。谈的是中国木建筑，要传达的却是生活在中国这片土地上的人的一切。

这是一本很需要仔细反思的书。

19世纪以来天朝中国从闭关锁国的噩梦中醒来，发觉世界早已面目全非；吃了人家几记老拳之后，先是自信没了，再是传统也没了。木建筑及其文化是当中之一。这本书与其说是让我们发思古之幽情，倒不如说是让身陷钢筋水泥石屎森林的我们，看看先人的智慧，沾沾民族的豪情，再想想：如何继承传统？更如何推陈出新？而不盲目地跟着西方的石头滚……

真的，中国木建筑，不只，如此……

他妈的

别，别急着骂我。我知道，我知道“国骂”不宜拿来做题目。好心的看官，你就让我解解恨吧。你要知道，老天爷是很不公平的。有些人，一心一意发大作家的梦，搜尽枯肠拚了老命只求一朝洛阳纸贵名动天下，可惜天意弄人，他硬是不能像堆砌自家文章的辞藻般把自己的名声推上去。有些人，不堆砌不造作，顺手顺心写来，却硬是好得让人拍案叫绝。就算是“他妈的”三字，落入他手中，竟也像点石成金般神仙放屁，不同凡响！

我说的是黄永玉，黄永玉的《比我老的老头》。你看他写怀念张乐平的最后一段：“一梦醒来，我竟然也七十多了！他妈的，谁把我的时光偷了？把我的熟人的时光偷了？让我们辜负许多没来得及做完的工作，辜负许多感情！”

不愧是湖南凤凰的好汉。“文革”那段噩梦般的日子，岂一句他妈的了得！黄永玉这一句“他妈的”，骂得多么的沉郁呀！

看了如此得道升天的句子，我把原来打算写书评的念头打消了：评个屁！就你那道行还想评人家？我只敢乖乖地做个文抄公，赚些少的稿费供养做作家的奢想。因为，有些才情老天舍不得给你，有些经历你还未够资格去走一回，有些情感你狭窄的心灵容纳不了。你只能呆呆地听着人家发自心底的悲愤：“时光倏忽，几乎喝一声‘疾！’就过去大半辈子。十分可惜啊！好朋友在一起，总嫌光阴不够。一个人应该努力创造是一回事，当觉悟到应该马上努力创造又是一回事。尤其不忿的是大伙儿的时光让几个混蛋浪费掉了！——忽然一起老了！痛苦得真令人呼天抢地。”区区一句他妈的，不过为这“痛苦”搔痒而已。

然而，黄永玉这本书不仅有骂，更多的是爱，虽然这些爱里染着时代的血丝：“虐杀是一种古典之极、从未发展变化分毫的行为。尽管每个朝代对它都各有好听的称呼，让人‘提前死亡’的实质却从未改变。它从属于文化，却是文化的死敌。它痛恨、仇恨文化，是因为文化太好的记性。”其实文化的记性跟文化人的骨头有关，软骨头的记性永远最差。黄永玉的骨头很硬，所以他记性好；他记住那些比他老的文化硬骨头，更写活了那些于虐杀的阴霾中不屈地活着的灵魂。

读这本书，你会有许多“他妈的”：他妈的，真是好文章！他妈的，那个混账透顶的鸟时代！他妈的，这些可爱的老头！

“倒在地上就死了”

“一天，我那三岁的弟弟季阳，在天井里玩，无病无痛，倒在地上就死了。”不知怎的，读到这里就一呆，之后，就有股莫名的悲痛，隐然在心——很久没看到这种干净而动人的文字了。

三月号《明报月刊》上有聂华苓的《一对红帽子》，写得真好；二月号时已有一篇侧写她父亲之死的，亦是佳作。

怀人文章实在不好写。首先难剪裁。这许多年的事，记哪些呢？多了，啰嗦之余更成了编年史；少了，无法传神也未能尽意。其次是情感的控制。知交故友，心中当有万般情意，下笔之时，太滥情容易显得虚伪；太冷静又像名人词典条目，无法打动读者。正在这一点上显出作者功底的深浅了。

聂华苓的怀人文章，个个人物活灵活现，跃然纸上，读者如见其人，如闻其声，其秘诀就在作者的剪裁恰当，经营有度，以及最重要的，文章只呈现一组又一组的场景，仿似一个个电影镜头，作者只细心为你描述镜头中的声、色甚至味，不加评论。读者随着她的叙事流程，仿佛看着电影，于无声无息中进入了她回忆深处的氛围。情感，就隐藏在这一组又一组场景的字里行间，内蕴而不露。

像《一对红帽子》前头只着力写弟弟如何可爱乖巧，讨人欢喜，后来更跑去写父亲死后孤儿寡母饱受族人欺凌的苦况，却冷不丁地在最后出现引文的那一段，戛然而止。错愕、惋惜之余，想到母女俩本已凄苦万分，此刻再有亲人离世，其痛苦自非笔墨能形容。无言，正是痛苦之深。

白先勇写怀念挚友王国祥的《树犹如此》，亦是怀人文章的好范例。结尾道："美中不足的是，抬望眼，总看见园中西隅，剩下的那两棵意大利柏树中间，露出一块楞楞的空白来，缺口当中，映着湛湛青空，悠悠白云，那是一道女娲炼石也无法弥补的天裂。"我觉得，这么好的一段文字里多了"美中不足的是"这几字，实在美中不足。

与郁人叹酒

郁人先生的品酒大著《邀月》，面世不到半年，已出第三版，诚可谓澳门出版界佳话。此证郁人大著真材实料，一纸风行，洛阳纸贵；又证澳门读者识货懂行，佳作一出，竞先争睹。当然，此更是澳门酒国之福：好此道者观《邀月》，一边浅尝佳酿，一边会心微笑，当有“吾道不孤”之叹；初上道者捧《邀月》，当若《庄子·秋水》之河伯，惊叹酒国直如沧海，“不见水端”，所幸有识途老马郁人引路，始得见酒乡桃源之胜景。

藉此三次再版之机，编辑大人让我说说与郁人先生叹酒之乐。这道命令叫我诚惶诚恐了好几天，因为不论从哪点算起，我都未够资格写这篇文。最重要的是，对酒，我不只是外行，简直是白痴。每次有机会叨陪末座与郁人先生叹酒，看着他又是晃杯，又是察色，又是轻闻，又是浅尝；那酒到了他手中，直如珠宝遇淑女，骏马遇伯乐，玩赏之不足，直是珍之爱之矣。而我呢，只能在旁嘿嘿赔笑，懵懂痴呆。这样一个顽石不如的人，岂有资格说三道四呢？

硬是要说的话，我只能记下一些与郁人先生叹酒之感。

第一感，乃郁人先生真慷慨豪爽之士。每招饮，郁人必携好酒、名酒、特色酒，总之绝不像某些孤寒财主之藏私。他奉行“独饮乐不如众饮乐”宗旨，再贵的酒也拿出来与友共享，让我等寒酸之辈，也能一瞥佳酿芳颜；真是“酒樽旁边倒，醉死也风流”呀。

第二感，乃郁人先生真教书先生心肠。每饮，郁人除携好酒、名酒、特色酒，更在酒桌边饭台旁开课，对我这等孤陋寡闻者，必解说此酒特色如何如何，酿法如何如何，饮法如何如何，苦口婆心，谆谆教导，总之就是要让乡巴佬开眼界、长见识、识醇醪。只可惜渠对着个蛮牛如我，过耳即忘，口水酒水都浪费了。

第三感，乃郁人先生真是酒之“博爱主义”者。郁人饮酒，并不专挑名牌贵酒，只要是酒，普通如二锅头，他也甘之如饴；更且不会因其价廉而轻视之，往往细究其由来与特色、酿法与饮法。总之，在他眼中，酒虽普通，学问在焉。

第四感，乃郁人先生真系热爱人生之士。郁人先生与其难兄难弟西门公子，一个好饮，一个好吃，且都慷慨好客。每回“饭聚”，只要有他两人，那一餐必定胃口大开。除了有好酒好菜外，最重要的是，他们是真正的在享受着美酒佳肴；这享受，便是他们仿佛以一种虔诚的心去饮那一口酒吃那一道菜，认真、专注，细意品尝。看着他们只差没有闭上眼睛轻轻呼出“唔……”的享受表情，在旁边的你会受到感染，甚至感动，觉得自己也该好好地品这一口酒尝这一道菜，不能轻佻怠慢，辜负了世间极品。我常常想，能对饮食如此虔诚的人，必定是个热爱人生，热爱生命的人。因为他连饮食尚且如此隆而重之、珍而惜之，其他可想而知了。

《世说新语》记有孟万年者，好饮酒。有人问：“酒有何好，而卿嗜之？”孟万年回答说：“公未得酒中趣尔。”像我这种粗人，想来这生也无法解到酒中味了。不过，能有机会跟着郁人先生叹酒，则酒味未解，饮酒之乐趣已无穷矣！

青洲“三世书”

说起青洲，澳门人都知道；但若往深一层追问：青洲此名何来？人文历史如何？地貌变迁如何？小区发展如何？……则似乎没多少人知道。李业飞先生的新著《烟雨青洲四百年》就为上述问题提供了答案；不但提供了答案，更启发读者思考我们城市的未来发展方向。因为，它是一本青洲的“三世书”。

飞哥（我们对李业飞先生的尊称）在本书中，旁征博引、图文并茂地把青洲的“前世”说清讲楚：青洲本是小岛，上有青洲山，草木繁茂，一望青葱，故以青洲绿岛闻名。葡人居澳后，耶稣会传教士喜其环境幽静，于该岛建造房屋，辟为度假胜地，期间又与明朝官方互有摩擦；到1886年，英资公司在青洲设立我国第一间水泥厂；19世纪末，澳葡政府在澳门与青洲之间筑石堤，逐步把两地连成一体；直至20世纪70年代，青洲有军人驻守，为军事禁区，需持“禁区纸”方可进入，要待葡兵撤出澳门后才解禁……

综观全书，只见飞哥如针织高手般，从大量史籍论文中爬梳出条条缕缕与之相关的资料纱线，再分章分节、经纬分明地编织出青洲四百年变迁的风云长幅，更把文人雅士咏吟青洲的诗篇、盛极一时的水泥工业、古树名木保育等资料囊括其中；再配上过百幅珍贵插图（比如封底的那块圆锑牌，便是当年作进入青洲禁区识别之用），其发掘之深，资料之详，不啻为一本青洲百科全书或图鉴。

虽然讲述青洲的“前世”占了全书大半篇幅，然而这其实只是铺垫，说明青洲在人文历史、文化保育方面的价值，飞哥实际要读者留意的却是青洲的今世，要澳门人思考的是青洲的来世。在飞哥眼中，当前的青洲是“隐埋着丰富文物宝藏却曾遭到破坏的绿山”，长期未被重视：“近二百年的修道院遗址无保育，遗留至今尚存部分的碉堡哨站等军事文物遭破坏，百年古树名木及奇花异草待保护，山麓周围堆置大量的废车须清理，满目疮痍的废弃物和僭建物未迁拆而造成污染要解决……”对如此珍贵的一块宝地，飞哥的结论是：“青洲山并不是普通的一座小山，一句话：保护它。”

如何保护呢？保护什么呢？经过对青洲上下四百年的历史寻踪，以及详细分析有关当局《青洲都市化整治计划》的利弊，再加上不辞劳苦实地考察拍照后，飞哥在本书的结语部分对青洲未来发展方向提出六点建议，详情如何，要请读者自行阅览。

总之，这是一本青洲的“三世书”，飞哥已为我们阐明了其前世之美，今世之忧，至于其来世，作者提出了建议，但具体章节内容如何发展，却要我们全体澳门人共同书写。

蒲松龄自称其传世名作《聊斋志异》为“孤愤之书”，愚见以为，飞哥此书虽不“孤愤”，却亦“苦心”：一个热爱乡土的老澳门人对自己城市未来发展苦口婆心的警世、醒世、劝世之言！

本书结语云：“青洲岛的烟雨，曾令人神往；青洲山的荒废，更使人心悲。”对照近日的新闻消息，使人心情沉重之余，益觉飞哥本书及其提出的议题，在当下的社会语境中同样是沉甸甸的，亦不禁要跟作者一样，喊出宣言：保育青洲山，寻找青洲的新生命！

艺术的生命力

优秀的艺术都有种奇异的生命力。

他或许会勃发如一棵参天巨树，撑起千枝万桠的篷盖，让每一个生活于树荫下的人都逃不掉他的覆盖；他或许会蛰伏如地下的火龙，一找到出口，即便是丝微的裂隙，也会勇猛地喷薄而出，不分时，也不分地。

《乐满夏湾拿》要记录的，或许不是几个古巴老头坚韧的生命力，而是要人们相信，优秀的艺术无惧于时间的老化，无惧于人世的生老病死，只要那一息火种尚存，他依然有能力在角质化了的时间皱纹里开出娇艳的花朵，舞台上那一班挺然如初阳下的向日葵的老头便是最真诚的见证。艺术的力激荡出生命的力，更会冲破空间、种族、语言、年龄的隔阂，以跳脱野性而内敛着生命能量的音符激荡着异乡异族的心灵。

我们有理由也应该执着去相信去信仰这种雄伟的力量，特别是在今天的时空里，一个专制政权只相信武力、流行时俗追求反智的时空里。

某种时候，艺术是脆弱的，比如今天毁于阿富汗塔利班政权炮弹下的千年巨佛。但我们知道，有形的千年巨佛可以毁掉，无形的艺术生命却依然潜行于朗朗乾坤，就像佛相的庄严永远铭记于每一颗向善的心灵里。

这便是艺术蒲苇般柔韧的生命力。当代的生命需要这种生命力，奋行于喧嚣的地表，在脆弱而混乱的尘世寻觅一处宁静的护荫；更需要学习这种生命力，面对破坏与摧残，依然以尚存的一息等待着重生的契机。

生命是平凡而脆弱的，就像夏湾拿那一班白发苍苍甚至秃顶的古巴老头，然而你看到舞台上的他们脸上满溢着生命的光彩，你听到每一个音符是从他们身体毛孔中荡逸而出。在生命的某个时刻，这些老朽的身躯终会化作尘土，随风而逝，但我们知道，因着艺术的生命力，风中依然会有激动的歌声响彻，不绝如缕。

Lost

一男一女，一老一嫩；一个电影明星，一个哲学毕业生；一个结婚二十五年，一个结婚两年；一个妻子忙于照顾子女，一个丈夫忙于应付工作；两个美国人，同时在异国的城市东京说：我迷失了。

这就是《迷失东京》（Lost in Translation）剧情的出发点。

由 Lost Generation 开始，lost 统治了整个 20 世纪文学与艺术的主题，想不到 21 世纪初依然回响着它的余音。不过，后现代的今日，我们不是早 lost 得一无所剩吗？还有什么未被解构的呢？今天美国人于东京 lost 的，还是存在主义里那个孤立无援的迷惘自我吗？

似乎是。然而老生常谈得枯燥乏味。

一切都归结到爱情。两颗因伴侣无暇或无心理会的寂寞的心，在异国豪华酒店的床上，齐齐失眠了；于是，一边呼喊着 lost，一边在异国找寻刺激；于是，一段介乎友情与爱情的忘年暧昧关系展开了。

到底他们 lost 掉什么呢？

Translation？大美国主义并不会为不懂日文而像我等不懂英文同胞般在外国人面前诚惶诚恐的。他没有文化隔阂，更不会自惭形秽。他只觉苦闷无聊无趣。他自会寻欢找乐。他自有英文人的圈子。他甚至会用日本人不懂的英文去开日本人的玩笑。

东京么？不，东京很好玩的。有宁静的寺院宁静的插花宁静的日式婚礼，有热闹的电玩游戏机场热闹的 party 热闹的卡拉 OK 热闹的脱衣舞场。一切是那么的新奇有趣。一切是那么的 exotic。一切是那么的叫人难忘又启发思考。这里没有后殖民的悲情回忆，没有全球化的文化焦虑；这里是一片繁盛得如鱼得水的城市。

既然如此，最后 lost 的就只能是 Lost 了。一个当事人知道自己迷失却不知道自己迷失什么的迷失。后现代终于迷失到它本身了。

影片最后，男女主角似乎都找回自己 lost 掉的东西，都笑吟吟地继续自己的路。如何找回的呢？不知道。不管如何，生活总得继续，爱情总得继续，婚姻总得继续。

Lost 只是异国旅行中的一道风景。

失乐园·失落园

一个事业上失败的有妇之夫，一个婚姻上失败的有夫之妇，因一场大雨下的共伞而相识，而相约偷情，而相遭到周围人的排挤，而相饮药自杀：这便是日本电影《失乐园》的内容。

前辈问：《失乐园》好看在哪里？我以为，在其浅薄却又深刻之中。

《失乐园》中的爱情是浅薄的，浅薄在其完全抽离了日常生活的复杂性，更抽离了情感世界的复杂性。片中缺少了一个最基本也是最关键的铺垫：是什么力量使一对都"身有所属"的陌生男女相爱上，竟致不惜偷情？如果说女主角因丈夫只视其若仆人而做出墙红杏，尚情有可原，则男主角的妻子温柔贤淑，其背妻偷情当作何解释？更主要的是，这偷情的一对，各自又爱上对方的哪一点呢？画面所见，只有一幕幕欲焰高炽的做爱镜头，甚至二人的死，也是一边做爱一边饮下混有毒药的红酒。影片给我们的资讯是：这是一对为情欲的满足而结合的男女。片中，女主角在为后父守灵，为情人却不惜匆匆赶赴酒店，起初还抗拒情人的挑逗，最后还是禁不住情欲的诱惑而主动求欢；我疑惑，这便是爱情吗？

《失乐园》中只有情欲，因为在男女主角看来，他们周遭的世界是一个"失乐园"。

看《失乐园》，我由始到终感到一股颓败乏力的情调，因为男女主角都是生活中的“失败者”。男主角本是杂志总编辑，过惯了晨昏颠倒的忙碌生活，现在却被派做投闲置散的职位；女主角追求理想爱情，却嫁上了个刻板专制的大男人。失败，是这一对男女的共同点，也是这一对男女要致力摆脱的阴影。正是这一点，我认为是影片的深刻处，因为我愿把这一点扩大作日本社会的价值缩影。在一个以视公司为家，替公司卖命到老为价值观的社会中，人到中年的男主角失去了体现其生存价值的职位；在一个以丈夫、家庭为中心价值观的社会中，女主角失去了享受恋爱激情的时光。这样，传统价值依然强势存在的社会环境成了男女主角的“失落园”，他们想摆脱却又是那样的乏力。因此，两个在现实世界中失去价值认同的男女，便只有去情欲世界中去找回自我，找回存在价值，而当这种价值不被社会接纳甚至要摧毁时，死，便是他们最后的证明。

《失乐园》是浅薄的，因为只有情欲;《失乐园》是深刻的，因为有了情欲。由失落而失乐，再转而追求肉欲之乐，这是《失乐园》的浅薄处，也是其深刻处，它引发我们思考一个问题：人的存在及其价值的实现。

快乐地死

许多人倾慕《八月照相馆》里淡淡然的爱情书写，我却更感动于它对死亡的豁达。

这一部电影，与其说是谈一个垂死摄影师与女交通警的爱情，不如说是呈现一个身患绝症的人如何在临终前处理亲情、友情与爱情。爱情只是这部片子的副产品。

电影中有一小段很动人。老太太跟着儿子媳妇孙子到照相馆拍“全家福”，拍完后，大媳妇跟老公耳语了几句，大儿子就对老太太说：“今天既然来了，不如你就拍张独照吧。”老太太一听，先是一呆，之后原本笑嘻嘻的面部立即凝重起来，站起身想不拍，但儿子死死地按着让她拍。面对相机，她硬是无法把笑容堆出来，只露出一双凄酸无语的眼睛。因为她听出了儿子这句话背后的意思：儿子在让她拍遗照。然而，就在当晚，老太太又回来了，而且化了妆，穿了传统礼服，要求男主角再一次为她拍照，且叮嘱他一定要拍好，因为这是遗照。这一次，老太太坦然地面对照相机，并且在摄影师的诱导下，咧嘴而笑，那样祥和，那样含情。

我想，这一段故事是这部影片的点睛主题吧：死亡当然可怕，然而，却也可以达观积极地以笑容面对。这位老太太如是，戏中的男主角也如是。

这部片子的男主角，不年轻，不英俊，然而给人留下深刻印象。秘密在什么地方呢？就在他的笑。对顾客、对旧情人、对家人、对同学、对心仪的对象，他都在笑，一种轻轻的、让人宽心、亲切的笑；一种历经磨炼、洞明世事的睿智的笑。他没有哭与忧愁么？他有的。每一回从医院出来，每一回孤身的时候，他都带着无比沉重的悲哀。但他从不让人看见自己的悲哀，甚至哭，他也要用枕头掩着，不敢透出声来，生怕让父亲听到难过。

然而，他正身患绝症，时日无多。

最激烈的一次，他只是邀老同学出去借酒消愁，趁机发发积郁在心中的无尽悲愤：谁甘心英年早逝呀！纵是如此，他竟把自己的死当笑话说给同学听。

他所做的，就是乐滋滋地对人笑，然后在无人的时候，写好各种操作指引，给不懂开录像机和晒相机的父亲。

一般患绝症的人，由于治疗的繁琐与痛楚，再加上生命将逝，性情往往因之改变，时而暴躁狂怒，时而悲伤失控。可是本片的男主角，展现出另一种面对死亡的态度：哀而不伤、冲淡平和。这是一种对生命最大的礼赞、对勇气最大致敬的态度，显然也是导演想要传达的讯息。

生命，在死亡的映照下，即使是平凡人，也会显出其动人的美丽与绚烂；与家人、与朋友、与情人，最平凡的人也有其最甜美的回忆，像一本本记录成长经历的相簿，或许情会逝，照片会发黄，但用死亡之手来翻阅，便格外地使人眷恋不舍，黯然神伤。

男主角唯一可以庆幸的，是他能够知道死之将至，能够为死亡作准备，见想见的人、做想做的事。世间有许多人，连这样的幸运也没有。

生命无常，人间有情。幸与不幸，当视乎自己如何去生：可以是快乐的，可以是哀愁的。《八月照相馆》想让我们留念的，显然是快快乐乐地生，快快乐乐地死。

哪处异国，何种风情？

假设你是一种动物，比如狮子或老虎之类，有一天，你居然与人类平起平坐，并有幸成为朋友，甚至受邀去参观他家中的名贵收藏品。在人类家中，主人热情地向你展示他狩猎得来的其他动物甚至你同类的毛皮。那一刻，不知你作何感想？

我的感受是很复杂，很别扭，甚至有种手足无处安放的尴尬——这是我到艺术博物馆看《瀛海传真——法国相片中的昔日世界》时的感觉，也让我有了上述动物与人的联想。

这是一批让我迷惑的作品，迷惑于我不知该用何种感情、态度来“欣赏”它们。异国风情，是这批照片的共同主题。我不解的是，如果这批由法国外交官摄于20世纪之交的照片，对法国人或欧洲人而言充满“异国风情”，是“一定程度上代表了当时西方国家对未知世界的神秘看法”（展览前言）的话，那么对一个21世纪的中国人而言，它们又是哪处“异国”，何种“风情”？对我来说，那一幅幅黑白照片展示的不是异国，而是中国或是跟中国一样“非文明”的地区；那一幅幅对西方人“神秘”的照片没有风情，没有“新奇及感性的一面”（法国总领事献辞），而是贫穷落后以至愚昧无知。身处展览馆中，我问自己：我也该像法国人般对这些影像啧啧称奇吗？然而我只有无言的心情。不是我不想或不敢面对自己国家落后的过去，相反，我面对了，也更沉重了。我甚至能想象到当年法国人看这些照片时双眼圆睁的惊奇及嘴角微翘的嘲笑。

桑塔格于《论摄影》曾说“照片的道德内涵其实很脆弱”，“在1900年由于其主题而感人的照片，如今很可能只会是由于它摄于1900年而令我们感动了。”如果你真的因为这批照片是上世纪初的产物而感动，那么请深思它们背后的殖民主义因素吧。桑塔格又说：“照片将过去转化为一件表达亲切问候的物品，以普泛化的情致来看待过去的时间，从而打乱道德上的差别，消除历史的判断。”如果这批照片是主办者对我们的亲切问候的话，那么请切记于参观时重拾自己的道德与历史判断。

数码照相年代的旅行

摄影与旅行几乎是双生的。在达盖尔摄影术正式宣告诞生的三个月后，1839 年 11 月，就有两个法国摄影师，带着沉甸甸的摄影器材，出现在埃及狮身人像前，拍下了让欧洲人惊讶的“异国风情”。1844 年 8 月，在法国出使中国的代表团中，一位名叫于勒·埃及尔（Jules Alphonse Eugène Itier）的人，徜徉在澳门的南湾海边，拍下澳门，也是中国最早的一批照片。

随后，照相机成了旅行的必备行李，有人甚至会专为旅行，购买人生的第一部相机。到了数码照相年代，旅行照片的泛滥，可以说已经成为一种视觉污染。

数码照片“零成本”，可以肆意任拍，所以今天的人拍旅行照，几乎是从到机场的一刻就开始，之后机舱外的天空，酒店的房间、厕所，所有参观的景点，所有吃过的食店、食物，所有买到的手信，所有街边看到的有趣的东西，都可以成为拍摄对象。旅行，名副其实成了苏珊·桑塔格所说的以照片“占有”和“掠夺”所有的东西。

我可以理解这种疯狂拍照的心情，甚至可以听到他们的惊呼：哇，好靓呀，快啲影低啦！哇，好食呀，快啲影低啦！在这些“好靓”和“好食”的留影背后，其实是一种炫耀：这么美的景，我看到了，你没有！这么好的食物，我吃到了，你没有了！口讲无凭，拍照为证。之后，就在Blog或Facebook里，巨细无遗逐张解说自己的旅行经历。如果这种拍照行动背后没有炫耀动机，请告诉我：为什么有些人连酒店每天送些什么水果给他也要拍下？如果说摄影是伴随资本主义的发展而壮大的话，那么今天的旅行摄影，便是当代消费享乐主义与旅游工业结合的宁馨儿。

问题是，这种连酒店浴室也拍下的旅行纪念照，对旅行本身，对参观的那个国家地区或那个风景名胜，有何意义呢？也就是说，在你占有了大量照片后，你真正享受了“旅行”吗？你了解所参观国家的民俗风情、人文情趣和历史变迁吗？你体会到当地人的欢笑与忧愁吗？甚至，当挤在大量游客当中，观看柬埔寨山头的日落时，你分别出这道夕阳与希腊爱琴海那道有何不同吗？还是，你只是被眼前的“美景”迷住，然后只顾用相机镜头，而不是用你的眼睛，你的皮肤，你全身的感觉系统，去感受那一刻的光线和温度、风吹和人语？

是的，今天有些人是带着照相机去旅行，而不是自己的灵魂去旅行。他宁愿花大量时间用相机疯狂地拍了许多照片，证明自己“到此一游”，却不愿找个机会与当地人聊一聊天，到小巷看看当地市井生活，或者逛一逛本地市集看看本地人的餐桌上都吃着什么……

三十多年前，桑塔格在其名著《论摄影》中说：“拍照是核实经验的一种方式，也是拒绝经验的一种方式——也即仅仅把经验局限于寻找适合拍摄的对象，把经验转化为一个影像、一个纪念品。旅行变成累积照片的一种战略。”她预言了数码相片泛滥年代的旅行方式。人们宁愿以摄影来经验旅行，却忘了旅行是为了累积对异国风土人情的经验与知识。可是，正如伯格（John Berger）说的，“照片本身并无法像记忆那样可以保存意义。它们只提供具有可信度和严肃性的外观，却去掉意义的成分。意义是经过理解之后的结果。”——这就是我们要追问的问题：只有数码影像记录的旅行经验，却没有对当地民风民情的深刻体验，这样的旅行有意义吗？

桑塔格宣布：“人们患上了摄影‘强迫症’。”“把经验本身变成一种观看方式。”她的话应验了。

自拍——把自我当景观

不管是在旅行中、聚会中，还是闷极无聊时，未试过拿起手机或DC小相机对着自己自拍的人，请举手！

数码照相大流行的年代，由于拍照的“零成本”，人人都可以随时随地随意拍，于是一个很奇怪的现象出现了：自拍照大量产生——只要去网上的图片区或交友网站看看，几乎触目皆是。

自己观看自己的影像，自古皆有，最出名的，便是古希腊神话中，那位爱上自己水中倒影的美男子拿斯索斯（Narcissus），以及《白雪公主》中整日对着魔镜自照的后母了。当代的数码自拍照流行的原因，我想苏珊·桑塔格的一句话最能点题：“我们学会透过照片来看自己：觉得自己有吸引力，恰恰是认定自己在照片里会很好看。”因此，可以说，自拍是自恋的一种表现，自认魅力无穷，值得以影像永传记录，所以会忘乎所以地拍，就像拿斯索斯整日对着自己的倒影兴叹，又或者像白雪公主的后母般不停质问魔镜“谁是世界最漂亮的人”。

自拍照最极端的表现，便是裸体自拍了，网上尤其多女子（特别是年轻的）的这类自拍裸照。如果说自拍是一种自恋，那自拍裸照便肯定是对自己身体的迷恋，或者说，自信。于是，“趁青春留倩影”，不要“暴殄天物”，这似乎是很正常的逻辑。

问题是：为什么要留住裸体的影像？

伯格（John Berger）在 *Ways of Seeing* 中，用了一章的篇幅来讨论女性裸体画像。他指出，“在欧洲的裸像艺术中，画家观赏者——收藏者通常是男性，而画作的对象往往是女性。这不平等的关系深深植根于我们的文化中，以至构成众多女性的心理状况。她们以男性对待她们的方式来对待自己。她们像男性般审视自己的女性气质。”也就是说，由于男女性别在社会上的不平等，女性为取悦男性，有时会不自觉地以男性的视角和观点来评价自己，也就是“别人对她的印象，取代了她原有的自我感觉。”而在影像呈现方面，“女性自身的观察者是男性，而被观察者为女性。因此，她把自己变作对象——而且是一个极特殊的视觉对象：景观。”

伯格要指出的是，把女性当成“景观”来观看的，不仅是男性，女性也会不自觉地这样对待自己，将自己当成“对象”和“他者”来对待。这是长期受男性价值观耳濡目染而“荼毒”出来的表现。

因此，在自拍裸照的过程中，女子有否想象另一个男子在观看呢？尤其是当她摆出“性感”的姿态时，究竟这“性感”的标准是男性的，还是她自己的呢？她是只为自己开心，还是祈想男性的注意呢？一句话，女子自拍裸照，会不会是另一个女性跌入男性色欲观念陷阱的表现呢？

有人会说，你别把问题搞得太复杂呀，自拍是为求开心，裸不裸体根本不重要。真的吗？某些自由派女性主义者认为色情 AV 也是性解放的一种，女性有对男女高喊“干我”（fxxk me）的自由，但是台湾学者林芳玫认为：当一个女性说“干我”时，她就是在复制强化父权结构里的男女不平等关系，她使用一个有侮辱意味的动词，其行动者是男人，而女人则是此行动的接受者。

所以，当一个女子自拍裸体时，不要自以为是在张扬个性，留住倩影，而是该问问：我为谁而裸？

在场的摄影

文字与图像是各自独立的表达媒介，无人异议，无须赘言，但双方偶尔会“跨界”，文字描述图像的内容，图像再现文字的场景。其他的，罗兰·巴特早已说清楚：“文章由符号组成，这些符号必然具有指称对象，但这对象很可能是‘不实在的空想’，且经常如此。”而“摄影的本质即在于证实它所表现者”，“摄影的确定感是任何文章所不能给我的，而语言的不幸是不能为自己证实为真”。简单点说，文章“务虚”，摄影“务实”；文章虚构故事或情感，摄影纪录人物与事件。

具体到诗歌，或者所谓的现代诗，更符合巴特所指的“不实在的空想”。因为相比其他文类，诗与摄影的鸿沟更大。诗虽由文字构成，却不善于描述图像内容；摄影照片虽是图像的一种，却很难呈现诗的意境 / 情绪——所谓图像的诗意，那是摄影向绘画献媚，不是摄影的本相。

当然，这些都是老掉牙的对比了。今天如果还在强分什么文章虚构、摄影纪实，那便是对科技与现实的无知了，因为强大的 PS 技术早已打垮了摄影图像必是纪实的神话，更何况，地球人都知道：摄影图像说的或许是事实，但却不一定是事实的全部。要解释为何如此，会是一部资本主义图像消费 / 控制史的内容，我无能为力。

我可以肯定的是，于我而言，诗歌的确务虚，摄影的确务实；诗歌主在抒情，摄影主在观察；诗歌可以出世，摄影必须入世。

非常幸运地，从拿起相机走上街头开始，我便认定俗称“街拍”的方式最适合自己;“从影”以来，一直“扫街”至今。街头摄影让我从省察内心活动的诗歌创作，“抬起头来”观察所处的现实空间，走上街头，走进小区，慢慢地走，来回地走，捕捉各种场景：某个窗口下挂着的几尾咸鱼，某张木椅上树叶的倒影，某处墙角一堆被丢弃的残花，跟前小孩突然举起的那把玩具枪，远处某个老伯对镜自照的妙趣时刻……英文以shoot这个词来描述拍摄动作，实在传神，因为摄影师走上街头，真的仿如猎人进入丛林，得绷紧神经，调动全身器官去注视周遭的一切，以捕捉精彩的一刻。我平常走路都是低着头急步走，一旦相机在手，就得抬起头来，悠悠地逛，慢慢地看，还得不时回过头去看，因为不同角度不同光影呈现不同构图和场景。

文人容易是“思想的巨人，行动的侏儒”，我的诗歌绝没有思想巨人的高度，但摄影却让我行动起来：不管是清晨在布拉格街头与几个醉汉的偶遇，还是平遥古城窑洞里刚睡醒的老奶奶与赖在被窝里的小孙子；抑或是融和门下对着满天火烧云悠然自得的垂钓者，甚至旧城区残楼破壁缝隙中挣扎而出的杂草，所有这些在现实空间里的遭遇，以及无数除了置身其中无法言传无法说清的味道与声音与温度——人的街道的食物的草木的车辆的油漆的泥墙的死鱼的海水的……一切一切，都是诗歌无法给我的。罗兰·巴特说摄影如奇遇，真的。对一个诗人来说，这种奇遇最值得珍惜与坚持之处是，你必须在场，用你的血肉之躯与五官五感以至汗水泪水在场。如果你的诗歌是批判的，这种在场让你更明白为何要批判；如果你的诗歌是忧伤的，这种在场让你明白怜悯的心胸可以更宽大；最重要的是，如果你是诗人，这种在场让你写好诗之余更懂得做好一个像样的人！

最后，借20世纪美国彩色摄影大师威廉·艾格尔斯顿（William Eggleston）的一段话结束小文，它说的是“摄影”，但置换作“诗歌”同样适用：

摄影者是奢侈的时间消费者
“我”透过时间
给出时间
拾起散落的影像碎片
并藉此把握空间
把握“我”身体所在的世界
“我”身体遭遇的生活
“我”进到摄影史中
“我”游离于摄影史之外
“我”拥有众人的眼睛
“我”离弃众人的眼睛
“我”与众人一起过生活
“我”也以我的神经层次的感官过生活
如此
摄影者才能看到
摄入
别人视而不见的无法明晰化的活生生的影像事实

竖起澳门人文摄影的旗帜

衷心推荐两个有关摄影的展览：澳门博物馆的《凝光撷影——摄影术的发明暨中国澳门老照片》，以及澳门艺术博物馆的《澳门邻里——陈显耀纪实摄影展》。

从《凝光撷影》展览中，不但可以大概了解摄影术诞生早期的拍摄方法，最重要是，可以知道原来作为中西文化交流桥头堡的澳门，是中国最早出现于摄影画面的地方之一。在1844年，摄影术正式诞生后的第五年，澳门的南湾和妈阁庙，已被显影于达盖尔摄影银版上。

澳门本来有机会成为中国摄影的先锋。

可是，我们都知道，不管在世界或中国摄影史的篇章中，澳门摄影都仅占迎接摄影术登陆的第一行，其后所有的叙述，都与澳门无关。这当然与我们的经济实力有关。摄影从来都是奢侈的活动。摄影活动的昌盛，也往往与资本主义的发展紧密相连；只要翻翻摄影史，就知道大部分的伟大摄影师，以及摄影术的伟大突破，都出现在经济发达的国家。

当然，澳门是有摄影活动的，据说上世纪中叶开始，澳门就流行沙龙摄影，并且出现了一批外国摄影学会的会士，实力可见不弱。然而，在沙龙摄影流行之时，澳门在摄影界最看重的纪实摄影方面，似乎交了白卷。

澳门当然有纪实的传统。澳门摄影留给今天的遗产，从澳门艺术博物馆的《寻找澳门——李超宏濠江旧影摄影作品展》

和《澳门老照片——艺博馆馆藏摄影展》展览中，我们可以看到李超宏、欧平以及李玉田等前辈的镜头下，已记录下澳门的民生风情，对我们了解上世纪下半叶的澳门社会情况，提供了丰富的影像证据。然而，我们要遗憾地说，这些照片展现的，大都是田园牧歌式的生活场景和活动，这些照片的目的是展现生活的美。它们当然是为时代留下了画像，但却缺少对生活内容的探讨，遑论是对社会黑暗的批判。这从前辈们很少长期关注和拍摄某项专题可见一斑，因此，当我们想深入了解澳门60年代渔民生活，70年代的船厂工作，或80年代的纺织工场时，就感到影像资料的贫乏；我们或许有吉光片羽，却没有深入发掘。至于以摄影揭露生活的黑暗面或社会的不公义，更是凤毛麟角。

在西方，纪实摄影中的“纪实”（Documentary）一词，来自拉丁文 docere，意即教导。“纪实照片的功能不仅止于传达资讯，它还指导观看者从它所透露的真相认知社会的某些层面”（见阿瑟·罗思坦著《纪实摄影》）。从这个意义上说，澳门似乎从未有过纪实摄影，因为澳门的摄影作品目的不在“指导”，不在“真相”。

在这个背景下，当陈显耀打正“纪实摄影”的旗号推出一项专题作品时，我们在看过后，便不得不欣慰地说：澳门本土摄影终于有了人文关怀的一页。

《澳门邻里》以出色的影像记录了大量澳门老居民和他们的生计，这些生计大都是小生意、街边档，有些甚至是行将式微的。陈显耀往往抓取拍摄对象工作时的场景和神情来拍摄，用光考究，捕捉准确，非常传神地表达了人物的特征和性格。他是在为澳门的平民百姓画像，也在为澳门即将逝去的年代留影。要注意的是，在这些图像里，我们看到的，不是拍摄者高高在上的垂悯姿态，而是仿若家常对话的亲切自然；是生活，也是生命的原真状态。陈显耀显然不想作多愁善感的怀旧，他只想诚诚恳恳地告诉观众：这里是澳门，这些是澳门人！

陈显耀说，拍摄对象大都是他的左邻右里，其实也是许多澳门人的左邻右里。因此看这些照片时，澳门人往往会心微笑、惊喜连连：这个阿叔一直是母亲经常帮衬的；这个阿伯就在我小学旁边摆档；这个阿婶是我同学的母亲；这个阿姨是某伯公的细女……一幅幅照片，展现的是澳门人亲密的邻里关系，也是澳门人亲密的伦理关系。

陈显耀的作品让我想到桑德（August Sander）—— 一个以拍摄其本民族（日耳曼）众生相为职志的伟大摄影大师。台湾著名摄影师阮义忠说："桑德尽量在不同身份、不同性格的人物当中，抓住同一血缘的内涵。他在不同的脸孔、异样的眼神、各种各样的姿势和互异的裁切构图当中，都表现日耳曼民族的骄傲、倔强、严肃、不轻易放松自己的同一品性。"（见阮氏著《二十位人性见证者——当代摄影大师》）那么，我们可以说，陈显耀也是通过"不同的脸孔、异样的眼神、各种各样的姿势和互异的裁切构图"，呈现出澳门人温和柔顺、随遇而安、安贫乐道的处世方式。这种态度或许不够积极进取，但澳门人自得其乐，不容旁人以世俗功利的价值来多言。

有人评价桑德说："他是个摄影家，决定以既不嘲笑又不过分推崇的客观态度，拍摄整个日耳曼民族的众生相"（见阮氏书），我想，这句话也可以用来形容我所看到的陈显耀，和他镜头下的澳门众生相，虽然，他的工作才刚刚开始。

因此，澳门人应该感谢陈显耀，因为他的影像，带给我们回忆与温情；也因为他的照片，"指导观看者从它所透露的真相认知社会的某些层面"，让我们看到澳门某个普通人一生的缩影；看到在当下灯红酒绿的霓虹光外，一个平平凡凡的澳门人生活阶层。当然，澳门摄影人更应该感谢陈显耀，在一味追求沙龙风光的澳门摄影界，终于响起了纪实的人文号角，就看是否有人愿意追随他的足迹。

私人的“通过仪式”

——“观我——一个中国人的影像人生”观后感

澳门艺术博物馆今年初曾举办“观我——一个中国人的影像人生”摄影展。遗憾的是这个展览现已结束，幸好相关内容已经出书，书名叫《一坐一站一生——一个中国人 62 年影像志》，有兴趣的朋友可以找来看。

这个展览的特别之处，是展出的并非某个摄影师的作品，而是被摄的人——叶景吕“于 1907 年开始每年都以一张个人肖像作记录，并把一些国家大事件也一并记录下来，一直持续到 1968 年去世为止”（影展简介）。虽然叶景吕是明太祖朱元璋的后代，但叶景吕本人充其量是个曾经放洋的中国普通商人，一生并无重大事迹。其每年一度到照相馆（港澳人所谓的“影楼”）拍照留念，于其个人或家族而言，或许有纪念意义，但于社会或摄影史而言，实在说不上有何价值。

然而，不知怎的，看完这个题为“观我”的影展后，我却深有感触，感触到进一步上网去查找叶景吕及这个展览的资料，进而有了写作本文的想法。

“观我”令我想起童年时在农村老家的拍照经验。我们村里没有照相馆，要拍照得到镇里，或专门约请人来拍。我手头没有任何童年时的照片，可能因为家里穷，相机固然买不起，连请人来拍照也没能力。但我印象中有一次曾到镇里照相馆拍照。跟如今用手机随意拍照的年代不同，乡下人到镇里拍照可是一件隆而重之的大事。这首先是因为要到镇里，对贫穷农村的小孩甚至大人而言，一年难得去几次。其次便是到照相馆拍照，一生可能就那么几次，因此都把自己最得体的衣服穿了去。

各位去看叶景吕照片里的装束，尤其是开头的十几年，从运动装到西装到长袍马褂马甲到短装，从手持的洋伞到哑铃到文明棍太阳帽以至公文包，其形象都是经过精心打扮的，甚至是其社会和经济地位的象征，绝不会是随便一套日常便装就让人去拍的。有兴趣的朋友也可去看看慈禧太后的照片，连老佛爷拍照都盛装打扮隆重待之，何况殷实商人叶景吕，更遑论乡下农民了。

因着这种隆重态度，我想到叶景吕对这每年一次的拍照留念行动，不敢造次之外，应该是仿如举行仪式般怀着某种宗教情怀的虔敬，否则如何能坚持六十多年至逝世？打个不一定恰当的比喻，叶景吕的每年留影，就像教徒每年必定参加圣像巡游一般，那不是一时的兴之所至，而是将之视为生命以至灵魂的一部分。

面对叶景吕六十二年来坚持每年留影，“即使在兵荒马乱的年月也从不间断”（王立梅《献辞》），我们不禁要问：其目的何在？仅仅是个人留念吗？老实讲，年度留影这事不是只有叶景吕在做，许多家庭都有每年拍“全家福”的习惯，网上也有则报道说“8 名女子的坚固友情 34 年拍 34 张合照”。八位朋友尚且可以坚持年度合照三十四载，叶景吕一个人，只要经济条件可以，似乎也不是什么难事。到我细心观看这批照片及其背景后，发现叶景吕不同于上述八个女子为纪念友情而年度留影之处，在于他的年度留影，仿佛是为自己举行一个私人的仪式，一个类似“通过仪式”的仪式。

“通过仪式”（Rites of passage）是人类学的概念，由德裔法国人类学家范根纳普（Arnold van Gennep，1873—1957）提出，指“从一个生命阶段、季节或事件，转向另一个阶段、季节或事件。参与通过仪式的每个人，以及整个社会，都以不同的方式标志（或注意到）这些转变。”典型的“通过仪式”是围绕出生、成年、结婚或死亡所做的各种仪式（参见菲奥纳·鲍伊著：《宗教人类学导论》）。比如中国人的“抓周”传统、古代中国的“冠礼”（成年礼），日本到现在还有“成人式”。这些仪式都标志着某人进入人生的另一个阶段。台湾著名人类学家李亦园先生解释“通过仪式”时说：“也就是帮助个人通过种种生命过程中的‘关口’，使之在自己的心理上以及与他人的关系上能顺利达成。”“一个人从出生到死亡，其生命历程总有许多不同的阶段，包括出生、满月、周岁、成年、结婚、生小孩、退休，以至于死亡等等。这些不同阶段的经过，经常要引起个人心理与群体关系的转变，每一阶段所产生的转变程度虽有不同，但都如‘关口’一样要设法通过，所以社会就经常设计了一套标准化的行动，帮助个人及其亲属，借这些标准化的仪式，以顺利通过关口。仪式中的种种行为，因为是标准化了，所以其行为本身只是一种象征，一种符号，并没有实际的意义，其意义埋藏在使个人得以顺利通过生命关口的目的上。”（参见李亦园著：《人类的视野》）

按照上述李亦园先生的解释，再回看叶景吕的六十二张照片，发现他每一年的拍照行动，起初或许是无意识的单纯留念，但后来肯定是经过设计甚至有深意在其中。他以每年一度的拍照在进行一个私人的“通过仪式”——到照相馆拍照是举行仪式，以记录他生命中的一些“关口”，也借此通过这些生命“关口”。

首先，从开始年度留影的第九年即1915年起，到1940年的二十六年间，叶景吕梅花间竹般地以一坐一站姿势（即今年坐姿，明年就站姿）来拍照。这种有规律的姿势转换，可见他是有目的地规划一个长远项目，绝非去到照相馆后任由摄影师安排而为；反而是他自己带着企图而去，摄影师不过帮他调焦按快门而已。正因为他的这个姿势变化的规律，国内出版社在出这套照片的影集时直接以《一坐一站一生》来命名。

其次，叶景吕的许多照片，都是为纪念生命中某个转变时期而拍的，有时甚至连日期都是刻意挑选。这种例子可举太多了，如：

1908年，叶景吕双手拿着哑铃拍摄了肖像，一身运动装。上面标明了体重152磅，相当于69公斤。（文字引用自仝雪冰先生的影展说明，下同）

1910年，叶景吕30岁，而立之年。……叶景吕也第一次穿上了中国传统的长袍马褂。

1912年“中华民国”成立，这一年，叶景吕照片第一次剪掉了辫子，他还在照片下特别说明，因为实行新历，所以这年“实年”31岁。

为了纪念9月3日收复福州，叶景吕在1945年10月10日拍摄了照片。

1949年10月1日，在中华人民共和国成立的当天，他拍摄了一张读报的照片。

1951年5月1日，在国际劳动节摄影纪念。

1953年9月1日拍摄肖像，71岁的叶景吕还上书毛主席建议定9月1日为老人节。

1956年4月8日是他和夫人结婚五十周年纪念日，他们共同合影留念。

1959年，他修补了门牙，特地在六一儿童节拍摄了照片，取返老还童之意。

1961年，叶景吕得了一场大病，这张照片的精神明显不如从前了，他是大病痊愈后两个星期拍摄的，当时的8月17日，正是福州解放二十周年纪念日，他还特意标明是在艺光照相馆拍摄的。

1964年10月1日，在国庆节拍摄了照片。

1965年9月10日，在中秋节当天拍摄了照片。

1966年，叶景吕为庆祝夫妇结婚六十周年拍照。

1968年，他又一次在儿童节这天拍摄了人生的最后一张肖像。

从上述拍照日期及其背景的记述，可知叶景吕不是某天心血来潮说要去拍照，或某天突然记起匆匆赶去拍照。

这里特别想讨论一张不是照片的“照片”。1952年，叶景吕没有如往常般去照相馆拍照，而是请剪纸师傅剪了个侧面形象，用墨水涂成黑色，并在周边用文字记述道：“一九五二年在余为污浊之年，故特意用黑纸剪影以资儆惕，并志悔过不忘之意耳。”叶景吕为什么视该年为“污浊之年”，请读者自行上网去查看该“照片”。笔者要讨论的是：叶景吕此举已将其年度留影上升到总结人生、检讨忏悔的地步。在他而言，因本年“污浊”故不应留影，其他年份清清白白的，则可以留影；这张年度“照片”在他看来，不是为记录自己容颜的变化，而是留存生命以至道德的印记。他的执意不肯留影，说明叶景吕对年度留影这件事是虔诚的，虔诚到不容留下污点。这让我联想到教徒每次敬神前总要洁净身体，若身体不洁便不敢走入神殿一样。如果说叶景吕对年度留影这事奉若神明或视为宗教，显然有点夸大其辞，但说叶景吕对年度留影是抱着一种严肃甚至虔敬的心情来对待，相信不是太离谱的解读。

范根纳普把“通过仪式”分为三个阶段，即分离、过渡、混合或重聚。比如结婚仪式，一对新人会换上礼服（与平日的服饰分离）；到某个特定场所（如教堂）进行某些活动（如神父证婚或向父母跪拜之类），这便是过渡阶段；完成了这套仪式与程序之后，这对新人便有了新的身份：丈夫与妻子，并以这个身份混合进原有的生活之中。再举社团会员入会仪式为例，新会员可能被要求穿上该社团制服或佩戴会徽（分离），之后在某地方举行入会宣誓仪式（过渡），其后他便带着会员身份（甚至义务）混合或重聚于社群之中。

以此看叶景吕的年度留影，正合符通过仪式的三阶段：换装并带道具（分离），照相馆拍照（过渡），回家。完成这个年度拍照仪式后，他的生理外貌及社会地位不会有大改变，但其心理发生了改变——把他认为重要的事件（个人的、社会的）通过这一张照片记录下来，而他也由此进入人生新阶段：到了而立之年、剪掉辫子的人、新中国国民、庆祝金婚纪念的丈夫等等。

范根纳普把通过仪式中的过渡阶段也称为“阈限”（Liminal），其拉丁文原意有“门坎”之意。在叶景吕这里，每年一次跨进与跨出照相馆的门坎，成了他的“通过仪式”；而照相馆亦因此成了他举行私人仪式的“礼堂”。这是很有趣的一点。大部分的摄影理论书，不是抽象地以本体论方式讨论摄影与照片，就是探讨某摄影师的照片美学特色或内容，似乎不多见去讨论照相馆这个场所的意义，更少见去讨论被摄者的角色。在叶景吕的案例里，叶景吕当然不是辛迪·舍曼（Cindy Sherman）般有自觉美学主张的摄影师，但在当被摄者的同时，他也是这张照片的导演：穿什么，姿态如何，带什么道具，选哪个日子拍，通通由他决定。因此，与其说他是个到照相馆拍照的顾客，不如说照相馆的摄影师是被他雇来帮他完成自拍的助手。叶景吕，既是个被摄者，也是个自拍摄影师。

如此，对叶景吕和他这一批年度留影照片便有了不同的解读方式：叶景吕是个喜欢自拍的摄影师，他以一生的时间进行着一项被后人称为“观我”的摄影计划；他的这批照片，以年度“通过仪式”的方式总结自己的人生经历与情感，并以个人的生命历程侧面反映了20世纪中国历史的变迁。

鬼魅的欢愉

——鲍德里亚摄影作品与理论阅读笔记

一

一个摄影爱好者，要去评论一个威尼斯双年展参展人且举办过多次摄影展的摄影家的作品，当然是吃力不讨好；一个哲学外行人，要去评论一个当代最具影响力哲学家的摄影理论，更加是不自量力。然而难得在澳门可以看到当代大哲鲍德里亚（Jean Baudrillard）的摄影作品，纵然明知会贻笑大方，也想抒发一下观后感、读后感。

看鲍德里亚的作品，最好不要去管他的摄影理论，我很怀疑世上有多少人能讲得清鲍氏的摄影主张，尤其是对他的哲学理论毫无所知或一知半解之时，尤其是当专业的哲学教授也感叹说："鲍德里亚接下去的对拟真实的批判就开始变得越来越非理性化，越来越寻不得章法，发散式诗性感几乎完全取代了清晰的理性逻辑。他开始拒绝理性逻辑了。"（见张一兵：《拟像、拟真与内爆的布尔乔亚世界——鲍德里亚〈象征交换与死亡〉研究》）。关于自己的理论晦涩难懂，鲍氏倒有自知之明，曾说"我要写的东西会越来越少机会被人理解，但那是我的问题。"（"What I'm going to write will have less and less chance of being understood,"he said,"but that's my problem."）。

所以，还是抛开劳什子的理论吧，我是来看照片的。

二

看这次展出的鲍氏作品，我首先敬佩他对色彩的敏感，比如《布鲁日·1997》里绿苔池中的红色汽车倒影、《里斯本·1994》布满铁锈青苔的颜色层次、《阿连特茹·1993》那两棵浮在绿色灌木丛上被夕阳照红的树干、《圣伯夫·1987》朱红色丝绒布、《巴黎·1985》里深蓝夜色下被闪光灯打亮的海水蓝物体，以及用作影展海报照片的《巴黎·1986》里那些深蓝浅蓝黑白银红的和谐色彩和几何图案。摄影是光的艺术，鲍德里亚既拥有画家对颜色和几何图案的完美掌控能力，亦有摄影家对光影瞬间的敏感把握，故此欣赏他的作品，个人是很有美的享受的。当然，我知道他在《消失点》中明确写道："对图像最残忍的暴力无疑是审美的暴力。我所感到遗憾的，是摄影的审美化，无论是把它变成'美术'的一种，还是将它置于文化的怀抱中。"不过我觉得哲学家想把理论说得如何玄之又玄是他的事，但事实是鲍氏自己把照片拍得很唯美、很"沙龙"，我才不会管他的理论而掩饰自己的感觉。更何况，他自己把照片拍得如此唯美、沙龙，却拒绝别人去"审美"，真是岂有此理。

这里有两个吊诡而有趣的问题。

首先，这位身兼摄影家的哲学家说："你认为你只是因为喜欢某个景色而把它拍摄下来。可是，希望被拍摄成照片的其实是这个景色自己。这个景色在表演，而你只不过是配角而已。"又说："希望自己的某个部分被拍摄成照片影像，并不是为了生存，而是为了更为巧妙地消失。""被拍摄成照片的物体，都只能是为所有其他物体的消失而残留下来的痕迹。”“一切都在消失的技法之中，只有以消失的模式生成的物体才是世界的他者。”（《消失的技法》，载顾铮编译：《西方摄影文论选（修订版）》）换言之，是照片主体在拍摄自己，不是摄影师在拍摄；被拍摄，是为着被消失。按我的理解，鲍德里亚是在说一种“纯粹”的、哲学性的照片，甚至是未被“污染”的、“真空”的照片，所以他会说“施予图像的暴力大大地超越了图像本身的暴力：它被档案、证明、资讯的目的所用；为道德、教育、政治、广告的目的所用……这样，我们总是将它忘记，而因此，我们失去了对图像本身命运的关注。”所以又说“对图像最残忍的暴力无疑是审美的暴力”——按鲍氏的上述逻辑，照片应该是无“目的”的，不应被解释（审美）的，一句话，照片应是“无用之用”的。

如果我的理解正确，那么按照鲍德里亚的意见，他的摄影作品便不应该参加什么艺术展举办什么摄影展，因为每参加什么展览，便有挑选（哪几张去参展），更有策展人的诠释，那照片不是被多重“施暴”吗？最根本的问题，是鲍氏否定了摄影师的主体性（“希望被拍摄成照片的其实是这个景色自己”），可他自己的作品非但讲究构图，讲究光影（看那张《圣伯夫·1990》柔和的侧光和阴影，以及斜线构图；看那张《诺曼底·1996》的斜线构图和右上角的女人和水中倒影），有些更是“决定性瞬间”（decisive moment）的信徒，最典型的便是《圣伯夫·2003》中从高处拍那个正要横过马路的红衣女子，一线阳光正好打在她的上半身和后面的马路，占了画面中间的大半，两侧都是阴影，却又巧妙地留下女子和路牌的斜斜影子；仔细再看，停在红衣女子身旁的发亮发光的汽车前盖又留下一抹红色……颜色、构图、光暗对比如此精彩的一张照片，如果说是景色自己希望被拍摄，那这些景色也太厚待他了。

三

其次，是这位对色彩如此敏感，且只拍彩色照片的哲学家，是更加认同黑白照片的:“我认为，黑白更接近真实，这个想法与一般对摄影的思考正好相反了。色彩把我们从‘事物’的精神现实远远拉开去，而黑白是让我们进入到‘事物’的一种秘密中去。不过我可一点也没有想要进入到这种秘密中去，相反，由于我常常想要把我拍摄的照片变成黑白，所以才明白这个道理。”(《忘记身份的拍摄》，载顾铮编译:《世界当代摄影家告白》）鲍德里亚的这段话，相信会叫另一位摄影界神话人物卡蒂埃-布勒松（Henri Cartier-Bresson，就是他提出“决定性瞬间”的主张）大声赞好，因为后者曾说:“彩色是垃圾。”(见“1416 教室”博客,《使劲八卦》）鲍氏拒绝黑白照片，是因为他认为“所有的事物都为意义与语境所覆盖，而摄影则把这些意义与语境从对象（客体）的周围全部剥除干净”。而“色彩是一种允许保持这么一种距离的手段。”(《忘记身份的拍摄》）之所以要保持一段距离，是因为在鲍氏看来，在当代数码化年代，“真实”已不可得;这是个“拟真”(Simulation，又有译拟像）的世界:“对真实的精细复制不是从真实本身开始，而是从另一种复制性开始，如广告、照片，等等——从中介到中介，真实化为乌有，变成死亡的讽喻”(《象征交换与死亡》)。在《拟仿物与拟像》中，他又说:“要再发现一个绝对的真实层次之不可能性，就和搬演幻境的不可能性，属于相同的阶次。幻境再也不可能了，因为，真实也同样的不再可能。”

要解释鲍氏为何认为真实不再可能，本人无此能力，反正他由此出发认为“拍摄影片不是将世界作为物体理解，而是将世界看成物体，把埋藏在叫做现实的东西之下的他者性发掘出来。”（《消失的技法》）所以他反复说：“使我们无限地接近没有影像的世界、即纯粹外表的世界的就是照片。”（同上）“是摄影让我们最接近一个没有图像的世界，也就是说一个只有纯粹表像的世界。”图像，是“作为向纯粹现实提出的问题”（《消失点》）。

可能是从真实不再、照片是纯粹世界的载体的哲学观念出发，我们见到鲍德里亚的照片主体许多都是倒影，有水中的倒影，有玻璃（杯、窗）中的倒影；以及影子，拍摄者自己的影子，路人的影子。鲍德里亚说：“以前主体是表像的镜子，客体只是它的内容。这次轮到客体这么说了。‘我将成为你的镜子！’”（《消失的技法》）倒影也好，影子也好，都是现实的镜子，甚至是一团黑的镜子。在鲍德里亚的照片里，客体成为了主体，倒影 / 影子成了主体。这才是他的纯粹的、真实的世界的面貌。如果这个理解没有错，我们来看他那张《科比尔·1999》的自拍照，便更能明白他为何要对着镜子自拍，为何让自己的肉身掩藏在浓重的阴影里。在他的哲学观里，这个镜子里用相机遮掩住面孔的模糊不清的影像，才有可能是真实的他——不，应该是一个超真实（hyperreal）的他，因为一切都是伪装（simulation）的，因为没有一个“真实”的鲍德里亚。这一点，我想，当他知道自己用于展览的照片是数码打印出来的时候，可能会说：这是我的作品吗？这是我作品的原貌吗？还是拟真仿制的（simulative）作品？

四

这篇文章到此已大大超出我的摄影和哲学知识了，所以如果你觉得通篇是不知所云的呓语，一点也不出奇；而我自己亦视之为一篇对鲍德里亚摄影作品和理论的阅读笔记。读者诸君还是去塔石艺文馆看鲍氏的摄影展吧。写稿的时候，主办单位公布会把展期延至今年 9 月初，请不要错过。鲍德里亚形容摄影是“只有鬼魂能享用这特殊的欢愉”，那我们就抛开啰唆的文字，看照片去，欢愉去。

哺乳照的观看之道

澳门母乳协会于去年推出一辑题为《自然 × 哺乳》的照片，宣传母乳喂哺应不受场地限制，以及离乳时间应由母亲与孩子共同决定的讯息。为突出主题，照片于澳门不同地点取景，母亲们坦然露出乳房让自己的小孩吮吸，孩子有男有女，有幼儿也有小童。照片在网上推出后，普遍受到肯定，还曾公开展出。没想到，近月有网民却认为其中一张在海滩拍摄的哺乳照，当中的男孩有五岁多，年纪较大，质疑是否有此必要，更有人觉得这张照片“有伤风化”。有趣的是，批评者大都声称支持母乳喂哺，认为拍两三岁幼儿吃母乳可以接受，但这张五六岁小孩吃奶的照片是“过火”，连本身是喂母乳的母亲也留言说不可接受。

那天在网上“八卦”这宗茶杯里的风波时，心中突然冒出个想法：刚去世的艺术评论大师约翰·伯格（John Berger）会如何看这件事呢？

伯格是当代著名艺术和文化评论大师，亦是小说家、画家、诗人，著作丰富，影响巨大。其于 1972 年根据 BBC 同名系列电视节目内容出版的 *Ways of Seeing* 一书，因其独到深刻的见解而成为学术经典。今年 1 月初，这位大师以九十岁高龄逝世，文化界中人无不为之哀悼。

伯格博学多识，著作行文除富于思辨、文采斐然外，更因其持马克思主义批判角度，明确支持一切反专制的政治斗争，透过对视觉艺术作品的评论，映照出当代深受资本主义消费文化影响的人类灵魂真相，鞭辟入里，力透纸背。

伯格认为："在照片的四周，我们必须建立一套放射性的系统，以便我们能同时以个人的、政治的、经济的、戏剧化、日常化和历史的观点来欣赏摄影。"伯格的著作表明他完完全全地实践了自己的主张，以深厚知识学养来"细读"每一张照片背后的意义。从一个眼神或衣着打扮，伯格都能引经据典地说出其在历史脉络中的潜藏含义。

伯格曾说："照片无法自说自话，照片只能保存瞬间的外貌。"又说："照片本身并无法像记忆那样可以保存意义。它们只提供具有可信度和严肃性的外观，却去掉意义的成分。意义是经过理解之后的结果。"因此，若要分析这张哺乳照的意义，便得先"理解"这张照片，而理解之道，便是伯格上述的"放射性的系统"。

可惜笔者的学养与伯格差天共地，无法猜度大师思接千里的批判眼光，会如何观看这张照片。不过，以伯格对西方美术史了如指掌的广博学识，这张照片或许会让他联想到 17 世纪荷兰画家鲁本斯（Peter Paul Rubens，1577 — 1640）的名作《父与女》（*Cimon and Pero*）。这张画画的是一个被铁链锁着的老人，嘟着嘴吸吮红衣女子的乳房；红衣女子敞开胸前衣服，露出丰满的双乳，一边用右手托起左乳让老人方便吸吮，一边扭着头眼看着窗外；窗外则有两个戴着头盔的士兵瞪着眼睛紧张地窥视着……乍看此画，不知道画作背景的人士会否认为是"有伤风化"，"过火"呢？原来，画中老人叫西门（Cimon），是一名基督徒，被罗马人判处死刑。他的女儿佩萝（Pero）刚生了小孩，到狱中探望父亲，见他饥寒交迫，便解下衣服让父亲喝她的奶充饥。如是几次后，终被看守的士兵发现，但官员非但没有惩罚佩萝，反而被她的孝心感动，释放了她的父亲。所以，这则故事又被称为“罗马善行”(Roman Charity)，成为后世许多艺术家创作的主题。

伯格说：“尽管每一个影像都体现了一种观看方法，但我们对影像的理解和欣赏，还取决于各人独具的观看方法（比如说，希拉是二十个人中的一位，而我们出于本身的缘故，偏把目光投向她）。”从17世纪鲁本斯的《父与女》到21世纪的这张哺乳照，一老一少的男性，吸吮着女性的乳房，刺激着观者的感受。然而，不管观者的观看方法是哪种，受到的刺激有多大，《父与女》的例子启发我们，不能只从影像表面去做评判或下结论。

“乳房”这个女性特征，不论古今中外，从来都是争议的对象；与之密切相关的哺乳行为，由母亲自己还是另请奶娘来喂，也是政治、经济、宗教、风俗以至情欲等等因素纠结牵扯、冲击互动的结果，其所体现的绝不仅是一个母亲或家庭的单独决定，而是一个时代大环境的综合意识表现。例如，《红楼梦》读者都知道贾府的大小姐大少爷是由乳娘奶大的，而且奶娘地位不低。现实中，作者曹雪芹的曾祖母孙氏便是康熙帝的乳娘，曹家也因着这重关系在康熙朝得以显赫一时。在这里，乳娘是一种宫廷制度。文艺复兴时期的法国和意大利，上流阶层的妇女为了不想乳房“变形”，保持乳房对男性（贵族）的吸引力，便雇乡下的贫穷妇女做奶娘喂自己的孩子。这是经济与情欲决定了哺乳模式。到17世纪，得益于海上贸易而暴发致富的荷兰新教徒家庭，却视母乳喂哺是天职，认为“懂得哺育孩儿的人，才是全心的母亲”，因此其时许多画作便以哺乳为主题，尤以圣母乳子（耶稣）图为常见。这里哺乳又与宗教信仰拉上关系。

最能说明这种现象的，便是公爵夫人海薇克 Sophia Hedwig 专门请画家摩瑞斯（Paulus Moreelse，1571－1638）来帮自己画像，图中赫然见到华贵打扮的公爵夫人真人上阵，袒露左乳，旁边伴着的是她三个同样盛装穿着的儿子，背景则是一座豪华大宅，门口站着一个保姆抱着婴孩（公爵夫人的女儿）。这幅图想传达的是像圣母乳子般的宗教慈悲主题，但画家不忘又或者受雇主吩咐从服饰上炫耀主人的财富，而观者除可从中见到其时风俗（贵为公爵夫人也亲自哺乳并以此为荣）外，当然亦不能无视那几串在图中闪闪发亮的粗圆珍珠链了。

上述例子都说明母乳喂哺不是个必然的、不证自明的真理，而是多项因素经长时间酝酿出来的行为表现，是个可移易的风俗习惯甚至政治决定。澳门母乳协会拍摄这辑照片的目的是想改变大众对母乳喂哺的陈旧观念，如果有人不接受甚至反对某些主张（比如五六岁的小孩可以喂母乳），似乎是题中应有之义，是可预料的反应，否则就无须协会的人大费周章来做移风易俗的倡导工作了。与之相对的，抗拒者似亦不必太早下定论，今天你看不惯的“伤风败俗”举动，说不定十多年后成了家常便饭，这一点只要看看妇女服饰在这半个世纪以来的变化便大可明白并且释怀了。

具体到这张小童吃奶照片，如果与上述公爵夫人的画像作对照，便显得是小菜一碟了：17 世纪的公爵夫人尚且袒胸露乳与三个儿子富贵上镜（油画便是当时的照相机了），21 世纪的小童遮掩着母亲乳房的哺乳照又何须大惊小怪呢？

在 *Ways of Seeing* 一书中，伯格对西方美术史上的女性裸体绘画有非常具创意的分析。比如他指出：“几乎欧洲文艺复兴后期的性形象，都是展露身体正面的——不是直白，就是隐喻的——因为性爱的主角，就是看画的那位作品拥有者。”

也就是能出得起钱订制或买入裸体画像的王公贵族。在伯格看来，这是种“谄媚男子的荒唐现象”。这种现象的结果，是造成“描绘女性与描绘男性的方式是大相径庭的，这并非因为男女气质有别，而是‘理想’的观赏者通常是男人，而女人的形象则是用来讨好男人的。”由于根深蒂固的以男性视角来观看女性裸体，使人们见到女性裸像便自然而然地往性爱方向联想。即使在当今日常生活中，无论中外，男子赤裸上身招摇过市无人理会，女子便无此方便。要检测自己有无受这种观念影响，伯格建议了一个非常有效的方法：“运用想象力或复制，把画中女人变为男人，然后注意这变化造成的冲击。这不是对作品影像的冲击，而是对观赏者成见的冲击。”

对这张小童吃奶照，有兴趣的朋友不妨也以伯格的方法，把照片中的女性想象为男性，不知会作何感想呢？不管感想如何，我想伯格要我们明白的，是观看也是一种“成见”，而“成见”在适当的条件下是可以改观的。

“成见”的例子还可以参看伯格一个关于女性如何观看自己的精辟创见。他指出，女性“必须观察自己和自己的行为，因为她给别人的印象，特别是给男性的印象，将会成为别人评判她一生成败的关键。别人对她的印象，取代了她原有的自我感觉。”之所以如此，乃因为“男性则先观察女性，才决定如何对待她们。结果，女性在男性面前的形象，决定了她所受的待遇。为了多少控制这一过程，女性必须生来具有这种控制能力，并使它深入内心。”简言之，为了“谄媚男子”，“女性自身的观察者是男性，而被观察者为女性。”也就是说女性会不自觉地以男性视点来观察自身，当然包括自己的身体。关于这一现象，古代（不论中外）因经济不平等而导致地位不平等的男女关系固然如此，即使到了女性撑起半边天的当代，看看那些大行其道的瘦身修身广告，便明白女性依然还是以男性的眼光来看待自己，有时甚至比男性还苛刻。而从伯格的这个见解出发，对那些支持母乳喂哺的母亲会出来反对那张小童吃奶照，似乎也可以理解一二。

热心肠的博尔杰

由于以往做澳门文物研究与导赏的工作，对博尔杰（Auguste Borget）的画作有一定的认识。可是那天在澳门艺术博物馆看完《浮光掠影——博尔杰南中国沿海绘画特展》后，我仍然被博尔杰深深吸引。

我是美术外行，不懂得欣赏博尔杰画作的精妙处，所以博尔杰吸引我的不是其绘画，而是其画作主题，至少有两点我是非常好奇的：

1. 展览上，博尔杰画笔下，几乎都是庶民生活的场景，海岸边的疍家渔船棚屋、妈阁庙前的摊贩市场、玫瑰堂边的街头小食，再到剃头匠甚至一只胖胖的大肥猪，都成了他的主角。在19世纪30年代，一个西方人来到中国，来到澳门的中国人中，他没有带着猎奇的眼光来怜悯中国和中国人的所谓野蛮落后，反而走进他们的生活，观察之、描画之，把中国人的生活描绘得那么生气勃勃（请看那幅最著名的妈阁庙图），实在非常难得！这难得体现出，博尔杰是个热心肠的人（我不会用什么人文主义者之类的大词语），用潮语来说，是个充满正能量的人；他没带着西方人的优越感来居高临下审视中国，而是带着欣赏理解的同理心来看待见到遇到的一切。

这里，我想到一个非常有趣的参照点，就是钱纳利。据说博尔杰在澳门时跟过钱纳利学画，但在博尔杰画作的主题中，有一个跟他老师非常不一样的地方：博尔杰不去画澳门的西方建筑物。钱纳利几乎把澳门的教堂都画了，博尔杰却只画了玫瑰堂的一角。在澳门的几个月时间里，博尔杰一头扎进中国人的圈子中去，却不屑一顾其西方同胞在澳门的建设！

2. 博尔杰另一让我感到兴致的画作主题是，他画了许多中国人葬礼情景。那天我粗略一算，最少有四幅，连一幅在香港画的画作里面竟也有座中式坟墓！我印象中，钱纳利没有画过葬礼，但博尔杰有两幅画的主题直接就是中国葬礼。那天我一边看展一边就纳闷：为什么这个西方人对中国葬礼这么感兴趣呢？他是抱什么心态来看这个中国传统呢？直到今晚，当我好不容易找出他那本《中国和中国人》（内地上海书店版译为《奥古斯特·博尔热的广州散记》）翻看时，才知道博尔杰对中国人葬礼有近乎痴迷的好奇：他会花几小时跟着人家送葬队伍走，一边观察一边画画；又很好奇中国人的上坟情况。在他薄薄的《中国和中国人》一书中，题为“澳门”的只有六节，而写葬礼的就占了其一，且其篇幅之长仅次于写妈阁庙的一节。

其实，在写澳门之前的“香港湾”一节，博尔杰已写下他对中国人葬礼的观察和感想了。他记述在破败的船屋前“有个老人面无表情地看着葬礼仪式的进行，也许，他在等待着他的轮回，等待着死亡来结束他悲凉的一生。”然后描写一个奇特现象：“在死亡光顾的地方附近，人们分成了几个团体，一部分人在做饭，其他人在临时搭起的桌子边玩；这儿洋溢着喜气，那儿却发生着死亡，或者说葬礼正在进行！”这引起博尔杰的思考，他的结论是“当一个人离开人世时，如果与家人、朋友的分离没有让他觉得有任何遗憾的话，那是上天赋予他的不幸。”

你看，博尔杰没有立即上纲上线去批评中国人对死者的凉薄，而是满怀同情地看待贫苦者的死亡，他说：“他们的出生和环境迫使他们生活在这张硬木板床上，而大地为他们提供了一个避难所，他们可以在那儿得到永久的休息，逝去的人用他的硬木板床换得了这个避难所。”这是一副悲天悯人的好心肠！

建议朋友们有空要去澳门艺术博物馆看看这个《浮光掠影——博尔杰南中国沿海绘画特展》，不为别的，只为看看一个有热心肠、好心肠的法国人如何描绘他眼中的南中国和中国人，也好。如果有兴趣，我更建议进一步去读读博尔杰这本《中国和中国人》，不为别的，只看看他笔下19世纪30年代的澳门也好呀；更何况，这个热心肠的画家，有绝妙的文笔写下非常有温度的文字！

穷人窝里斗时代的评论姿态

感谢主编邀谈“网络时代的评论姿态”。审视这个题目，如果“评论”是指发表意见的话，那么在“键盘战士”横行社交媒体的当下，应该是史上评论最发达兴旺的时代——网民乐于发表评论，尤其是“负评”；网民也乐于查看或相信评论，这些评论甚至无须以文字表达，用“星星”就可以一切尽在不言中。从衣食住行到图书影艺，所有意见都可化作也倚赖星星来评论，搞到业者要出钱买星星。至于“姿态”，以消费主义乘着社交媒体披靡的东风，哪个手里有钞票，噢，应是哪个手里有电子支付的人不是气势汹汹大把说词呢？更何况，“姿态”现在是能卖座卖钱的，从色情变态暴力到文青纯情萝莉，只要这个姿态能变成一道奇观，统统都能卖，也统统有人买，就算一条在缸里游来游去的金鱼都会有死忠粉丝。

如果“评论”是指正儿八经的文化讨论以至学术研究，那么当下也应该是史上最发达兴旺的时代，不仅兴旺，应该说是解放。借着一种叫“文化研究”的大混杂评论系统，从让人掩鼻的屎尿屁到耳红面热的色欲变态到血液沸腾的政治解放，一个叫大学的商业系统和一班叫学者的从业员，一一会为顾客奉上。至于从这个系统派生出来的、前面挂着不同范畴定语的“评论人”，更是当时得令，也一早从纸媒电视电台跃进到网络直播间了。

真的，环顾身边，我们不缺少评论，只会讨厌评论。网络简直是一阵强风，助长了评论的火势至燎原失控境地——当美国总统也亲自上马利用社交媒体说三道四舌战网民的时候，这怎会不是个评论狂欢的乌托邦呢！

然而，在依托网络而生的社交媒体凯歌高奏、网民抱团于各自小圈子取暖的同时，全球这几年却逐渐进入两极化状态：政治上的左右对峙，而且越来越倒向右翼；经济上的贫富差距变成无法逾越的鸿沟，乐施会报告称全球最富有的1%人口在前年起，身家已超过剩余99%的总和。如果把极端天气更频繁出现也算进来的话，一个“极端”化的时代横亘眼前。这个“极端”看似复杂纷乱，但其本质与趋势只有一个：资本横行，政经结盟，弱势者永无翻身机会！右翼保护主义看似在守卫本土利益，却不过是穷人自己的窝里斗：本土穷人反对外地穷人来抢饭碗占福利。穷人忘记一个事实：资本无国界。更可怕的是，在穷人越穷的当儿，“AI”人工智能已崛起成为人类地平线一幅越来越遮天蔽日的阴影。在探讨世界未来趋势的畅销著作《人类大命运》中，作者哈拉瑞已明确指出人工智能会使贫富不均更加恶化，弱势者注定输在起跑线，龟兔赛跑永远只会是童话！

如此，当题目由“网络时代的评论姿态”改为“穷人窝里斗时代的评论姿态”或“1%人统治全世界时代的评论姿态”时，我们会如何来定义，或者说，期待“评论”呢？当挂着个“评论人”衔头招摇于市的时候，你又会想摆个什么“姿态”呢？

伊格顿在评论文化研究风靡学院、性欲主题充斥于道之时，不无调侃却一针见血地说：“他们的焦点通常是会感受情欲的身体，而不是会感到饥饿的身体；是交媾中的身体，而不是劳动中的身体。”简单来说，评论人勇于谈性，却无视政治，不谈阶级，用伊格顿十多年前的话来说，就是“随着资本主义的全球化巨型论述以及相伴而来的破坏性反抗在地球上开展，许多知识分子却几乎已不再以政治的方式来进行思考。”知识分子不再以政治的方式思考与当今世界的政经现况有何因果关系，我不知道。我只知道，大卫·哈维说当我们问自己要生活在一个什么样的城市里时，必须回答这类问题：我们究竟要做什么样的人？我们寻求什么样的社会关系？我们与我们钟爱的自然处于何种关系？我们希望以何种生活方式来生活？我们认为什么样的技术是适当的？我们坚持何种美学价值观念等等。我相信，当我们问自己要采取什么样的评论姿态时，哈维的上述问题同样值得考虑，尤其是当穷人只顾着窝里斗而未意识到贫富悬殊已到了穷人永无翻身之日的时候，尤其是当哈拉瑞所描述的经人工智能之助将出现的超人类精英统治世界不再是天方夜谭的时候。

辑　六

致——我的爱人

我的爱人，我只能望到你朦胧的身影，在这元宵节的晚上，在这斗室的灯光之下，想象你的容貌。

在茫茫的人海，你消隐着，直到某一天，你像庞德笔下那一朵湿漉漉的梅花出现在我面前，我可能会机灵地问一句：是你吗？又或者，只跟庞德一般，留下个永恒的意象，便让你再次消隐于茫茫的人海。

然而，我又何须在乎你的形象？那个痴心的叶芝不是个好榜样吗："多少人爱你青春欢畅的时辰，——爱慕你的美丽，假意或真心，只有一个人爱你那朝圣者的灵魂，——爱你衰老了的脸上痛着的皱纹"。我应该在意的，可能只是，我爱你的灵魂吗？当你老了，我还有颗青春的心去爱你吗？还有种青春的欲望去占有你吗？更重要的，我可以让你头上的白发，每一根都成了一个美好时刻的回忆吗？

天长地久的爱情是昨夜凋谢的月色吗？还只是让这纷乱的时代飓风扫来的癫云狂雨暂时遮蔽而已？不管如何，你做我的知己吧。因误会而结合，因了解而分开，这未尝不是件好事，总好过因了解而结合，因误会而分开吧？世间叫人遗憾的事情太多了，何苦让爱情也拖着伤痛的尾巴呢。了解的分手，纵没有轻轻挥手作别的洒脱，好歹也是道艳丽的云彩呀。

那么，"爱人，我们在一起，——从衣服直到根部皆在一起：一起在秋天，在水中，在臀部，直到——我们能单独在一起——只有你，只有我。”这是年老的聂鲁达在跋涉过漫长的爱情湍流后对他妻子诉说的话。我们也该撑起自己小小的一片天幕，不要摆设什么星星月亮太阳的了，只要能容得下我俩的身体，能隔绝扰人的尘音，让我们共同做一个梦，纵使是黑暗暗的境界又算得了什么？那不过使我更清晰地听到你的心音而已。“你和我需要的只是彼此相爱：——面对一切的混乱，面对男人和女人，——面对使康乃馨长成、开花的大地。”

这样，我便拥有了个真实的你，即便这是个寒风将至的夜晚，即便这是在孤灯下的一缕浮想。

如果情人，没有节

如果

“如果”是一种假设。命运却太少假设，因为你永远无法预知下一刻等着你的，会是怎样的命运。所有“如果”式的假设，都是马后炮的追悔，或庆幸。

爱情的发生也没有“如果”。爱情是不紧也不慢，不迟也不早，恰恰正正刚刚在那里，仿佛在人生路途的某个渡头，有个人等着陪你去走彼岸的余下路程。他 / 她就在那里，你自然地看见，自然地迎上，自然地挽手共行。一切自然得仿佛排练过似的。因为爱情，也是命运的安排。

有些人在追求爱情，因为他们不相信现在；他们总放心不了，肯定不了。其实，爱情一直在那里等着。他们不知道，要追求的，不是爱情，是幸福。

情人

情人应该是你的终身伴侣。她不叫妻子老婆，他不叫丈夫老公；跟你甘苦与共的那一位，叫情人。情人是甜言蜜语与鸡毛蒜皮，是哭哭笑笑与哄哄骗骗，是妥协让步与无理取闹，是嘘寒问暖与不瞅不睬；情人是乐趣的吊诡，是爱恋的保鲜。你的那一位不是别的，是情人，需要你好好地谈谈与爱爱。

没有

没有完美的爱，也没有不完美的爱。有的，是想与不想去爱。

没有不劳而获的爱，也没有一无所获的爱。有的，是珍惜与不珍惜那份爱。

没有天长地久的爱，也没有曾经拥有的爱。有的，是轻易与不轻易去放弃爱。

节

节是传统，也是仪式，重重复复，规规矩矩。它提供一种氛围，一种生活方式，一种你大可不依却摆脱不了的人情世故。

想深一层，爱情也是如此。不同的可能只是，节日人人记住，爱情却常遗忘。要把爱情，当节日来过。

女人与爱情与男人与香水

“这个年头，有点知识的女子总不致饿死街头。”

同样的，这个年头，有点姿色的女子总不致饿死情场。问题是，有点知识又有点姿色的女子总是拣饮择食，轻易不肯下箸。但爱情的世界有时候像回转寿司，你不要这一碟，人家可能要去了。爱情可不是鱼肉等着你来宰割的。

“全世界都把爱情看作是女人的面包。”

女人的面包应该是一个可信赖依靠的肩膀，不是爱情。爱情不是女人的面包，而是女人的水。爱情可以暂解女人的情感饥渴，却无助情感的饱腹。把爱情当成面包，就像饿鬼将石头当面包，都是甜蜜而痛苦的幻想。真正了解感情事的人都知道，爱情需要艰辛的耕耘，才能有收成，才能有面包。

“恋爱谈得好不好是一回事，谈恋爱总比独身经营得容易。”

谈恋爱绝不比独身容易。独身只是个人的选择与经营，谈恋爱是两人的决定与协调，后者的难度岂是前者可及。怕被人议论独身，那是因为当事人根本未理解独身的意义。他以为独身就是恋爱的对立面。他错了。恋爱的人可能是最独身的，当双方只有肉体的恋而没有情感的爱的时候。独身也可以是很恋爱的，当他知道自身的价值与精神的寄托时。遗憾的是，世俗人永远无法理解独身与恋爱的辩证。所以他会以为独身是恋爱的监狱。不是的。不懂得什么是恋爱而去恋爱才是独身的监狱呢。

“男人都像女人的香水”

把男人比作香水，实在抬高了男人。按同样是男人的情痴贾宝玉哥哥的理论来说，男人是泥做的，因而是臭的；女子是水做的，不是香不是臭，是清新的。女人其实不需要香水的，因她自身就有女儿香。要靠香水来定位自己、欢欣自己，那是女人的迷失与堕落。明白感情事的独立女子都不要香水，要清爽自然的自己。

“独身难度太高，人心又这么软弱。”

独身难度不高，人心确实软弱。所以独身不是人心的结果，是理性的结果；爱情不是理性的结果，是人心的结果。

“要在得到法国五号香水前完全不用廉价货，那是对女生的一种挑战。”

要香奈儿五号，不是心理问题，是能力问题。金钱贫穷的人，再想要也无能为力。情感贫穷的人也是一样，如果香奈儿是高级爱情的话。

附记：引号内的话出自朋友发于网上的大作《独身叫人太沉重》。

爱情是天火

我常说也这样认为，爱是盲目的，爱一个人不需要理由。但，那是指爱上的一刹那。爱上之后，要维持一段感情，尤其是维持一段长时期的感情，那不仅不能盲目，不仅需要理由，更需要理智，与努力。因为这当中涉及许多芝麻绿豆鸡毛蒜皮的事，没有理智与努力，分分钟就可以放弃。所以，能维持一段长时期的感情，当中肯定有许多甜酸苦辣，肯定都有双方的付出。

可惜呀，日子再长的感情原来也有分手的时候。分手的理由可以有千万个，但归根结柢只得一个：其中一方不再努力了。根据鲁迅的定义，这便是悲剧：把美好的东西毁灭给人看。

我越来越相信，爱情是普罗米修斯从天上盗来的火种之一，尘世的凡人可能不配享有。否则怎会有这许多煎熬，怎会有这许多以泪水表现的燃脂。爱情是天火，恋人们便是扑火的飞蛾了，那么的义无反顾，那么的不计损伤。在火焰焚身的瞬间，那究竟是涅槃的升华，还是毁灭的苦楚？

我会说，那是苦楚，一种铭刻入神经深处的苦楚，一种即使疤痕已平却无法彻底洗掉记忆的苦楚。爱情的苦楚可以让你变成一只狼，永远站在高高的山岭上，面对清冷的月色仰天长嗷，却不敢接近寒夜里森林中的一堆火篝。

因为你知道，那是一堆天火，以红彤彤的热情装饰着、诱惑着……它叫爱情。

缘分的茶

要喝上一口甘甜馥郁的好茶，有时候像谈恋爱一样，要讲缘分。

首先要有好茶叶，而好茶叶又来自好品种、好土壤、好天气，当然，还有茶农的悉心栽培。

这是些先天性的因素了。接下来更得人事的努力，要适时地采摘，适温地烤焙，适当地保存。这还是人事努力的前半部分。

关键是茶叶到了茶客手上，便得有一套好茶具、一股好山泉，以及一副好心情来品茗。否则，便如牛嚼牡丹般浪费了。

这一切一切的好与适，便是爱因斯坦与霍金也无法算得清的缘分，因为要世间将这所有的好与适都幸运地让你碰上，除了那玄之又玄，算之无穷，冥冥中注定的缘分，谁又可以轻易地获致呢？

一口好茶与一段好姻缘最相似的地方，或许还在于两者都讲究影响成败得失最关键的一件事：时机，timing。

有了好茶叶、好茶具、好泉水、好心情，但却拿捏不好泡茶的时机，那之前所有先天后天的努力，都可能付诸东流。

什么是泡茶的时机？

就是泡茶的水的温度。水滚不一定茶靓，不同的茶得用不同的温度，不能太热，也不能太冷。冲水时间的掌握，谓之时机。

就是泡茶叶的时间。茶叶泡在热水中的时间，太短，色浅味淡；太长，色浓味恶，两者都叫人扫兴，也品不出茶的精妙之处。茶叶浸泡时间的当握，谓之时机。

一口好茶，是缘分加时机的结合，缺一不可。人之恋爱，道理一样。没有缘分，两个人不能相遇；时机不合，两个人也不能相恋。只有缘分和时机都合适了，就像这神秘的宇宙大地万物一切都和谐地平衡互动了，恋爱的火花便产生了、燃烧了。

不过，叫多情者黯然神伤的是，要喝一口好茶容易，要有一段好恋情却难。因为，好茶叶高价便得，好时机算计便出；但人之恋情，又岂是高价可购，心机可算？！

尤其是，当你不是人家那杯茶的时候。

情心惟妄

熟悉中国现代文学史的人，都知道沈从文与张兆和的爱情传奇。那时，沈从文薄具文名，在胡适引荐下，没有大学学历的他在青岛中国公学做一个教写作的讲师，也就在这里，他喜欢上了班上一个才十八岁的姑娘：张兆和。为追得美人归，沈从文不顾他人闲言闲语，以他最擅长也唯一可以做的工具展开攻势：写情信。很可惜，这位张姑娘对这位沈作家不感兴趣，在不胜其情信骚扰的情况下，毅然跑到校长胡适处投诉。谁想胡适却替沈从文讲好话，不仅没有责怪沈的作为，而且还一味夸赞沈的文学天分。

虽然张兆和没有立即被胡校长的话打动而去接受沈从文，但这段传奇的结局是经过四年三百多封情信的追求后，沈最终打开了张那扇紧闭的心窗，得偿所愿，与张兆和结为夫妇。沈似乎很为自己这段爱情的胜利而自豪，曾经说："我行过许多地方的桥，看过许多次数的云，喝过许多种类的酒，却只爱过一个正当最好年龄的人。"一派自得的口吻。

自此之后，沈从文张兆和这段爱情传奇一直是文坛佳话，沈张二人也成为文坛模范夫妻的代表之一。凡是看过沈从文《湘行散记》的人，相信都会对沈氏伉俪的情深意厚留下深刻的印象。

但其实传奇背后，有许多不为人知的东西。在90年代出版的《从文家书》里，张兆和在"后记"里写道："从文同我相处，这一生，究竟是幸福还是不幸？得不到回答。我不理解他，不完全理解他。后来逐渐有了些理解，但是，真正理解他的为人，懂得他一生承受的重压，是在整理编选他遗稿的现在。过去不知道的，现在知道了；过去不明白的，现在明白了。”

每读到这一段话，我都有无限的感叹，甚至心里隐隐作痛。我感叹相知相契的情侣难得，痛心张兆和对沈从文迟来的理解，以及她话语里无尽的悲凉。

大学时上中国文化课，教授谓要理解中国人和中国文化，尽在此八字真言：“人心惟危，道心惟微”。此话出自《书经》，人心惟危，简单点说即人心难测，险恶重重。恋人之心是否“惟危”，不得而知；不过，可以肯定的是，即使同床共寝，几十年的老夫老妻，人心与人心之间的距离，至少还隔着两层肚皮呀！

罗兰·巴特在《恋人絮语》中解构“心”这一种东西，说“这个词涉及各种活动和欲望，但贯穿其始终的则是这样一个事实：心是一种奉献，可是这种奉献不是被忽略就是被遭排斥。”恋人之心是一种奉献，因为真正的爱情是一种奉献，然而这种奉献却容易因各种原因遭情人忽略或排斥。这各种原因，包括情人根本看不到你的奉献；或视这些奉献为理所当然；或只看到某种物质的东西，忽视了精神层面；或视之为累赘甚至压力，亟欲摆脱之……总之，任你的“心”如何骚动，都不能保证得到另一颗心的应和的。

《诗》曰“嘤其鸣矣，求其友声”，可惜友声易求，心声难解。人世间的情爱故事，不过一个“心”的理解而已。然而爱情理想主义者“心心相印”的奢求可以休矣，因为人心惟危，因为求爱之心永遭忽略或排斥。想当年，沈从文在灯下的一封封情信中，在湘西舟中的一封封家书中，倾诉了多少的思慕与爱意，到头来，得到的只是一句迟来的理解。

怪不得人生难得一知己。

当年鲁迅与瞿秋白互为知交，鲁迅手书一立轴赠秋白："人生得一知己足矣，斯世当以同怀视之"。然而这是朋友间的同志之知己，至于情侣间的爱情知己，相信起鲁迅于地下，也不会同意许广平为其"同怀视之"的知己吧？

如果人心惟危，则情心惟妄：爱情的心只是一堆欲望的妄动，却总无法找到理解的窗口。危乎哉，妄乎哉，人心如道心，微乎其知也。

噫唏嘘，危乎远哉，人心之难，难于上青天。

伤得闷透

一

情情爱爱这种东西真个是如鱼饮水，冷暖自知。有人羡慕仙侣美眷的卿卿我我，有人却欣赏单身贵族的洒脱不羁；有人为伊消得人憔悴，有人曾经沧海难为水；有人漏夜赶科场急急成婚，有人辞官归故里匆匆离异。不管选择如何，都应了《红楼梦》这一句：“开辟鸿蒙，谁为情种？都只为风月情浓。”

二

《红楼梦》中警幻仙子为宝玉解释一个“淫”字，谓：“淫虽一理，意则有别。如世之好淫者，不过悦容貌，喜歌舞，调笑无厌，云雨无时，恨不能尽天下之美女供我片时之趣兴，此皆皮肤淫滥之蠢物耳。如尔则天分中生成一段痴情，吾辈推之为‘意淫’。‘意淫’二字，惟心会而不可口传，可神通而不可语达。汝今独得此二字，在闺阁中，固可为良友，然于世道中未免迂阔怪诡，百口嘲谤，万目睚眦。”

世间痴情种，尽皆“意淫”人。

三

我不是个痴情种，却自觉是个意淫人。因为我对爱情的看法颇怪。我很欣赏牺牲奉献式的爱。

很多人谈金庸小说里的爱情，说来说去无非张无忌赵敏令狐冲任盈盈郭靖黄蓉杨过小龙女甚至韦小宝双儿这些人物，然而我对这些人的故事很不感冒。我印象最深的两段金庸爱情故事是《雪山飞狐》里的程灵素与胡斐、《连城诀》里的丁典和凌霜华，此外还可以包括《天龙八部》里的乔峰与阿朱、《书剑恩仇录》里的陈家洛与霍青桐。这些人物的故事都是悲剧结局，我不知为什么，就喜欢这种悲剧。因为，我在这种悲剧中看见爱的牺牲与奉献，完全符合了那句“生命诚可贵，爱情价更高”。

四

亚里士多德在《诗学》中说古希腊悲剧“目的在于引起怜悯和恐惧，并导致这些情感的净化；主人公往往出乎意料地遭到不幸，从而成悲剧，因而悲剧的冲突成了人和命运的冲突。”伟大的爱情似乎都是某种冲突的产物，否则无法引起他人的怜悯与同情。因为伟大爱情的两个主人翁勇于向命运造成的各种冲突挑战，虽然其结果是失败，却给平凡人以垂范，给后来者以鼓舞。

中国的才子佳人题材之所以乏味，就因为这些才子佳人缺少挑战命运的勇气；直至《红楼梦》宝黛二人的出现，才让中国小说有了西方式“知其不可为而为之”的爱情悲剧英雄。

当然，汉代乐府《孔雀东南飞》里的焦仲卿与其妻是更早的典型。

五

“绿蒂，我何其有幸得以享受着这种为你而死、为你牺牲的幸福！如果我能恢复你生活的安宁与欢乐，我情愿勇敢、痛快地死掉。但是，喔！能为自己所爱的人流血，以自己的死为朋友煽起千百倍的新生命，有多少人能够享受这种幸福！！”——这是歌德笔下的痴情种维特的话。

爱情的悲剧在旁人是可感伤的，在爱情中的人却是甜蜜幸福的。真正的爱情应该有这种力量。

六

为什么我喜欢秋天？哈，正因为秋天够“伤得闷透”（sentimental），够悲剧呀。

给李尚优的信

尚优：

好吗？

还在忙录音的事吗？还在录那些大自然的声音吗？最要紧的是，已把她忘记了吗？

我劝你尽快忘了吧！正如你奶奶说过的：“巴士和女人一样，一旦走了，就无法挽留了。”

爱情也是一样。

对付消逝了的爱情最好的办法就是忘记，忘得一干二净，无谓藕断丝连，拖拖拉拉，这对双方都没好处，尤其当你是被伤害的那一个。

我知道你可能还在不甘心，还在迷惑。你不甘心与迷惑的是：我做错了什么？是的，在这段你与韩恩素的爱情中，你尽了你最大的可能与柔情去爱她，但她仍选择离开你，没有留下任何理由。这让你很不解，也很不甘心。告诉你，我也很不解，很不解有些女子为什么可以说爱就爱，说不爱就不爱；为什么她们可以凭自己的感觉独行独断而不理会另一个人的感受。你以为自己已经热情地奉献了可以给的一切，然而回报的却是冷漠的拒绝。你很不解：我只不过想好好爱一个人而已，为什么竟会这般艰难呢？

告诉你，你的不解永远没有答案。我们不能理解女子，就如我们无法理解爱情。唯一可以确知的是：爱情需要两个人才能成事。一个人，只能是自怜与暗恋。而当爱情中的一方变了心，怎样的追问与追忆都是徒劳的。失去恋人的一方只能像受伤的野兽般躲在暗处疗养；早一日疗养，便能早一日复出，再次逐鹿于爱情的旷野上。拖延只会让伤势恶化，无助于救治。

当然，你的情况特殊。因为分手了的她居然会再来找你，再跟你缠绵，然后再提出分手；当你伤心欲绝痛哭得麻木的时候，她竟然会再度出现，再度向你热情问好…… 对这样的女子，有什么好说的？你做得很对，就是跟她说再见。因为你不是她的感情玩偶，不是她要之则来挥之则去的爱情奴隶。你有你的爱情尊严，你有你的爱情原则，总不能任由她予取予携地伤害自己，伤害自己那颗单纯求爱的心。我常说，人必自尊自爱，他人才会尊你爱你；连自己都不自尊自爱了，他人为什么要尊你爱你呢？要爱一个人，首先就要懂得对自己负责。所以，过去的日子再温馨难舍，也得忍痛割去。要相信，只要有真爱的心，终会有接受的人。退一万步说，即使没有接受的人，也总比捏在人家手中任其玩弄强过百倍。所以，当我看到你最终忍着思念与伤痛，举起手向她示意再见的时候，我为你悬着的心才终于放下来。一个女子，昨天可以毫无理由地跟你分手，他朝同样能再次毫无警示地离开。为着一时的思念而不忍下痛手，只会成就她的虚荣，而伤害自己的感情。

人生在世，做事但求无愧于心。你知道自己在这段感情中没有做错事，她也知道。既然已尽全力，那就无愧于心，更无须委屈自己。感伤是会有的，思念是会有的，但尽快让它过去吧。无谓为一个不爱自己的人痛苦终日，倒应该为一个爱自己的人努力奋斗。中国诗人李白有句诗云：“弃我去者，昨日之日不可留”，说的就是这个道理。

你家乡江原的景色真漂亮呀。有机会，我真想去那里看看，看看那些竹林，看看那些雪夜，看看那些海水。你常日与大自然为伴，当更能领悟天地造化的奇妙。中国人说“智者乐水，仁者乐山”，你有山水相伴，应是个智、仁之士了，那么便更能明白世间白云苍狗、变化恒常的道理。故此，该过去的就让它过去吧，无谓太执着。要相信，朗朗云天水月之间，总有一处是你感情轻舟靠岸的渡头的。

注：韩国电影《春逝》观后。李尚优、韩恩素为片中男女主角。

给马格达的信

波兰的马格达：

你终于明白，是的，有种爱人的方式是愿意默默地奉献，甚至牺牲，而他本人并不祈求什么。不祈求跟你去旅行，不祈求你的吻，不祈求你的身体。

他只知道，他爱你；他只知道，他要守在你身边；他只知道，他要你快乐；他只知道，当你忧愁悲伤的时候，他比你更忧愁悲伤，忧愁悲伤到要以伤害自己肉体的痛来忘掉你的忧愁悲伤。

这是一种最简单直接的爱。

这是一种对自己最残忍的爱。

在你的世界里，爱或许是带着许多条件的，因此你以为他的爱也不过是为着你的肉体。你不相信纯粹的爱，就如你不相信有愿意牺牲自己的感情。

功利的世界让我们不相信一切，包括爱。一切都以功利为计较的标准。

你不知道，世间真正的爱，只宁愿牺牲自己，宁愿自己受屈，也要成全爱人的欢乐。这不是文学的虚构，是真有其人。你不相信，只因为你自己未曾真爱过。

有些事，不需要明说。语言在感情的世界是次要的。两颗心，如果真的相知相惜，又何须言语的交代？如果本就隔着距离，言语又能解说得清么，多说又有何益？

他固然为着你的捉弄而割脉，但更多的，他是为自己真心的被误解，为着自己单纯的爱的理想破灭，而狠狠地往自己的身体割下一刀。只有这样的痛，只有这样的解脱，才能让他平复对这世界的失望。

他的身体会痊愈，但他的心永远带着一条疮疤。他已不再是他了。你以最邪恶的爱把他从天堂扯到凡间，肉欲与功利的凡间。

现在，你开始珍惜了，你开始在乎了。但他，已离你远去。

在你流泪的一刻，他的泪已干。因为，他流尽了血。

什么时候，被爱的人，会明白偷偷地爱着你的人的心呢？

愿你明白。

注：奇斯洛夫斯基《情诫》观后，马格达为影片角色。

给贝连卢*的信

马德里的贝连卢：

那么我们来说说你的爱情吧。

你暗恋的芭蕾舞女学生因车祸变成植物人，而你刚好因为要照顾母亲而有护士资格，于是，你自荐去照顾你恋慕已久的人。

四年前，你只能隔着窗远远地望着对街练舞室里的她；四年后，你夜以继日地以医院为家来照顾她。你看护了她的一切，擦身、按摩、剪发、美容，甚至连月经，你也帮她清洁。当然，你做得最多的，就是不停地跟她说话。她喜欢舞蹈、音乐、默片，你就去看舞蹈、音乐、默片，然后把你所看的一一回来告诉她。你没有当她是病人，而是一个愿意永远默默听你倾诉的人。病房就是你们的爱巢，昏迷就是你们的爱语。在病房的四年里，是你人生最快乐的时刻，因为你能服侍心爱的人，因为你有她在倾听，因为爱巢里只有你和她……看你的笑容呀，是那样的畅快、满足。你确信自己是世上最幸福的男子。

然而你干了蠢事，你入了狱。然后你自杀了，因为你不能忍受没有爱人气息的房间，因为狱里连她的发夹也不许你带在身边。这样的日子，你不能忍受。你也想陷入昏迷不醒的境地，

---

* 艾慕杜华（Pedro Almódovar）的作品《对她有话儿》（*Talk to Her*）中，贝连卢为影片主角。

好与你的爱人在混沌的世界里重聚。你不知道的是，你的爱人在你入狱后苏醒了，不过没有人告诉你。她因为你的悉心照顾醒了，而你却去另一个世界寻她——世事是多么荒谬呀！

显然，你认同奉献式的爱情，你认同爱情比生命重要。我敬佩你的精神，也羡慕你那幸福的四年。知道吗？许多人的一生，庸庸碌碌浑浑噩噩地生活着；他们不知为何生活，也不知生命目标在哪。你不一样。前二十多年，你照顾被丈夫抛弃的母亲；后四年，你照顾昏迷不醒的爱人。你知道自己为何活，也知道自己的幸福从何而来。这样，你的生命虽短，却活得比许多人有意义。

但是，你的爱情却是那么的可怜，因为你只有单方面的付出，却收获不到对方的回报。看在我们旁人眼里，实在是愚蠢又可笑的。然而，正因为我们旁人的嘲讽，才显出你爱情的纯洁与无私。因为你乐在其中而不疲呀。当所有人，包括她的亲人，都对一个植物人不抱希望的时候，是你仍然如活生生的人一样对待她。你跟她说话，你抚摸她；当旁人说她根本不会有反应时，你说其他人怎知道呢？

爱情，真的会叫人做好多傻事，做许多在旁人看来愚不可及的事。在旁人，你是笑柄；在你，却甘之如饴。你是那么的寂寞，又是那么的快乐。寂寞，因为只有一个不能回应的人做你听众，你也只敢只能向她倾诉你的寂寞。快乐，因为你的爱情世界根本没有旁人的眼光，只有躺在病床上的那位天使的呼吸与抽动。爱情对你，是那么近，又那么远。这当中的距离，只有你的心知道。

贝连卢，今天是情人节，一个商业社会炒作出来的节日，一个要用金钱包装的爱情。在这样的日子，看了你的故事，仿佛是上天安排给我的一个启示：真正的爱情，或者说，我们理想中的爱情，并不存在这个世上。真正的爱，在这个情欲的世界是被视为病态的，也只存在于病态的非常情境，像你与病床上爱人的关系。你知道，在现实中，你那位爱人根本不会看上你；你与她的爱恋，只能发生在隔着长街与玻璃窗的单边——她的世界，完全没有你的位置。

是的，爱情不会产生于单方面的恋慕。你是天可怜见的幸运儿，有机会一尝爱人在身边的幸福滋味，要知道，这本不该属于你的。你像是从天上偷盗火种的普罗米修斯，造福人间，却必须承受天神的惩罚——以结束生命告终。

写到这里，我是那么的虚弱、孤独与哀伤，实在不知道该如何去追求天火般的爱情。你带着四年幸福回忆去追随你的爱人，这世间，却有人仍在你那间病房的外面踟蹰徘徊，无所适从，不知所向……

愿你最终回到那间属于你和她的病房！

三高女士的玉女心经

认了吧，男女是不可能真正平等的，尤其在感情市场上，对不起，男人还是买方。

据说国内（甚至全球）单身的女性越来越多，俏姐儿要找个门当户对情投意合的俊郎君越来越难了，特别是那些所谓“三高”女士：学历高、收入高、地位高，别说找个托付终身的夫君，就是要个嘘寒问暖的男友也直如蜀道之难，叫人不得不发“噫唏嘘”之叹。

而恰恰在这一点上，体现了男女的不平等。试问，我们何曾见过上述“三高”男士找不到女友老婆呢？非但未闻，更可恨的是，只要具备“三高”，即使人老貌丑的男人，依然有二八佳人投怀送抱，实在叫那些蕙心兰质心比天高的姊妹们冷嘲在眼里，鄙夷在心里。

姊妹们当然有许多理由来辩解自己坚持单身的原因。说实在的，跟着个窝囊废男人，倒不如学小龙女长住古墓长睡寒玉床算了。然而，世事无绝对。姊妹们有看过那套《色欲都市》（Sex and the City）么？如果从第一季跟到最近那季大结局，你便得哀叹：“欲女如彼等，最终也得找归宿。”因为，当第一季四个“欲女”高呼独身万岁追逐着由这个床头到那个床头的一夜又一夜后，到了第六季，居然个个“从良”固定下来，不是嫁了个好老公生了孩子就是找到个体贴温柔男友照顾周到；最让古墓玉女们不忿的是，编剧居然让最“性致勃勃”

的 Samantha 患了乳癌！天，这不是男权喷在古墓门口的一摊秽迹是什么？可惜，愤怒归愤怒，古墓中的玉女还是盼望着个“过儿”来共修《玉女心经》第九重的。

那么，起义的姊妹们来重温女权祖师婆婆的训示吧：“一个女人，只有当她拒绝为人妻（寄生虫）、拒绝为人母（自戴枷锁）、拒绝爱情（妄想狂）时，她才是一个理想的、最有女人气质的女人。”婆婆叫西蒙·波伏娃，她不结婚，不过有个永远的情人，叫萨特。

爱情美食家

不要怪，世道就是如此荒谬的。

当富裕国家俊男美女忙着减肥瘦身的时候，非洲正有几百万人在挨饥抵饿。当妇女性解放凯歌高奏逾半世纪的时候，今时今日却有越来越多痴男怨女手拿《风月宝鉴》望天打卦朝思暮想等另一半现身。

有时候你要承认德国胡须佬马克思的话是对的，即系下层经济物质建筑决定上层精神文化建筑。方今之世物质丰盛，人人拣饮择食挑精选瘦，闲闲地粗茶淡饭不入法眼不肯下箸。此无他，有得拣也。21 世纪风月场中爱情追逐战同样道理，夏娃们再次挑战上帝老头定下的肋骨宿命，将爱情这玩意儿当成胡萝卜吊在每一个亚当眼前，看着他们猴急面红低声下气抓耳挠腮伏倒于地，学着王熙凤见贾瑞的口吻道:“这畜生合该作死！看他来了怎么样！”

此爱情的相思局之所以设得下，皆因时移世易，供求互换。王熙凤再强，对着老公也得低三下四。当今扬眉女子可比凤姐强多了。手握现金的夏娃们，早离了大观园的假山假水来到灯红酒绿的爱情海鲜市场要为自己挑个称心如意好郎君。只不过中国老祖宗早有明训“五色令人目盲”，太多选择总是叫人眼乱心烦不知如何抉择，选了这个又想试另一个，恰像那个“见了姊姊，忘了妹妹”的宝二爷，到头来落得个白茫茫大地真干净。

此所以物极必反。肥脂肥膏满街走的年代开始有人提倡食斋过绿色生活，一夜情性滥交如家常便饭的此刻又有人想复古玩父母之命媒妁之言的盲婚哑嫁，因为爱情的美食家们挑三拣四大鱼大肉之后，发现自己情感胆固醇过高分分钟有中风孤家寡人过下半世的危险，只得乖乖回归传统守着家庭静看身边风云过。

非洲饥民只想着如何饱肚，无暇去奢谈感情烦恼的；当今为情烦恼的风月男女，大都是感情过饱的爱情美食家。

单身，要贵的

你单身吗？你快乐吗？你有想过如何做一个快乐的单身人吗？

单身，对某些人是无可奈何的接受现实，对某些人则是甘之如饴的热情拥抱。不管属哪一种，做快乐的单身人都得要有精神的和物质的两大条件。

精神条件，是你必得有一种爱好让你可以打发大量孤身的时光。这种爱好，琴棋书画也好，运动健身也好，逛街血拚也好，电玩 cosplay 也好，发呆白日梦也好，甚至，你说工作就是我的娱乐，没问题，总之能让你快快乐乐舒舒坦坦地度过一个又一个单身日子就好。要知道，单身的人，朋友家人再多，也有他们没空相陪的时候呀。更何况，年纪越大，你那些猪朋狗友成家的成家，忙事业的忙事业，能抽空出来二十四小时伺候你孤单心情的肯定越来越少；要是自己没个准备，那被寂寞噬咬的时光呀，可真是度日如年呀。

物质条件，便是你得有一定的经济能力。试想想，单身已经够惨，再加上经济欠佳，那该叫“潦倒”。当然，穷朋友也可以快乐地过单身日子，只是如果经济稍好，这种单身日子能过得较体面，较有尊严。事实上，你听听，单身都跟哪些名词相配？一、单身贵族；二、钻石王老五。在物欲的世界，单身而不贵，实在是有够可歌可泣的了。

这世界是很吊诡的（paradox）。当下单身男女满街，尤其是女士，往往是因为她们在经济上够成功够独立，无须依靠臭男人的供养照顾，她便悠然自得地过起其单身快乐日子。钱，助长了情场失意的男女选择单身的意志与自由：我是贵族，我管谁？！单身男女，也依靠钱使日子过得风风火火有声有色，让那深陷婚姻围城里的旷夫怨妇羡慕得口水直流，恨不得杀出城外逍遥快活去也。

那你说，钱，到底是助长了男女单身的气焰，还是熄灭了男女追求婚姻的爱火？

短痛不如长骗

恋人喜欢被另一半骗吗？喜欢的，只要这是个永不被拆穿的谎言。

一个永不被拆穿的谎言，就是一个事实，起码，对受骗的一方是如此。《皇帝的新衣》里要不是那个小孩子多嘴，这个国王可能永远活在快乐当中。所以，这世界有个名词叫“善意的谎言”，可见谎言是可以叫人快乐的。

所以，情人可不可以对另一半不忠呢？可以，只要他 / 她有本事编一个永不被揭穿的谎言，假如我是那另一半，我会愿意接受被骗——不，不是被骗，是事实。

有人会说，怎么你那么低贱，被情人骗也甘心！诸君，这世间有个道理叫“疑人不用，用人不疑”，同样道理，我要是爱另一半，我就要信任他 / 她；我要不信任，我为什么还要爱？

常言道“爱情是盲目的”，这固然可以用来形容情到浓时卿卿我我难舍难离唯君是好的热恋状态，但何尝又不是维持良好爱情关系的至理名言呢。爱恋中的人要明白，孙悟空的火眼金眼是拿来透视妖怪的，凡尘中人没有孙大圣的本事，就无谓自找麻烦日日用 X 光扫视自己另一半，因为任他 / 她如何花容月貌潘安之姿，都会成了一副嶙峋白骨。除非想做医生，否则实在无必要日日撞着白骨精自己吓自己，那会得精神病的。

最可恨有些情人偷腥伎俩太低劣，有色心无贼胆，做了几次就手腾脚震急匆匆找另一半办告解，说这是爱的忠诚与负责，我们长痛不如短痛分手吧。岂知我爱你太深宁愿诈傻扮懵只要你没有忘记归家的路仍握着房间的锁匙，你为什么就不肯狠狠地骗我一生一世让我快快乐乐做着你的另一半；你肯花心思骗我证明你还在乎我的感受，你这样与我分手岂不是连理也不想理我！

诸君，爱情是不讲逻辑理性的，世间多少荒唐事，皆以“爱情”的名义上演。

爱情的阑尾

据说，阑尾是人类进化未完全的遗留物。在一段分手收场的男女关系当中，也有阑尾，那便是如何处理与对方有关的物件。

与恋人有关的物件可以有好多种，最普通的，便是大家互赠的礼物，之后是合照，再次是情信，再之后，便是那些所谓定情信物的东西。如何处理这些东西，视乎分手的形式与理由。

如果自己是主动甩人的那个，当然可以好潇洒地将这些“爱情阑尾”随便抛入垃圾桶了事，总之眼不见为干净。

如果自己是被甩的那个，情况便可分层次来定了。假使自己对对方还余情未了，那么这些“爱情阑尾”便成了鸡肋，弃又不舍得，不弃又“眼冤”。尤有甚者，那些痴情种子，日日对着那些合照、情信或定情信物长嗟短叹牵肠挂肚，沉浸在昔日的温馨浪漫中苦苦哀鸣，真是见者心酸，闻者流泪。

即使是那些“因误会而结合，因了解而分开”的理性型分手，双方能坦然面对分开的事实，但见着这些信物，也免不了睹物思人，黯然一番。

最可怕的，便是被甩得心有不甘的人。这时，任何可怕的事情都可以发生，尤其是双方在情到浓时拍了些不雅的三级照片四级影带，又或是那些“不伦之恋”又留有什么情信。如果不幸有这些照片影带情信之类的把柄被人抓住，嘿嘿，对不起，这一次你要倒大霉了；在网络发达的今天，在你甩了前任拥着现任的时候，分分钟会发现自己的“激情”尊容出现在某个网站上。如果不幸地你是个有头有面的人物，那这种灾难说多严重就可以多严重。各位，不妨回想美国风流总统克林顿的惨痛遭遇吧。

据说，阑尾发炎如果不好好处理，有机会发展成腹膜炎，其最严重的结果是命仔不保。爱情的阑尾也是如此，如果没有好好对付，小至名誉受损，大则前途尽毁。

所以，要分手的男女请注意，分手不仅有手尾要跟，更有阑尾要割。

爱情的努力

这年头，因着娱乐新闻的发达，把人间情欲的种种高潮起伏峰回路转一一演出于寻常百姓面前。男明星偷食，女明星劈腿；男富商包情妇，女阔太找牛郎……这种消息无日无之地以各种耸动的题目出现于媒体之上，图文并茂，感官非常。看得这种报道多，实在会怀疑当今世道是否还有真爱存在。

爱情，到底是刹那开放的昙花，还是持续一生的甜蜜？

其实两者都对。

没有激情，爱情的火花是不能擦亮燃烧的，恋人自然无法走在一起——即使是一夜情，也得找个顺眼的吧。然而，爱的激情总有个限度的，就好比体力再好的人，跑长跑总会有气力不继的时候，不是人人可以做阿甘（Forrest Gump）的。

爱的激情过后，便是爱的努力。如果说爱的激情吸引一对恋人走到一起，那就是将一粒爱的种子放进岁月的土壤，其后，便得靠双方共同努力去栽培这粒种子，使其能茁壮成长。这粒爱的种子很特别，它一定需要恋人双方共同付出，产生一种特殊的化学作用，它才会乖乖地生根发芽；恋人任何一方不尽全力来呵护关爱这粒种子，那它即便不是立刻夭折，也会生得卷曲臃肿，丑陋不堪。当然，如果一方全然不顾，枯萎便是它必然的命运。只有经恋人化学作用灌溉的种子，才可以长大成枝繁叶茂的撑天巨树。

在一个爱情快餐化的年代，结婚金禧、钻禧纪念之类的活动已变成天方夜谭的神话，但理智的人都知道这种神话其实是一种努力的果实。

前美国总统列根（里根）去世，世人除了评论其政治得失外，最津津乐道的，还有他跟夫人南希四十多年不离不弃的深挚感情。每年南希生日，列根都会送花给岳母，感谢她生了个使他成为世上最快乐的人的女儿。四十多年中，不管是在做明星还是在做总统，不管如何忙碌，列根总会抽空写信给南希，表达他的爱意、思念或者某些想法。

这说明：世间没有不可能的爱情，只有不努力的爱情。

爱的书摘（二题）

一、爱的自由

爱的自由又是怎样？如果说在永生的神灵中有那么一个纯真无邪、生有双翼的造物，那就是爱神厄洛斯。爱越自由越单纯，它就鼓翼得越欢，漫游得越远，翱翔得越高。但是，一碰到实物、条件、后果，它的自由就会迅即枯萎，甚或演变成悲剧！怎样的禁令，怎样的虚伪，怎样的责任，怎样的悲哀！文明的进程将爱逼迫进了由誓约、年龄、性别、阶级、人种、宗教、血亲关系甚至习俗关系搭建起来的铁笼；对于这个铁笼的种种羁绊束缚，愣头儿青厄洛斯自己还一无所知呢。……但新近的激进主义又为感情提供了什么自由呢？离婚的自由。花巨大的代价，发拙劣的伪誓，忍受公众的谣言，费尽千辛万苦离了婚，也许只是为了能够马上再结婚，然后再离婚。我们为什么不学西班牙，让爱只是诗人的专利，这样岂不更坦率，更高贵？

——[西班牙]桑塔耶纳:《自由主义的反讽》，
载桑氏著:《英伦独语》。

让爱只是诗人的专利，那说明所谓爱的自由只存于诗人的笔头、缪斯的想象中。那是个幻想的国度。不问收获但求付出的爱，只能是母爱，不会是厄洛斯的爱。爱都要求回报，即便是最轻轻的一个吻，它也要。

爱是不可能自由的，因为世间不是抽真空的环境。世间是个满是“誓约、年龄、性别、阶级、人种、宗教、血亲关系甚至习俗关系”的地方，说铁笼也罢，说地狱也罢，你摆脱不了就是。

爱显然不可能高高地远扬于天上，总会有许多的“实物、条件、后果”来增加负担，扯其后腿，把它从飘渺的云间拖到泥泞的现实。怪不得爱神有双翼——自由的爱，碰不得现实的土壤！

追求爱的自由的人，永远只能孤身地飞行于不胜寒的高处，餐风饮露，正是“质本洁来还洁去，强于污淖陷渠沟”。所以，他 / 她的爱，就像天上的白云，看似变化无穷，丰富多彩，却不过暂时的水汽，碰到日晒风吹，转瞬间消失了影踪。

所以，爱只属于诗人。诗人的词句，就是爱神的双翼。

二、不想负责的爱

20 世纪以前，爱情从来不曾这么重要，更不曾那么普遍。到处存在着许多固定的社会角色，大家按照角色要求去生活，就连夫妻间都没有“经营爱情”的需要，爱情只是特定年龄（通常是青少年）、特定身份（未婚）、特定阶层（不是贵族，也不是大户人家子弟），才会有才需要的特殊经验。

然而 20 世纪破坏了所有这些社会角色的天经地义。现在每个人不管什么年龄、什么身份、什么阶层，都可以也都需要谈恋爱了。不再有任何东西任何事情可以让任何人真正彻底对爱情免疫。

婚姻的重要性缩水了，相对地恋爱的时间拉长了。婚姻也许是这段爱情的坟墓，却没有绝对堵住下段爱情萌芽的可能。离婚愈来愈普遍，换句话说，婚姻中与婚姻后的爱情关系愈来愈复杂。

不再有任何制度任何誓言可以帮助我们确认“爱的归宿”，然而我们却又愈来愈要求纯粹的真爱。我们不断寻找各种方式来检验手上、身边的这段爱情是不是真爱。总和的结果就是每个人都在走一段极长极远的、不知何时何处是终点的爱情的天路历程。

——杨照：《追求真爱是二十一世纪的天路历程》，

载《我的二十一世纪》。

很怪的逻辑：不相信婚姻，却又渴求“真爱”。这就像不想落水，却想学游泳，不敢说完全不可能，至少是机会渺茫。

婚姻或许是爱情的炼狱，但婚姻更是爱情的炼炉；不经这个炼炉，所谓的“真爱”便无法提炼出来。因为婚姻不仅是朝夕相对、卿卿我我，更是患难与共、相濡以沫。拍拖的情爱风光当然旖旎，而且轻松自在，可是，没有了婚姻的承诺，没有婚姻关系要承担的责任，“真爱”是无法考验出来的。因为“真爱”是很抽象的，患难是很实在的。世间事，口讲无凭，唯有切切实实地分享、承担，才具说服力。

21 世纪的爱情当然变质了，因为愈来愈多的人不愿去承担责任。每个人都希望别人去成全他的“自我”，他的“个人”。不想负责任却去妄想真爱，世间是很难有这种便宜事的。

情书均可笑

情书/均可笑。/不可笑/不成其为情书。

我年轻时曾写过情书，/如同他人的情书，/均可笑。

情书，如果言情，/必定/可笑。

然而，归根到底，/只有那些从未写过/情书的人/才/可笑。

但愿我在写情书时/未曾感到/情书/多么可笑。

的确，今天/回忆/那些情书/才/可笑。

你可猜到，上述诗行来自那位写《惶然录》的费尔南多·佩索亚（Fernando Pessoa）？是的，这是那个形象忧郁而深思的葡国作家的诗作。我想，佩索亚写这首诗的时候，必定是笑盈盈的。他脑海中必定想起收过他情书的那些女子，必定想起情书中那些他可能苦苦思索才成的话语。

情书均可笑，为什么呢？

我想，情书之所以可笑，首先必在其“肉麻”。不肉麻的不叫情书，叫公函。什么叫肉麻呢？就是广东人说的“唔知丑”。所有情人都“唔知丑”，所以爱情非但是盲目的，更是“唔知丑”的。如果一对男女约会仿如两国大使会谈，那么这要么是场刚开始的感情，要么就是场即将结束的婚姻。所以恋爱课堂要修的第一个学分叫“胆大心细面皮厚”，究其实，就是“唔知丑”。任你平日如何道貌岸然，在爱情的世界里不懂“唔知丑”，则不仅注定独身终老，更且百分百“伪君子”。君不见，我们横眉冷对千夫指的鲁迅先生，在爱情卿卿我我的私语里，写情书的时候，一点也不假道学兼不含糊，甜蜜蜜地对许广平叫着“乖姑！小白象！”，昵称不足，更借着感叹号助威；而自称呢，是“你的小白象”！是“哥”！文字不足，有时径直就画只小象当签名。你看，多可爱，绝不输徐诗人志摩。这才是敢爱敢恨有血有肉的人呀。

不过，再肉麻的情书，必得在成功后的回忆里才可笑。肉麻却无法赢得芳心的情书，恰像脱得赤条条却无人愿意看一眼的裸体，说多难堪就多难堪。所以你看，佩索亚就是在回忆中甜丝丝笑吟吟地写这首诗的。

追求爱

英国大儒罗素（B. Russell）在《我的人生追求》中说:“我追求爱，首先是因为它使人心醉神迷——这是一种极其强烈的销魂状态，为获得哪怕几个小时的这种欢欣，我常常宁愿牺牲生命的其他一切。我追求爱，其次是因为它缓解孤独——在那可怕的孤独中，颤抖的心灵的视线往往越过现世的边界，而将阴森寒冷、深不可测、绝无生气的地狱尽收眼底。我追求爱还因为在爱的聚合中，我看到了圣人和诗人们所预想的天堂幻象的神秘缩影。这就是我所追求的，尽管对于人类生活来说，它或许太好而无法尽得——这又是我最终所领悟的。”

这种爱，不是人人乐于给予，却肯定人人乐于得到。可恨又可悲的是，如罗素所说：它或许太好而无法尽得。

所以人人都得去追去求。大智如罗素，其人生追求，情爱是首位；愚鲁如我等，敢不追随？

然而罗素夫子只道情爱如何销魂、如何欢欣、如何神秘，却未揭露爱的根源——何处有爱？想来即便精通数理逻辑，写出煌煌《西方哲学史》巨著的罗素也没有答案。

可能，情爱的根本旨趣就在于“无法尽得”；情爱永远是人生路途上的电兔，引诱我们凡人像格力狗般苦追在后而不得。我们不是说要让爱情历久常新么？情爱不能有满足的一天。情爱的满足便是死亡——心灵的与肉体的。

这又是上帝开的另一玩笑：去追求，却切勿追上，更别要死抱不放。永远留着距离的美，在若即若离之间，感受着空气中氤氲着的销魂体息。这便是情爱常青法。

要一生有爱，便得一生追求爱。爱的世界不可知足。

裤裆里的事

话说天生以酒为名的刘伶，嗜酒如命不在话下，而且狂放不羁，饮得兴起之时，竟在屋内一丝不挂赤条条坦荡荡起来。有人见到之后就讥笑他此举不雅，没想到我们的酒仙说："我把天地当作房屋，把居室当作衣裤，你们为什么钻到我的裤裆里呢！"——刘酒仙特立独行，视礼教如无物。偏有无聊之人，跑到人家面前去闲言闲语，受一句裤裆之讥，已算刘酒仙有大度之风。要是现在，追究起来，大可追问：你怎么跑到我的屋子里偷窥呢？我告你私闯民宅、侵犯隐私！

"窥看"弄致"满台风雨"的台湾名女人深闺风月偷拍光盘时，我忽然间也有种无聊、无瘾，甚至自招侮辱的感觉。刘伶的故事立即涌上心头，不禁自问：人家裤裆里的事，你管得着吗？人家以天地为栋宇，屋室为裈衣，爱得热情洋溢干柴烈火"性"致勃发翻天覆地，你独处一室色迷迷窥看奸淫淫窃笑，除了好奇心的借口外，难道没有变态的"窥阴癖"成分？要不，你怎么跑到人家的裤裆里看人家裤裆里的事呢？

"发明"随杂志附送偷拍光盘的杂志社说，因为女主角是政治名人，公众有知情权，杂志有新闻自由。说此话的人实在其心可诛，他分明是诬蔑我们群众的知情权与新闻自由等同于窥阴癖，诬蔑我们群众的知情权与新闻自由等同于性变态！

劳伦斯为其一代"情色名著"《查泰莱夫人的情人》作序时说："我们的性爱的思想，匍匐地爬行在一种黑暗中，一种秘密的惊恐中，这惊恐是我们的粗野的，未开化的祖先们所遗传下来的。只有在这一点上，性爱的和肉体的这一点上，我们的精神是没有进化的。”就近一个世纪的“进化”历程而言，就八卦媒体及其服务的社会大众如此“好色”而言，我们大可以说，人类的精神是不会有进化的，否则人类的情欲操守就不会连禽兽也不如了——我还没听过猩猩社会里有偷拍风波呢。

唉，人家裤裆里的事，不管也罢！按我说，大家还是管好自己的裤裆吧。

露股沟年代的性感

香港八卦杂志刊登14岁小歌星的“湿身性感照”，引起轩然大波。批评者站在保护未成年少女的道德高地，对杂志的所作所为凌空炮轰，震耳欲聋。

对这些批评者的话我很赞成，但又觉得他们伪善；最主要的是，我觉得整个时代的道德观都有点变态。

是的，诱使一个14岁少女拍“引人遐想”的性感照是不道德的，但是，观乎照片中女主角的笑容与姿态，一切似乎都是在轻松愉快毫不扭捏的气氛中完成的。如果杂志的做法叫人愤懑，那么，对这个女主角不自觉的配合，便应该感到悲哀。

事实上，包括女孩及她母亲在内的人，都是纵容这件“不道德”事件发生的同谋。

我相信，女孩及她母亲最初对这种“性感相”是以一种平常心，甚至沾沾自喜的卖弄心态来对待的，不然不会有相片中的笑容与媚态。在她们观念中，“性感”是一句赞美的修辞，也是娱乐圈的招徕法宝，是一种天经地义的成名必由之路。如果不是社会人士的批评，这对母女一定会为这一次能上杂志封面而举杯庆祝。

我之所以觉得这些批评者伪善，是因为我们整个社会都像这对母女般视“性感”为潮流之举。试看看街上那些女子的打扮，从青春少艾到半老徐娘，个个都在卖弄天赋本钱。低一下胸露一下腰已是小 case，现在是以露股沟为时尚的年代了。

当一个社会以贩卖露股为时尚的时候，它有什么资格去批评“湿身性感照”呢？它越是批评，越让我觉得它的伪善，越来越让我觉得这是妓院老鸨阻止良家妇女卖身般的道德变态。

如果杂志的做法不道德，那么我们全体都是不道德的，因为我们是同谋。要知道，冰冻三尺，非一日之寒。八卦杂志由大波露点走到今天未成年少女湿身性感，一步一步都是全体社会默许与纵容的结果。

尤其是，当我们全体社会，包括女性自身，全盘接受了资本主义时尚潮流在性解放名义下对女性身体的消费观点后，一个未成年少女的湿身性感照根本是可预期的必然结果了。

在妓院谈贞节是很反讽的，如果不是可笑的话。很不幸，今天许多人明明在做嫖客，却都想妓女是处子。

不止性，要色情

童党性侵犯同学的事件，这两天闹得沸沸扬扬。一如以往地，有一大班人出来义正辞严地说了一大通道理，又是反省又是教育的；过了这阵热闹后，一切将打回原形，等另一回的重蹈覆辙。

我们必须面对且承认这样一个社会现实：今天是色情泛滥的时代。这泛滥，一方面源于色情已被包装成市场消费的一部分，隐含色情暗示的广告与宣传随处可见（看看那些八卦杂志封面与报纸风月版吧），更不要说色情书刊、影碟了；另一方面，当然是网络上的色情资讯了。

但今天澳门的家长及老师，对这种色情泛滥现象，却好像视而不见一般，以为自己身处世外桃源，不知有性，遑论色情。这从澳门的性教育大大落后于社会现实已可见一斑。

在这次讨论中，有论者提出要加强学生的性教育，这的确是一种方法。然而问题是：这性教育，教些什么内容呢？

澳门的性教育，往往跟生物教育连在一起，教的不外乎男、女身体结构与特征、青春期发育碰到的问题等，最开明的，也最多讲讲避孕的常识而已。但有学校的教育讲到这个话题：色情吗？

色情物品，是一种经商业包装后扭曲了的性意识与价值观，亦是最容易引人进入歧途的地方。如果我们的学校光有性教育，却没有色情教育，即为学生讲解、分析、批判色情物品背后潜藏的错误的性意识，在色情泛滥的今天，区区性教育的一池春水，能熄灭色情的燎原之火吗？

《色情消费启示录》一书的作者Pamela Paul在分析了色情资讯对儿童的影响后，提出："性教育匮乏之下，父母有责任向子女解释性欲与色情。儿童治疗师建议父母，在儿童可能接触到色情的年龄开始向他们说明，让子女有心理准备。儿童应该了解色情的主旨是描绘幻想，与现实大不相同。同时，儿童必须认识幻想与现实文化之关联，与色情制作的经济机制。父亲可以问儿子，如果被描绘的是他的母亲或姊妹会有何感想，这样他便会了解色情虽然投射幻想，演出色情片的女性也是有血有肉的人。……父母必须随时关注小孩，让小孩可以询问关于色情的问题，因为无论父母是否知情或同意，孩子一定会发现色情。宁可培养孩子正确认知，不要让他们自己胡思乱想。"

色情教育是性教育的进一步，是揭示商业社会中作为消费品的被扭曲的性关系与性意识。这里面不仅是性教育，更是人性教育。如果性教育提供的只是简单的生理卫生知识，那么色情教育便应该让人明白到性不是禁忌，而是生活中最切身的事，是一种对亲密伴侣尊重与爱护的体现。也就是说，色情教育就是一种尊重两性、尊重人的身体、尊重性自主权的教育。

我们都承认今天的孩子性早熟，既如此，对孩子的教育便不应该害羞答答地只停留在生理卫生的性教育，而应该是两性教育，以至色情教育。

还俗算了

上世纪30年代，英国著名性心理学家霭理士（Henry Havelock Ellis）在其名著《性心理学》中有言:“一件性的活动使得我们憎厌，倒并不是因为它反常，因为它变态，以前流行的看法是不正就是邪，邪就是可恶。以前的人对于所谓‘自然的’概念是很狭窄的，而又认为凡是‘不自然的’行为都应当臭骂，甚至于应当责罚，应当重重地责罚，因为它即使在社会面前不是一种罪，在神道面前一定是一种孽。如今的观念不同了。由于知识的进步，我们一面既把‘自然的’范围推广了很多，一面又承认造物生材，各种程度的变异的存在几乎是没有止境的。因此，我们觉得有进一步的辨别的必要。我们要提出的问题不再是 ：‘这桩行动是不是反常？’而是‘这桩行动是不是有害？’”

时代也的确顺应了霭理士的思路发展，虽则进程或许不如理想，但以前许多被视为“变态”的性事，如今早已见惯不怪，像同性恋者纷纷“出柜”，有些地方更立法保障同性婚姻。

但时代再开放，涉及神职人员的“恋童”事件依然是罪大恶极，永远不能为大众容忍，因为“恋童”不仅反常，最主要的是它严重损害了儿童的心理和大众对神职人员的信任。在信仰自由的现代，选择过独身与禁欲的生活完全是个人决定；受不了性欲的引诱，还俗算了。披着神职人员的外衣来行性犯罪的事实，而受害者还是无知的小孩，其可恶可恨无耻无良之程度，比一般强暴行为更叫人发指。

霭理士指出，“真正能绝欲而历久不懈的人”是很少很少的，“独身绝欲的人都有强健的身体与坚忍的意志，他们对于禁欲主义所昭示的理想是准备全神贯注地求其实现的”。没有坚定意志去为信仰而禁欲的神职人员不如早日还俗算了。正如霭理士所指：“要补救绝欲的弊病，天下通行的唯一方法——只要环境良好，条件适当，无疑的也是最美满的方法——是一个人地相宜的婚姻。”

偷腥犯禁

最近佛门闹出“比坚尼”（比基尼）桃色丑闻，我看后只冷笑一声，没什么惊讶！这就跟教会传出性侵小童丑闻一般，只要是不合人性的地方，总会有不合人情的事端，毫不稀奇。

七情六欲乃系人异于其他动物之处。英国动物学家德斯蒙德·莫利斯在研究人类这种“裸猿”时指出，人类是现存灵长类中性欲最旺盛的一种，旺盛到随时随地可以性交，不像其他动物只在发情期来应付繁殖后代的需要。正因此，尽管人类社会各种文化习俗千差万别，但性规范与禁忌一定是当中必有内容。

以禁绝性欲来追求灵性精神上的升华，是违逆人性的。我当然相信有坚毅卓越之士能抵抗情欲诱惑得证大道，但此乃人中龙凤，实不多见。相反，背负沉重肉身的平凡人，却不得不受着灵与欲的煎熬，而成功者不多，故无论古今中外均有大量出家人偷腥犯禁的稗史轶闻，当然更是文人笔下添油加醋的嘲讽对象，薄伽丘的《十日谈》便是明证。

其实，只要不是瞎了眼蒙了心，但凡看看今天那些寺庙建筑如何辉煌，那些所谓出家人腕上戴的表掌中拿的手机是什么牌子，有识之士怎会相信那是六根清净、无欲无求的修道之人该有的做派。可惜世间愚夫蠢妇，贪慕长生、渴求顺境，寄希望于虚无缥缈的鬼神，甚而迷信“超人”，不惜倾家荡产捐献财物孝敬“活佛”，极端者竟迷信性交转运之说，使人可笑复可叹！

辑 七

夜航船

不是第一次坐船，不是第一次面对滚滚江涛，不是第一次仰望繁星满布的夜空，不是第一次感受两岸不眠的灯火，也不是第一次一个人在途上，然而，就在那一夜那一刻那一条船那一块无人的甲板上，我为这所有的“不是第一次”的情景而感动而畅快地放歌了。是的，放歌！打开心扉打开喉咙，由丹田溯肚肠经胸肺直达声带：“呵……。”

人生中一次莫名的感动和冲动。

那晚想了很多很凌乱，就像飘忽的江风。首先想到两岸的灯火。人们总喜欢用“惺忪睡眼”来比拟它，我却以为灯火清醒着呢。惺忪的或许是看风景的人吧——不是睡眼，而是心灵。

酒不醉人人自醉，一个人的途上也就是一个人的宇宙，望渺渺众生，高处虽寒，奈何尘世俗气蒸腾，还是“躲进小楼成一统”，来个雾里看花逍遥游，于半梦半醒之间，自有灯火阑珊处，惺忪心醉人。

再想到船。周作人欸乃声声悠闲无穷的乌篷船，朱自清桨声灯影里的秦淮河船，沈从文情深意切缠绵无限的湘西行舟，再有徐志摩放洋而去写告亲朋书的船，梁启超把一个序写成学术史的船，萧乾烽火法国行的船，钱钟书的方鸿渐苏文纨的船……最后，我想到朱湘跳海的那条船。“只恐双溪舴艋舟，载不动，许多愁”，幸好今夜的江水不是历史，我也不是含怨的妇人；我放歌，“在星辉斑斓里放歌”。

还没有秋虫的鸣叫，只有一根烟在黑暗的静谧中嘶嘶叫着，灯火渐渐湮没，风渐渐变冷，夜渐渐温暖。

无名的远方

每天上班，都会开车经过机场和码头；每回经过，人总有点迷离恍惚起来，很想停下车来，就此消隐于澳门街上，浪迹天涯而去，像那个于寒雪纷纷的早上，飘然遁隐于渡头的贾宝玉。

也有这样的时刻，黄昏时分，见着飞机点着一豆红灯，一闪一闪地向着暮色苍茫的云海飞去，我又会痴痴地心醉起来，很想很想自己就身在机上，作别脚下才刚亮起的零星灯火，向无名的远方飞去。

也是时常心动的了，看着“瞬间看地球”似远还近缩天涯于咫尺的神奇影像，看着画面中一条条陌生的街道，看着陌生的街道上一个个行人一部部车辆，那样的沉默又那样的近在眼前；那些人甚至不知道自己的一举一动正出现在万里之外某个陌生人的眼前。多神奇的一刻。每一次，我都希望借到叮当那道能够空间转移的大门，走到那一边去，对着摄录机镜头的方向，即使只显示出细细的一个人影，我也要拚命地挥手，大声地喊：你好吗……

也有许多许多次了，脑海中清晰地映着夜间旅途上独自醒着的情景。那是在旅游巴上，车内的人都睡着了，或沉默了，只有隆隆的车声，陪伴着人世的呼吸。平时最能入眠的我，却很喜欢在那样时刻醒着，消受这份喧嚣中的宁静，感受这份在不断前进中的暂停。我在人群中，我却很孤独；我在世界上，我却很陌生；我在困坐着，我的心却在飞扬着。在这样的时刻，我总有一种凄清的温暖感觉。我知道，“凄清的温暖”不合逻辑，但我就是这样想。在这样的时刻，我很想有信仰，我要感谢上苍让我生存，让我生活，让我有这样的机会领受这份凄清的温暖。在这样的时刻，我最害怕死亡，最害怕像浮士德般为着对生活的感恩而失去了灵魂。在这样的时刻，我最想生存，最想这一段车程永没有终点，让我心中满盈着对生命对生活的喜悦与感动。在这样的时刻，我觉得孤独是上帝最温暖的家；特别是车窗外有一轮明月不离不弃地相伴时，我觉得自己已经与窗外那一片幽明的天地合一，无我无物，有我有物。

我想，这是一种瘾了，对远方、对旅途、对凄清的瘾。这些痴醉的时刻，便是过瘾。

这个冬天你如何过？

是呀，又一年的日子逝去了，你抓住了什么？你失去了什么？是得的多，还是失的多？或者，你并没有得也没有失，只是平平凡凡安安稳稳地度过了三百六十五个日子。又或者，你根本就浑浑噩噩，既不管时光已逝也不理将来何往，生命只是个宿眠的安乐窝；冬天还没到，但你却让自己早早地冬眠。再或者，你迷惘在时间的激流里，像一叶浮萍随水飘荡，不知身在何处，也不知终点在何处；你听到两岸的声响，你感到拂过的清风，但灵魂的桨橹早已沉没，你只是个失败的舵手，在肉体的轻舟中，无力地呆坐着。

一年终结在大地的严冬里，是大自然给我们的神示么？是要我们好好地冷静反思过去一年的所作所为么？是要警告我们生命的无常与起伏，春夏的狂欢过后还有秋冬的寒霜么？是要我们满怀信心地期盼冬天来临后的那个春天么？是要我们明白，命运的终点就是冬天，最好早点捡拾御寒的柴薪么？

当然，可能并没有什么神示。四季循环本就是大自然的常态，时光流逝也是大自然的常态，就像人生的喜怒哀愁也是生命的常态，无须在意，也不能在意。因为，谁能阻挡四季的更替呢？谁能阻挡时间的消逝呢？一切顺其自然，该冬天时就御寒，该悲哀时就痛哭，该沉默时就无言……

在这一年的最后日子里，在这冬天的寒夜，生命大树落下了一瓣枯黄，你是俯身拾起后夹进回忆的书页？还是任其随风而逝，飘向苍茫的远空？抑或是将其掩埋地下化作春泥更护花？甚或是像这篇小文的作者，在昏黄的灯光下，以心中无尽的情思化成一股涓涓的暖流，滋润这枯干的脉络，延续这一息尚存的生命。春天当然是会来的，只是，这个冬天你如何过？

幸福的飞蛾

这阵子很忙。

因为人人都说我忙，要约我很难。

因为我自己也觉得忙，早出晚归不在话下，连星期天的休假也没有了。

就在忙里忙外中间那段交错时空里，坐下来，静一静，细心一想：我究竟忙着什么？不知道。我自己也说不清楚。大观园里的宝哥哥有个诨号叫“无事忙”，澳门街上的我想来也是如此。当然，人家是富贵闲人，我的资产只有身上的脂肪。

情况就像盲头苍蝇一般。

你看它飞来撞去，煞是忙碌，却不过是迷失方向的瞎碰。幸运的，碰到个广袤的天空飞出去，虽则前路依然是茫然无着；不幸的，东闯西撞之后，弄个焦头烂额事小，一命呜呼却也无人可怜。

更何况，盲头苍蝇乱飞乱碰实际是生命在困境中的垂死挣扎，摆布与支配它的，是无边的黑暗与恐慌的焦虑。看着它撞来撞去的样子，再细听那翅膀急促拍动的响声，很像是向命运之神求助的呜呜的凄鸣声。此情此景，壮烈是扯不上的，一头碰死倒是注定，是活该，甚至是解脱——总好过成了讪笑的主角。

这时候，飞蛾就成了可艳羡的对象。

人人都说飞蛾傻，要去扑火自取灭亡。谁想到，它的一生幸运地有着一个明确而光明的目标：到烈火中与死神共舞。扑火，是飞蛾存在的终极目标与意义。因着火，飞蛾失去生命；也因着火，飞蛾得到生命价值的实现。

飞蛾是幸福的。没有黑暗的压逼，没有迷失的恐慌，单纯而勇敢地往着生命的终极进发。在生命结束之前，它看见的是一片火红的光明；你或许会听到一声惊叫，但那是惊喜过后的酣然大呼：好过瘾呀！

在这个夏天，我像只盲头苍蝇忙碌着。

很想很想，做一只幸福的飞蛾。

不要怕，我抒情罢了

是你么？这一片雪白而诱人的空洞，是你么？是你如海市蜃楼般诱惑着我这跋涉于荒漠的旅人么？你知道我的欲望？你想我说出来？然而，然而许多事我都忘记了，就像沙漠掩埋去一双双旅人的足印，不管那一行行足印有多长，也不管那一行行足印走向哪里。沙漠上，除了一丘丘寂寞的沙子，就是一轮冷冷的月亮。没有旅人，没有来路，与去向。

我可以说什么呢？生命的年轮圈定于命运的圆心，我遇上了，我错过了，也遗憾了。我需要挣扎么？我可以挣扎么？那不过是命运放出的一纸风筝，脆弱而孤单，许给你蓝天的梦，却让你摔死于冷冰的现实。

谁可以为我撰写辩护词？当命运的引力让我们的流星就这样擦身而过的时候，有谁记得那一夜星空的辉煌？你不知道。我也不知道。一切又重上循规蹈矩的轨迹。在人们需要光芒的时候发光，在人们忘记光芒的时候沉默。

谁又让我们有记忆？仿佛一豆幽暗的灯光，照见了纸窗上的身影，那是你的形象？还是我的形象？你说你要那一团身影，然而，难道你忘记了吗？灯灭了，你没有了，我也没有了。那只好靠记忆的荧光去追寻残留于纸窗上的心事。虽然空气开始寂寞，说未曾遇上拥抱的体温。

那我们怎么办？流水没有为我们预备停靠的码头，我也无法凭水纹测知生命的去向。我无法竖起承诺的桅杆，更无法鼓动放弃的风帆。我驾着舵，满以为在追寻流水的故事，却原来，是流水载着我，编写着我的故事。远方，有彼岸在呼唤，然而，那属于远方。我无法告知你彼岸的确在。你没有等待的必要。

我说了些什么？我其实没说些什么。我不过在命运的沙滩以一堆被大海遗弃的沙子砌一座隐喻的城堡，没有王子，没有公主，一座空空的城堡。可能会有故事发生，可能没有故事发生。结局却早注定了，生命的潮水会冲刷掉这一切。

这一切惊扰了你么？不要怕，我抒情罢了。“你不必记住，最好你忘掉，在这交汇时互放的光芒。”

诗人与孤独

诗人都是孤独的，但孤独的不一定是诗人。

诗人的孤独是一种形而上的孤独。在他，孤独是叙事的语境，是文本的色彩，只有在某个特定的语境中去观照，去思考，叙事才有可能具有意义，也就是说诗人所写就的文本才具有可读性；也只有在孤独的静思中，文本才有可能显出独一无二的“那一个”的色彩，就是个人风格。

诗人并不想孤独，但诗人的孤独是必然的，可以说，孤独是诗人的命运。当某天诗人摆脱心灵上的孤独，也就是他诗歌生命的结束。诗人写诗，是一个竭力摆脱孤独，努力挣扎融入群众的过程；可惜命运的密码从来不曾被诗人解读通过，它只掌握在上帝手中。诗人只有两个选择：要么放弃，要么继续探索。当他放弃，他只是个庸人（哲学意义上的），失去诗人的灵性与感悟。当他继续探索，他依然是孤身上路，因为生命之途只有个人也必须是个人才能品味到其中的甜酸苦辣，如鱼饮水，冷暖自知。

孤独不是孤单。孤单只是形式上的、数量上的外观。孤独是深层的、心灵上的体悟。孤单的人是偶然的离群，对生命他只是个匆匆的过客；孤独的人被逼置身人群之外，在似水流年中感受人生，把生命也写成诗篇。孤独表现的形式可以是孤单，但孤单却不一定孤独，因为孤独的人即使身处人群中也是孤独，孤单融入人群便不成孤单。

诗人，不可能为写诗而孤独。故意孤独是写不出诗的。故意孤独只是孤单而已。孤独是在体味生命的过程中，那种“上穷碧落下黄泉”的唯我独有的感悟。是一种不能言说的意境——诗歌语言只能复述其中的小部分，大部分是深藏灵魂底处的颤动。真正的诗是心灵的产物，是对生命的诠释；最动人的诗是读者透过诗言语的有限叙事，体味到诗歌言语表层下的内在感情暗流——那深藏灵魂底处的颤动，并引起共鸣。如是，则不论古今中外，诗人与读者间的时空也因此而缩短缩窄。这，正是文学阅读的最高享受。而要达乎此，诗人必须承受孤独的冷熬。

字眼·醉眼

当所有的文字言说都成了语言的游戏时，所有的文字叙事序列也成了惺忪的呓语；字眼即醉眼。

“何以解忧，唯有杜康”，“闲愁如飞雪，入酒即消融”，“天气乍凉人寂寞，光阴须得酒消磨”——中国文人仿佛没有不爱酒的，乍看都为解忧消愁，我以为不独如此：文人醉酒，实为壮胆。“昔者仓颉作书，而天雨粟，鬼夜哭。”文字之威力可以惊天泣鬼潜龙，足见其可怕。中国文人的常醉酒，因身世潦倒借酒以排忧解愁固是缘由之一，我以为斗酒诗百篇更是题中要旨。这非为酒可以助豪气，实是由于酒可以壮奇想；奇想者，新奇之文字意象也。文人终日为文字营役，于语言的牢笼中苦苦挣扎，无非求片言只语之新奇准确以传达心中之怨愤寂寞，而诗不足百篇何以尽之？然文字之可怕如斯，若少酒力之助，早已敬文字而远之矣，何来新奇之意象？何来淋漓之倾诉？西哲云悲剧始于酒神之祭祀，估计也同出此理，要不，凭区区肉身怎承受得了英雄落难的沉重？因此所有字眼都是醉眼，用来承受悲剧的哀痛。

就好像李白的因酒醉揽月而死，将一段叫人伤心遗憾的事叙述成一幅浪漫的图景，剩下一股酒香让人迷醉。这便是酒的威力，这便是文字的威力。我疑心鲁迅的痛苦乃因为他常在用文字作匕首，他却未曾醉过。他总是清醒着，虽然也曾有过醉眼中的蒙眬，虽然也曾说过魏晋的药与酒，可是他老不肯放下那打落水狗的投枪，没停过在铁屋中的呐喊，于是他只有独自以灵魂去承受文字的痛苦。可是我相信他原先是愿意沉醉的："假如一间铁屋子，是绝无窗户而万难破毁的，里面有许多熟睡的人们，不久都要闷死了，然而是从昏睡入死灭，并不感到就死的悲哀。现在你大嚷起来，惊起了较为清醒的几个人，使这不幸的少数者来受无可挽救的临终的苦楚，你倒以为对得起他们么？"

醉眼的文字最容易陷入昏睡因而无痛苦地死亡；叙事的游戏叫哀伤之泪成了喷香的醇酒；字眼何妨成了醉眼好让苍天鬼神毋庸惧怕；而你我且逍遥于牢笼之外；至于痛苦，那是酒醒后的事。

透明的安全感

旅游塔第五十八层的地面两侧，有部分地方不铺地板，却铺透明钢化玻璃。游客立于其上，脚底下凌空的“惊险”景象便直现眼前。这绝对是个考验胆量的设计，因为身处玻璃板上往下直望，才真正体会到何谓高处不胜“寒”——心颤胆寒也！这现象很有趣。游客都知道，站在这些玻璃上面是很安全的，其发生“坠落”意外的几率肯定远低于飞机。有个别男士甚至还故意在玻璃上用力跺脚，跳来跳去，以证明脚下玻璃之坚固及其“虎胆”之“龙威”。可是人的心理就是那么奇怪，坐在几万米高的飞机舱里往窗外看云海，非但不怕，还觉得壮丽得很；站在才一百来米高的透明玻璃上往下看，虽然明知安全，不知怎的，自然而然地心惶惶，脚软软，胆战战，不敢多往下望，生怕脚下一空，“嗖”一声就呜呼哀哉去了！几万米的高空上，人们谈笑自若睡觉自如；百来米的高空上，人们却大呼小叫举步维“惊”，所差者，不过一块透明玻璃而已。然而，正是这一块玻璃，让人们看清自己的“危险处境”，同时点中了他们安全感的死穴。坐飞机而能谈笑自若，因为我们虽明知身处高空，却不知此“高”究竟有多高。要是飞机的地板也弄成透明的话，我想大部分的乘客也会睡觉自如的——昏眩过去也。

透明了，反而感到不安全，难道要迷糊朦胧才好？这实在不好回答。不过，我想人们常说“难得糊涂”，又说“聪明反被聪明误”，这其中会不会有些启示呢？人当然不可能透明，但人可以精明、聪明，精明或聪明过头，有时候是会自招烦恼以至惹祸上身的。生命中有许多事情是辩证与吊诡的，难以言说，难以洞明。按上述的经验，似乎也不要洞明了。唯一可以“明”的是：不要去试笨猪跳了！我对自己说。

用一生的时间

有什么东西，你愿意用一生的时间去追寻、去守候？

是一个理想吗？一个虚无而不切实际的信念吗？任凭旁人的冷嘲热讽，任凭亲友的苦口婆心，任凭现实的百般打击，你义无反顾埋头前行。你把风霜当成抖擞精神的激励，你把挫折当成磨炼筋骨的鞭策，你把荆棘当成人生长途的桂冠。你是那个为着追寻人生真谛而奋斗不息的浮士德。世界不知道哪一天会变得真正的美，但你愿意自己的人生是美的。

还是一段刻骨铭心的爱情呢？你不相信轰轰烈烈的爱情，你以为那是夜晚的焰火，璀璨，却带着造作，而且短命，更要借着那无情的暗夜去展示。你愿意是一小滴一小滴的山水，只要还未干涸，只要还能流动，不管日夜，不管风霜，你不停地往下滴；你相信，终有一天会在生命的顽石上刻下一道属于你的痕迹，你用生命去塑造的痕迹。你说：这才是爱情，这才是刻骨铭心。

要不，就去追求用之无尽的荣华富贵？你说，享受不是罪恶，浪费才是可耻；创造财富也是贡献社会，坐享其成才是社会寄生虫。生命不能用金钱来定义，但终生奋斗得来的荣华富贵肯定是生命辉煌的脚注。你不避讳自己的野心，就像猛兽不隐藏自己的利爪；你说，那是天赋，人生也未尝不是困兽斗。

可能，你是喜欢安安稳稳、平平淡淡？平安是福，人世的暗流太多，你只是命运峡谷里一叶轻盈的孤舟。你只想稳稳地掌住自己的船舵，随波逐流，步步为营，在悠闲的瞬间，偷看沿岸风光。你不在意头上的天空太狭窄，只忧心前方的险滩闯不过。偶尔，会有一丝清风掠过你的发鬓，你说，那是命运的奖赏。

又或者，你唯一的追求是一个问题：什么是我值得终生追求的呢？你说，不要笑我找不到答案，要知道，有些人连一个问题都问不出来呢。只有没有思想的人才没有问题。你愿意一生只有一个问题，虽然，可能没有答案。

请问：用一生的时间，你愿意去追求、去守候什么呢？

夜访魔鬼

“久仰先生大名，今日得睹尊颜，小子三生有幸。”我既惊且喜地向他作礼道。

“哪里哪里，你客气了，”他保持着谦逊的本色，“听说你找了我好几次，不巧我近来有点事，不在家，让你好跑了，抱歉、抱歉。不知我有什么可为你效劳呢？”

我有点受宠若惊地说：“实不相瞒，我来是想求先生施舍个灵魂给我的。”

“此话怎说？”

“不瞒您老，我就是您所说的喜欢表现灵魂的诗人；可现在我把灵魂都表现完了，成了行尸走肉。我琢磨着不能长此下去，不找个灵魂是不行的。但去哪里找呢？上帝那儿是没门的。想到先生这里有的是，虽然是坏的，总算聊胜于无；又素知您向来宽宏大度，便厚颜来向您乞求了。望您老成全。”

“唉，小兄弟，我知道你是看了钱钟书那篇东西才来找我的。可惜啊，不是我吝啬，今天你不要说一个灵魂，我连半个也没得给你。你知道我当年已是近代物质和机械文明的牺牲品，一个失业者，整天闲得发慌，但毕竟还有些微薄收入。谁想现在每况愈下，那些人干脆自己做了魔鬼。整天这里挑拨一场战争，那边放置一个炸弹，明目张胆大做灵魂买卖，巧取豪夺，弄致我这老字号快要倒闭了。其实你别说我这儿，现在连上帝老儿那里也在喝西北风呢。坏的灵魂固然被人间魔鬼垄断了，好的也买少见少了。告诉你，我已跟上帝和好了——现在还有什么好争的呢？我这几天不就为了陪他解闷而不在家。小弟，我爱莫能助呀。”

我不禁大惊道：“先生，这如何是好，我可不想做个没有灵魂的现代人。”

只见魔鬼对我苦笑：“兄弟，我也不想做个没有灵魂的魔鬼……”

寒夜随感

这真是一个寒夜。

窗外，寒流带来的风，化作万千芒针，飒飒地漫撒在乾坤宇宙，仿佛布下天罗地网，教人无从躲避；促迫着每一个行人的脚步，往任一处温暖的角落躲闪；甚至穿过窗缝门隙，直钻进神经的末梢，让你不由得心头一麻，浑身一颤。这当儿，相信没有人会反对，世界上最温暖的地方就是家，还有家中那热乎乎的被窝。

我在家，但家里的暖意熨不平深锁的眉头。处身弹丸小岛，看似风平浪静，然而风暴的中心何尝不平静？但只要风向稍一转变，蕞尔小岛刹那间便是一堆颓垣败瓦。世纪末，岁末，正是急景残年，偏碰上这许多的天灾人祸，再被这似刀的凄风削肤切骨，怎不叫眉头紧抱，好捂暖屋漏逢夜雨而缩作一团的心事。

说起天灾人祸，其实许多天灾肇祸者也是人类。股市风暴、经济不景固然是人贪欲横流的恶果，而今牛猪鸡鱼等都有病有毒了，都说会传染人类，怎不知是人类先传染了它们？这些动物跟着人类成长，看着人类在原是众生平等的地上开始称皇称霸，任意屠杀弱小；现在这沾满血腥的凶手竟开始埋怨被害人，怎么不乖乖地束手就擒，反用阴招来损他？当然，我们会开脱说，弱肉强食，这是自然定律。可是，我们也可能忘记了，在这即将过去的匆匆百年中，是人类资本增长最迅猛的时期，也是人类技术进步最快速的时期，但同样是人类对自然破坏最厉害的时期。人类在享尽资本与技术削下的丰腴晚餐后，终于也感到这面双刃刀冰冷的刀锋的寒意了。

在这寒冷的冬夜，我看到了这样的一段话——

不知道您是不是害怕了，反正当我看到从月球摄向地球的照片时，我是惊慌失措了。我们根本无须原子弹。人的连根拔除之事已经发生。我们唯一剩下的东西，只有技术的关系。这已不再是人生活于其上的地球了。——海德格尔

重遇穆旦

寒风严裹着小城，突入每一条横街陋巷，突入每一个人的神经末梢，只隐隐约约地传送着枪声的诅咒……

就在这一刻，我又重遇你，忧郁而沉静地徘徊于昆明的街道上。你是低着头的，我知道，你应该会喜欢低着头沉思这个动作。你在想，在追问这样的时代，我们做什么？我们做什么？你举目四看，看见周围如蚁群般忙碌着的人们，你不明白，他们在忙着些什么——什么是值得追求的？什么是值得等待的？你抚摸自己的肉体，你不明白这些流动的血液需要什么——为着满足欲望，还是虚耗生命的火热？你知道多思是个不好的习惯，除了无尽的问题和痛苦外，它所能确知的，是这世上不存在天堂。

在这个寒冷的冬夜，不知道是悲哀教晓了我智慧，还是这冬的寒流正是你隐身的背景，相隔四年，我看到你的语句变了，更听到你幽冷的心跳。我以全新的目光打量你——当初，是我陌生了你，还是你陌生了我？我感着你血流中的火焰，却惊讶于你眼神中的幽森；我感着你混合灰烬而下的泪水：好冷呀。

你说：这时候天上亮着晚霞，黯淡，紫红，是垂死人脸上最后的希望，是一条鞭子抽出的伤痕。你说：一些影子，愉快又恐惧，在无形的墙里等待着福音。你说：笑脸碰着笑脸，狡狯骗过狡狯，这些鬼魂阿谀着，阴谋着投生。你说：白日是长的，虽然生命短得像一句叹息。你说：我们把握而没有勇气，享受没有安宁，克服没有胜利。你说：人子啊，弃绝了一个又一个谎，你就弃绝了欢乐；还有什么更能使你留恋的，除了走去，向着一片荒凉，和悲剧的命运！

我无法量度，从昆明湖畔到这南湾湖畔的距离，但你可也感着这萧索的生的寒冬？金钱与欲望，权力与阴谋，暴力与色淫，伪善与冷漠，交织着这半岛的天空，就像你足迹经过的土地。啊，我又听到你叹息了：这里的恩惠是彼此恐惧，而温暖他的是自动的流亡……那么，你会看见另一颗低沉的头颅出来，于某个寒夜。

犯太岁

犯太岁，按百度百科的解释，“是一个人的年庚对冲者，又叫冲太岁；因此，无论是哪一种，在哪一年里出现犯太岁必定百事不顺，事业多困厄，身体多病变，因此务必要拜奉太岁星君以保平安。”因此又有“太岁当头坐，无喜恐有祸。”用港澳的说法，犯太岁之年就是“当黑”之年，迷信的人因此要到庙里去拜太岁，祈求趋吉避凶。

我不清楚犯太岁这种信俗的起源，却深深觉得在迷信之外，当中有一定的做人道理。

某人某年“犯太岁”，意味着本年内可能出现些对他不利的情况，像上面引文所说的“事业多困厄，身体多病变”，他因此需要规行矩步，小心行事，不可妄动。撇除迷信的成分不谈，我觉得老祖宗深明世事“祸福相倚”的道理，为告诫子孙不可被顺境的喜悦冲昏了头脑，时刻保持对困难及逆境的警觉和预防，所以“设计”了犯太岁这个禁忌。只有在犯太岁之年夹起尾巴小心做人，才可能迎来下一年的平安顺遂；也只有小心翼翼地处事，才能保住本年的平安无事。犯太岁仿佛一把悬在头上的利剑，提醒着当事人诸事谨慎，小心为上。

从做人处事的角度看，我觉得这个“设计”其实是有道理的。犯太岁不是叫你不做事、不作为，只是提醒你注意有可能出现不利的情况，宜谨慎，忌冲动。“勿冲动行事”这种劝告，我们经常从长辈好友处听到；犯太岁是将这种劝告用“天意”

的方式来表述。长辈好友的劝告，我们经常置若罔闻;但从“天意”而降的祸兆，许多人却不能不留神了。因此，从劝告人做事宜谨慎这方面来说，犯太岁这事也有其正面积极意义的。

同时，我觉得犯太岁这个禁忌也可起到某种心理补偿的作用。人生难免有高低起伏，当碰到挫折与困厄时，如果刚好是犯太岁之年，我们何妨以“犯太岁”为借口来自我安慰一下。当然这种“阿Q精神”无助于问题的解决，但起码可以安慰一下受创伤的心灵，免使沮丧失志；同时给予转厄为安的希望，好唤起斗志，在困顿中坚持下去。

未知死，焉知生

孔夫子应是个乐观积极的人，因为他说“未知生，焉知死”，意思是现实在生的事都未解决，又怎知道死后的事哩，即是叫人好好地规划眼前事务，不要胡思乱想死后的世界。所以，他老人家既“敬鬼神而远之”，又“不语怪力乱神”，只专注于自己当前的功业，是“不问鬼神问苍生”了。

但我是个悲观消极惯了的人，所以我的思路是“未知死，焉知生”。

存在主义哲学认为人是被抛到这世界上来的，因为人的出生不由自己控制，但人却可以控制自己的命运，甚至死亡。所以加缪说：“真正严肃的哲学问题只有一个：自杀。判断生活是否值得经历，本身就是在回答哲学的根本问题。”

我以为不然。真正严肃的哲学问题只有一个：死亡。没有了死亡，所有的哲学问题都是伪问题。

人真的可以控制自己的死亡吗？对一小撮人而言，是的，因为他们可以选择自杀。但是，对绝大多数想过正常生活的人类来说，死亡并不由人控制。因为，我们无法知道什么时候会恶疾缠身，什么时候会飞来横祸。死亡，往往会在毫无防范之下突如其来袭击我们。这样的例子数不胜数，每时每刻都在发生。不举别的，就交通意外而言，单单昨天，香港有三个人在驾车上班途中被翻侧的货柜车当场压死，澳门又有铁骑士命丧水泥车下。我相信，这四个死者在出发之前是绝没想到自己会返不回家门的。他们可能都是热爱生命的人，但是，死亡不由他们控制。

这，便是人生的无常；其极点，便是死亡。

所以，要真正认识人生，便要认识死亡，认识到死亡不由我们控制，生命会随时被死神夺去。有了这个认识后，会产生两种反应。一种，是彻彻底底的及时行乐，今朝有酒今朝醉，不作人生规划，不肯努力奋进，得过且过。另一种，是在认识吾生有涯的前提下，珍惜当下的一切人和事，积极进取，与死亡竞赛，在有限的时间里发无限的光。对前一种，我无意作道德批判，毕竟好死不如赖活，他有本事有条件去饮酒买醉得过且过打发日子，那是他好命，旁人能说什么？对后一种，我以为这才是生命的正道。因为孔子“未知生，焉知死”是在逃避人生的一个大问题，是将死亡搁置不理的消极态度。相反，明知人之必死，却能做到逆境奋进，珍惜每刻每秒，珍惜眼前人和事，将时间与生命的能量作极限发挥，这，才是真正的积极态度。

死，也可以是推动前进的力量。

试想一个问题：为什么我们经常表扬与敬佩那些“抗癌勇士”之类的人物？那是因为这些人在死亡面前表现出无畏的大勇气，与死亡作斗争，不放弃，不退却，是人类坚毅意志的精神楷模。

面对死亡，更能显出生命的价值。

当然，世间最多的是处在这两者之间的人。他们既不知生，也不知死；生则来之，死则去之。出生之时，他们呱呱大哭；临终期近，他们含恨饮泣。在生死之间，他们不问生命意义，也不理生命意义，只低头过他们认为值得过的日子，奋斗他们认为值得奋斗的事情。这样人生如何？我不知道。

我是经常想到死亡的无常的，因为我愿意更努力地生。

胡不乐？

人一生中有许多敌人，或者对手，在明在暗，总在伺机打败你，又再或者，输给你。

时间，便是这样的一位敌人，或者对手。

子在川上曰："逝者如斯夫，不舍昼夜。"对时间流逝的感叹，是千古而"全球化"的文学主题。之所以要感叹，因为人终须一死。所以，不是时间不待人，是生命，是死神不待人。

人若不死，时间又有何意义？甚或，"意义"又有何意义？

人生中的许多"谜思"便由于死亡的必至而引起；死是最公平的，因为它无分富贵贫困贤愚俊丑，管你是谁都得死；死是最不公平的，也因为它无分富贵贫困贤愚俊丑，许多不该逝去的人却偏被它带走。所以，世上最吊诡最荒诞的剧本便是死亡，无出其右者。

于是这一天我看到歌德的这一句时，心中顿觉一震："生命的意义不是思考出来的，是实践出来的。"（大意）很觉得自己虽活了半生却仿佛白过一般。"想多过做"、"口水多过茶"是我这等人的通病，吹水之后，依然好事不干，坏事不敢。

这样看来，"及时行乐"政治正确；行者，实践也。有乐不行，难道行苦？

这样看来，"想多过做"是生者对死者的不敬，因为有人想做而不能也。

这样看来，也无谓心痒痒去计较了，反正行动最实际，先做自己最开心的事，及时行乐去也。你听听老先生说自己做学问是在玩，你不要以为那是他的谦词，实则老人家早参透玄机，及时行乐去也。

生年不满百，常怀千岁忧。然而纵有千岁之年，常怀忧心，虽千岁与一夕何别？不若及早醒觉，寻自己之所欢去也。人说朝闻道夕死可矣，寻一刻之乐，总好过浑噩一生。

时间是敌人，是对手，却能够为我们打败。

死亡是敌人，是对手，却永远打败我们。

归去来兮，人之必死，胡不乐？

出了灵堂之后

有人若想了解人生价值或者生存意义是什么，应该到一趟灵堂——是的，就是那个追悼刚刚往生者的地方。

在灵堂里，至亲好友当然哭红了眼、悲哀神伤，至于其他来祭祀者，或许出于亲戚关系，或许出于社交所需，才会到此。拜祭者与死者可能素未谋面，到此只因死者某位至亲的面子。灵堂当然是哀伤肃穆的，但不妨碍人们把灵堂辟作社交空间，甚至名利场。大家都知道，仪式是做给活人看的。

到灵堂走一圈出来，除了庆幸自己还活着之外，或许该醒悟到世界没有因为少了一个人而停止转动，不管死者如何伟大杰出；最重要的是，出了灵堂之后，那些在生的人，依然会去忙碌原有的日程，而死者，在把一元钱捐掉一粒糖吃掉后，已遗留在夜色的青烟里。

所以，人生的价值或许是让最多的人将你这个人记忆得长久些，生存的意义或许在于令那些会在灵堂为你的离去哭得双眼红肿或失神茫然的人幸福快乐，其他的，不过尸骸一副、轻烟一缕，无必要在乎。

好吧，我承认这些文字纯粹文人无病呻吟的呓语。在走出灵堂之后，有人为刚才能跟何老板结识而窃喜，有人为明天到期要还的巨债而烦恼，有人赶着去跟旧同学打麻将，有人还在絮絮叨叨数落着老公的不是，有人在奇怪彼得竟然娶了个靓老婆，有人……

是的，对许多人来说，无必要在乎的，恰恰是那些人生价值或生存意义。这就是生者的世界。

千古艰艰唯等死

“你生日快乐吗？”

“不，我不快乐。我想死。”

澳洲著名的生态学者David Goodall刚过了一百零四岁生日，但他却非常遗憾自己这么长寿。原因很简单：他现时力衰、眼蒙，出不了家门，坐不了巴士，更别说回实验室做研究。对他来说，如此状态，安乐死算了。虽然他是安乐死拥护者，又虽然他所在的维多利亚省允许安乐死，但一来他没绝症，二来身体还可以，达不到安乐死标准，于是，他只能被困在家，被困在自己的身体里。

保存性命与活得尊严，是安乐死争议的永恒话题。人类道德的困境是，我们的出生由不得自己来选择，我们的死亡，在很多情况下，也由不得自己来选择。

《庄子•天地》说尧到了一个叫“华”的地方，当地的“封人”祝他长寿，尧却辞谢，回答说“寿多则辱”。封人听了后，讥讽尧说：我以为你是个圣人，却不过君子而已。又说，“千岁厌世，去而上仙，乘彼白云，至于帝乡”，意思即寿终正寝，安然返去仙乡就是，总之一切顺其自然，随遇而安。

我说这个封人实在是牛头不搭马嘴。生命尽头，两脚一伸，呜呼哀哉，返魂乏术，能不自然，能不而安吗？问题是，像David Goodall般由足不能出户到面见上帝之间，可能经月，可能经年，期间了无生趣，如何而安？更不要说恶疾缠身、瘫痪在床，求生不得，求死不能，累己累人，如此这般，哪能自然？

所谓长生不老，这个生，不仅是生存，更得有生命活力，身体机能不老化；否则光命保着，却只剩残躯病体一副，万岁万岁万万岁又怎样？说到底，了悟死亡容易，体验病痛艰难。尧所怕的“辱”，正是病痛期间所必须忍受的从肉体到精神的磨难。

先贤说，千古艰难唯一死，不对呀，千古艰艰唯等死才是！

寒冬里的火苗

火是文明之祖。

没有火，人类便是茹毛饮血的动物；有了火，人类有了熟食，才告别了原始的生活，向文明迈进，自始区别于禽兽。所以西方有普罗米修斯的盗取天火神话，中国有燧人氏钻木取火传说；印度教的主神湿婆有喷火的神力可以毁灭宇宙，其力量的象征也是一根火柱“林伽”。

从人类认识火的力量开始，火便被赋予种种象征，甚至出现崇拜火的袄教，中国人有称之为“拜火教”的。其实袄教又称琐罗亚斯德教（Zoroastrianism），澳门松山人称白头坟场的，便是琐罗亚斯德教徒的墓地。

现代人最熟悉的火的象征，相信应该是奥运会的“圣火”。

火的象征意义，不外乎光明、温暖与力量。

火的力量可以是正面的，也可以是负面的，比如毁灭之火或地狱之火，又或者怒火。

中国人说某人心里有团火，那是说这人斗志昂扬、热心任事。

可是，再炽烈的火焰，如果不为其添加柴火，也有熄灭的时候。最最重要的是，火的生成，须有一个必要条件：空气；没有空气里氧的助燃，再多的干柴，再费力的钻磨，火是永远不会燃起的。

人心的那团火也是如此。没有物质的支持与精神的鼓励，就像不为一堆篝火添加柴枝一样，任其自烧自燃，迟早火苗会熄掉，人心也会冷却；没有了氧气充足的空间环境让其燃烧，旺盛的火头早晚一定会窒息，昂扬的斗志也会失去动力。

这既是自然界的物理定律，也是人心的精神维系。

在这个天气预报严寒将至的岁末，微弱如豆的火苗在苟延残喘着唏嘘的叹息。火应该会灭，那只能靠四肢匍匐于地上，在黑暗中寻找春天的第一缕曙光。

浮生絮语（十五章）

一、奖项的意义

当瑞典学院把诺贝尔文学奖颁给Bob Dylan之后，我在想，明年那些博彩公司在诺贝尔文学奖得奖者赔率名单中，是否该加入几个著名大导演的名字，尤其是那些能编能导的——既然歌词可视为文学，电影剧本为何不可？美国著名文学理论家米勒（J.H.Miller）认为，文学要求人带着同情，居住在一个虚构世界里。这话完全可以套用在观影经验上，虽则两者以不同的符号形式去呈现虚构世界。

这里的关键是个“情”字。小说也好，流行曲也好，电影也好，无非供阅 / 听 / 观者作情感的投射或移情，讲得俗白点，就是满足情感的需要，即使是色欲以至变态的情感。明乎此，吾人当可以不必斤斤计较“何为文学”这种无聊的议题——它是供大学机构里的职业研究者证明自己领薪水合理性之用的。

万物之灵的人类懂创造符号，再利用符号去想象虚构，然后我们以奖项来礼赞和荣耀这些符号想象大师，因为他们创造了触动我们心灵的情感和幻境——这便是我理解的文学奖项的意义，才不管它叫小说或流行曲或电影。

二、生存，才去求意义

“无意义，我的朋友，这是生存的本质。”

米兰·昆德拉的最新作品这样说。恕我不能苟同。我要说：“有意义，才是生存的本质。”或者具体点说：使之变得有意义，才是人之存在的本质。

有无故去的亲朋报梦：不用烧那么多豪车电器手机给我了，我要在阴间自食其力，过一个有意义的“鬼生”？又有无上了天堂的戚友显现：我在生时过得浑浑噩噩，上了天堂后发奋图强，过上了有意义的“天生”？天庭里的玉皇大帝皇母娘娘整日只去等蟠桃几时熟，天堂里的上帝天使只去监管亚当夏娃的各种情与欲。

只有人，活生生地存在于纷扰俗世里的人，才会想过有意义的“人生”。因为，人寿有限；使有限的生命不白过，是人要百般追求，或自欺的。生存而不求有意义，那是死了。

三、讲理性，先讲耐性

初入大学时，学人捧起大部头学术书硬啃，啃着啃着不耐烦起来：为什么不直接把你的论点说出来，偏要从古希腊说起，逐个大师逐个理论点评一下，最后才慢条斯理地搬出自己的那一套，怪不得都又厚又硬。这一本如是，那一本也如是，把我这个急性子的人弄得晕头转向。后来才知道，这是学术史回顾，是学术写作基本功。要把与课题相关的前人研究的优缺点说清楚，自己同意哪点不同意哪点，理据是什么，自己此项研究比前人又有何创新之处等等等等巨细靡遗地铺陈出来，所以都得长篇大论。

这才是学术研究，也才称得上理性讨论。

一个理性社会，必得是个有耐性的社会。论辩双方有耐性把对方的观点记下把自己的理由说清，旁观旁听的公众也要有耐性了解与弄清两方意见后才作出判断。

遗憾的是，这个时代，口讲理性，却无耐性，只求 sound bite，懒理论证。

四、自欺·欺人

自欺欺人的典范，当然要数《国王的新衣》里那个赤条条满街走的国王。

国王明知自己身无寸缕，但因怕被人讥笑愚蠢，硬着头皮也得走上街去“遛鸟”，这是自欺。然而，自欺之错人人皆有机会犯，但自欺到要其他人陪着一齐癫的，可不是一般人可以做到。

于是我们要追问：是什么让国王有如此底气毅然上街走一回呢？

我要说：是权力。

国王非但自欺，更要欺人：他知道围观的民众慑于他的权力，不想惹麻烦，会乖乖地识趣诈作不知，不敢揭穿他赤身露体这个真相。他利用国王身份的威权，要民众配合他一齐演一出闹剧；他既自欺欺人，亦自愚愚人。

试想想这要是个贩夫走卒普通人，他敢在家中穿“新衣”自欺，可够胆走上街巡一圈去欺人吗？

什么叫有权任性？《国王的新衣》便是个童话版的例子。

五、牵挂

人赤裸裸地来到世上，却带着一身沉甸甸的牵挂离开。弥留之际，或许正是牵挂之时。要做到无牵无挂，谈何容易！牵挂的极致，便是妄图长生不老，又或死后重生。这一类人舍不得放手的，其实是财富，是权势。这也是被财势迷了心窍，以为只要能死而复活，一切便会依旧，包括他的地位。需知道世间势利之处，在“人走便茶凉”，死去的人想复活掌权，现时在位者会否答应你来拿走他碗中的大块肉呢？更何况，时移势易，秦始皇今天要是重生，难道可以带着那些陪葬的兵马再次夺权？

平凡人生，贪嗔爱痴少不了，总有许多不舍，总有许多难忘，一念无明，相继不绝，至死不辍。感人者，乃对子女亲人的忧心，所谓养儿一百岁，长忧九十九是也。但其实人生中碰到的人和事，包括父母妻儿，一切都是缘分，而缘分是概率，一台超级电脑永世也算不清的概率。人不是超级电脑，也就安心去随概率而定行止，随缘分而自在人生吧。人连自身的命运概率都说不清计不准，忧心又有何用，不舍又能如何？不如趁早放手，放自己，放他人，一片自由的清空。

六、蔗渣辩证法

“你系民署就早出声，我即刻拿走，唔好话我阻地方。真不明白你，垃圾有什么好拍的！”

蔗汁店的老板娘在我背后喊道。其时，我正对着店门前的一箩蔗渣拍摄取景。

汁已被榨干榨净，没有了利用价值，蔗渣就成了垃圾，在老板娘眼中；但其实蔗渣最少可循环再造成纸。

所以，定义何物为垃圾，要视乎此物对说话者是否有利用价值。像一个纸杯，因为里面没有咖啡了，我视它为垃圾，想扔；但我家两岁的小妹，却觉得它很有趣，想玩。

世间许多事与物都可如此辩证对待之。

既然事与物可辩证多元地看，似乎就不宜过急过早地从自身利益观出发，去判定某事某物是或不是垃圾，不要二元地极端一刀切。在蔗渣的命运选择中，在堆填区与再造纸之间，其实有许多转圜的空间。

愿不愿意在这转圜的空间中，各自戴着镣铐一齐跳起狐步舞，便在于你愿不愿正视对方的利益。

其他的，不过是留在蔗渣上的口水而已。

七、历史启示

一宗对同性恋婚姻的历史性判决，一幅面书上的六色头像，引出了许多的反对与划清界线。对于宗教我没有兴趣，却庆幸喜欢上历史，且乐于从历史去寻启示。

别的不说，今天享受着美满婚姻的传教人员，或许必须记住这是五百年前一些宗教改革家争取回来的权利。一切，不是必定或必得如此的。人类的历史是由各种各样的改革逶迤发展而来的，包括宗教。

“进步的道路常常中断，但是我们如果把感情上的偏见置于一边，对两万年来的历史作个冷静评价……就会注意到，发展虽然缓慢，却是毋庸置疑的，事情总是从几乎无法形容的残忍和粗野状态走向较为高尚较为完善的境界”，这是美国作家房龙（Hendrik van Loon）在其名著《宽容》中总结性的话。

冷静与宽容，或许比急于下判断，更是该采取的“我的立场”（Here I stand）。

八、帝皇梦

那是在沈阳的故宫，天阴阴的，游人零落，与北京故宫的人山人海成鲜明对比。无聊之际，忽见一古装打扮之人出现眼前，细看之下，原来是游客租了皇帝服玩角色扮演拍照。我赶紧掏出相机构图，所幸周围无人，“皇上”恰又停下脚步接手机，让我在“深宫禁苑”中捕捉到这古今结合的一刻。

封建皇帝现只供戏说或戏仿，但企图拥有与享受皇帝权力的依然大有人在，这是争名逐利的人性，无法避免，所以要设各种制度去制衡，免使某人权力过大，专制跋扈。法国历史学家托克维尔曾说：“专制者本人也不否认自由是美好的，只不过唯独他才配享有自由”，真是一针见血。

世间专制统治并未消失，尤其在贫富差距日益悬殊的当今社会，财产的不平等，更使政治上的不平等成了不可逾越的鸿沟。

九、时间意识

你今晚抬头看到的某点明亮星光，可能是几亿年前某个超新星爆炸的光芒，经过茫茫的宇宙海洋于此刻才到达你眼前。

看到这段文字，心头一动，一股莫名的情绪涌现出来：很浪漫，也很感伤。这情况，仿佛在海边捡到个漂流瓶，里面藏着一个世纪前某人写下的情书。

人类是唯一有时间意识的动物。据说一个人长期被囚在黑不见光的密室中会疯掉，因为他没有了时间感。人类有了时间意识，所以想永恒，想长生不老；肉体无法永恒，便想方设法不朽，像木乃伊，像始皇陵，像所有的纪念碑。这是大人物才能做到的事。

今天摄影术发达到滥拍的地步，理由之一是要留住美好时光以便他日重温。是的，一般人要留住时间的方法，便是一张发黄的旧照片。

我由此想到，保护旧建筑旧文物，或许只是想让人在某个夜晚偶遇一颗闪亮的星星，在海滩读到一段隔着世纪光阴的情话，在发黄的图像中怀想幸福的时光；更重要的，是让我们活在时间的长流里，而不是隔绝时间的黑室——那样子会疯掉。

十、野兽卖萌

人类圈禁猛兽作“观赏”历史悠久，中国周代的“囿苑”里已有熊、老虎、孔雀等“珍禽异兽”了。从古人到今人，从囿苑到动物园，动物因其为“异”兽便被人类当奇观来囚禁；当代虽有以保育为目的的动物园，但依然为爱护动物人士诟病。

今人看动物，除为其异于人类之处而惊叹外，也有专门花钱去看它们“卖萌”的——比如可爱的树熊（无尾熊），得意的熊猫。不禁想，把动物的兽性（其实是它的天性）用囚禁的方式驯服下来，供有闲的人类观看它们百无聊赖的游荡或贪睡，然后自我投射什么“可爱”“得意”的情感，这到底与无良贱人伤残幼童来行乞有没有分别呢？

人类也是动物，虽则“文明”了，但成人世界弱肉强食的残酷，有时候是“禽兽不如”。隔着厚厚的玻璃窗看动物卖萌，总安全过面对身边同类明刀暗箭的兽性。

十一、无赖厚黑学

无赖肯定无耻——但凡有羞耻之心的，又怎会泼皮撒赖呢？

大部分人对无赖都很头痛，因为人而无赖，就是无耻到不顾道德道义规范了，一般苦口婆心的善意规劝无效，哪怕以舍身饲虎的高尚情操去感召，恐也难叫无赖回头是岸。所以，一般人对付无赖的方法不外十字真言：打得过就打，打不过就躲。

无赖的极致，便是李宗吾先生揭示的“厚黑学”：“古之成大事者，不外面厚心黑而已”。身为一事无成的卑微人物，我一直很不解一个人如何能无耻无赖到面厚心黑的地步，所以对此间以至世间的许多事，越看越迷惑。

我坚信我的迷惑不会有答案，因为政治无赖古已有之，至今不衰，此间尚存。古圣人尚且无法破解此人性之谜，况我无知小子乎？于是只能阿Q式地引一段最恶毒的古诗解恨：相鼠有齿，人而无止！ 人而无止，不死何俟？

十二、还我和平

写稿的时候，正是911，十四年前飞机撞向大厦的画面记忆犹新；而叙利亚小童横尸海滩的照片，则是心口最近的痛。

十四年过去，社交应用软件让人们通讯更便捷了，网络媒体让讯息的传播更快捷了，但人心没有因此而拉近，理解与宽容亦没有因此而加深；反而是，冲突与仇恨的种子藉社交网络而散播得更快更广更深。

从纽约市的高厦到土耳其的海滩，我们要看到仇恨的残酷与惨痛，但更要看清在背后操弄的政治强权脏手：平民百姓牺牲了，政要权贵却在鲜血中捞走了黄金。

今天，无辜鲜血汇成的历史洪流告诉我：别去相信什么“正义之师”的鬼话，哪个人说战争是好的，请他第一个跑去前线。我只相信一位曾经历广岛原爆的日本诗人的话：

还我父 / 还我母 / 还我老 / 还我孺 / 还我自己 / 还我血脉相连的亲族

只要世界有人 / 有人存留 / 就要还我和平 / 还我和平的归宿！

十三、蠢货的聪明

“聪明反被聪明误”这话很可疑。既是聪明人，当不应有误；能被误，证明聪明极有限。愚意以为，改作“自作聪明反被聪明误”，当可颠扑不破。聪明既是自作，自以为是，那便是愚蠢了，岂能不误？愚蠢定被愚蠢误。最愚蠢的人便是自作聪明的人。误定了！

聪明，就是耳聪目明。耳聪，是兼听。目明，是洞悉。所以，会虚心聆听，能透彻了解，是为聪明。古先贤的启示是：静静地，靠耳，靠眼睛，去体察世情的，是聪明人；靠把口胡吹乱讲，夸夸其谈的，言多必失，失便即误，是蠢人。

口舌便给之徒最容易堕入自作聪明的陷阱，恃着伶牙俐齿，精通语言伪术，好逞口舌之快，砌词诡辩，殊不知口舌招尤，祸从口出，最终只证明是蠢货一个。

世事吊诡之处在于：蠢货不可能认清自己是蠢货的事实，正如聪明人不急于逞能卖弄自己的聪明一样。

十四、急流勇退

“员工的离职原因林林总总，只有两点最真实：钱，没给到位；心，委屈了。”网上流传说这句话出自马云，但我总怀疑其可靠性，因为经历过事业高低起伏的阿里巴巴总舵主，没可能不知道离职最真实的理由起码还有一点：急流勇退。

急流勇退是大智大勇的表现。大智，因其能察识水流急湍，足见冷静沉着，没有忘乎所以，审时度势，及时觉醒；大智，更因其有自知之明，知道硬往前冲非己力能及，徒添覆舟之危，故当止即止，毫不恋栈前路风光。大勇，身处急流要保全身而退，光有审时之智无用，也得有真本领好身手，才能避过暗礁闯过大浪，有惊无险到达平滩；否则光知危难将至，却无脱困手段，即使逃过一劫，也得满身湿透，伤痕处处。

有人辞官归故里，有人漏夜赶科场，职场的事，悲欣交集；人在江湖，进退之间，有时亦非自己能左右，能华丽转身者，当焚香合十：阿弥陀佛！

十五、在乱世，读长文

当今时势，长文不受欢迎已是常识，微博的一百四十字似是为阅读长度制定了业界标准。不过我仍然甘冒天下之大不韪，不识时务地苦口婆心相劝：尽可能读点长文章吧！三千是起点，一万较理想，大部头经典名著就最好。

“为啥呀？读图时代谁还有这耐性呀？”

因为这是个价值混乱的时代呀！如果只凭甲乙丙丁各自短短的三言两语来作判断，很容易像瞎子摸象故事中的盲人般，以为大象是粗大的管子，或者宽扁的扇子，无从得悉事情的全貌。

长文章都需要铺排，起承转合，逻辑条理，把故事/事件/主张/理论慢慢说清讲透。你顺着作者的思路读进去，一边读一边想，与作者对话，与作者辩驳，一篇文章一部经典读完，你心中对某主题的认识便较有主见，而不是拾人牙慧人云亦云了。

如果一个旅人，找个地方坐坐……

谁不是带着行囊在人生的旅途上跋涉？

从精神／肉体二元的角度看，我们这身臭皮囊便是与生俱来的行囊，背负终生。

要负担这件皮囊真不容易，起码得给它吃，给它穿，还未计吃与穿的好／坏，遑论什么美容修身了。

至于人生要背负的其他行囊更是数不胜数了。

最起码这三样：名、利、欲。

有些人，比如文人，放得下利、欲的重担，但就是舍不得虚名的缠身。古来圣贤皆寂寞，唯有饮者留其名。洒脱如谪仙，也放不下“名”之恋栈。

人生的名利欲纠缠，其实可以有一根拐杖来减轻负担。

这根拐杖叫“快乐”。

名利欲再诱惑，毕竟要我们低头弯腰去背起，只有“快乐”的拐杖才能使我们挺起脊梁，直面人生旅途的目标前进。

当然，如果懂得在适当的时候找个地方坐下，休息一下，即使孤灯一盏伴着孤身只影又如何？旅途本就应该有闲暇去欣赏风光的；不能停下休息的不是旅途，那是苦役。

尤其面对穷山恶水的时候，更要坐下好好静思下一步的走向，否则可能误入歧途以至走入绝路。休息，是为再出发做准备。

人生旅途免不了有负担，但拄着快乐的拐杖，当行则行，当止则止，在疲累时找张椅子坐坐，不急着赶路，或许是始终保持昂然直身姿态的好方法。

毕竟，路的尽头在哪里，只有上帝知道；但路上哪里有休息的地方，却是人人都知道的，只要你不介意上面的尘土，甚或泥泞。

如果冬夜，一个旅人，何妨找个地方坐坐……

美丽，停住了

一

四月初的希腊，旅游季节才刚刚开始，一切仿佛从沉睡的冬眠慢慢苏醒过来，然而精神还处于半梦半醒之间。

我们，是惊扰了这场春梦的远方来客了。

那个天还未亮、风带着春寒飒飒地吹着的清晨为我们开门的旅馆负责人一定这样看我们。因为，我们的确吵醒了他的美梦，当看到他打着呵欠的嘴巴蒙眬着的睡眼。

旅馆其实8时才办公，我们其实要到中午才能入住。然而这位睡意犹存的希腊人看过旅行社的证明信后只说你们的房间已准备好了，然后就引着我们走下弯弯长长的石级去我们的房间——一间有小厨房兼阁楼的小屋。

雅典的时候，旅行社的职员已说我们早来了，连接小岛之间的许多渡轮还未恢复正常航期，内陆飞机也是，行程得顺应更改。我们起初还怀疑这是否为着谋利的托辞。到白天走上圣托里尼街道去逛的时候，我们信了：希腊的旅游季节才刚伸出迎接的双手，那里尚存着睡床的暖意。

所以你看到这一家旅馆的伙计在修整着游泳池排着枱椅，那一家的在清点着汽水啤酒，眼前的这位仁兄呢，他在翻新那一堵堵标志性的白墙，就连饭馆也说：先生，对不起，我们不收信用卡，因为刚开始，还未连好线。圣托里尼还在慵懒地描画着自己的新妆。

然而，感谢上天，幸好我们早到了。

于是我们拥有整个圣托里尼的清静与悠闲，像我们的希腊主人一样，将生命的钟摆调慢，放软着身子，放轻着脚步，周游于一间又一间的白房子，一扇又一扇的蓝窗户，一弯又弯的石仔小巷，一畦又一畦的黄嫩雏菊，寻寻觅觅，东转西转，“行到水穷处，坐看云起时”。没有人挤逼没有人占着风景没有人喧闹。

悠悠的天地悠悠的你。无垠的天地无垠的你。

你想起那个历经艰辛的浮士德博士临终的名言：停一停吧，你真美丽！

在那个春梦初醒的希腊小岛上，美丽，真的停住了。

二

圣托里尼岛绝大部分的房子沿着山脊分布。最早时候是挖山洞而居，很有点像中国的窑洞。现在当然是砖石结构了，却依山而建，“梯屋”一般层层叠着，远远望去，浑然一体，像一只展翅欲飞的白鸽。

圣托里尼的美，首先在于它全岛房子统一的白：这是一片白屋的世界。刚开始的时候，不明白它为什么要漆成白色。待看到爱琴海蓝蓝的海水，待看到希腊蓝蓝的天空，才知道，只有这白，方是与这蓝水乳交融的颜色，其他的色彩，都是亵渎，都是令人目盲的扰乱。置身于这片蓝白的世界里，你会妒忌上天为什么赐予圣托里尼人这片人间的美景，你也会感谢上天终于在这里为你打开了美感的混沌灵窍。

你在这片蓝与白的世界里超凡入圣。

于是身子轻盈了，步伐轻快了。你走进了圣托里尼的小巷，用碎石铺就窄窄长长曲曲的小巷。你迷路了，你故意迷路了。因为你不想辨别方向：你被圣托里尼的小巷迷住了。与海浑然一体的蓝蓝的屋子圆穹、蓝蓝的门扉、蓝蓝的栏栅，还有漫山的小黄菊、路边的小红花、楼梯上的爬藤，以及希腊四月阳光下慵懒的到处可见的猫儿，每转一个弯角，每转一个巷口，你就碰到这些美丽的事物。路何须辨清！

你不是来度假。你来享受美的盛宴。

丽江古城

前后六天的丽江加香格里拉之行，把纳西人的粑粑吃了、藏民的酥油茶与青稞酒饮了，更把丽江古城的大街小巷细细地逛了；然而，最让我怀念的，是那几个一壶普洱、独对古城的时刻，身与心都得到了真正的休息。虽然下雨和多云的天色坏了照相的风景、游览的兴致，但这一趟丽江行，依然值得怀念。

昨天傍晚的一场雨过后，今早的丽江已没有雨了。天空多云，阳光只偶尔露出一两下。可能是复活节假期已过吧，今早的古城内已不如前两天的拥挤了，游客明显减少。我刻意拐入小巷里去逛。呀，被旅游霓虹光管遮盖了的古城真正地掀起她悠闲宁静的面纱。我一边走一边享受古城幽清的风情，又一边细细留意它的建筑。

在一户挨一户、一檐接一檐的房屋里，丽江古城保持了它面貌的一致，都是灰瓦白墙朱门；各户的装饰或有精雕细琢与简单朴实的分别，但其色调与气质和谐地统一。最让我惊喜的是流穿过各家各户屋前房后的小溪流，汩汩潺潺，响彻在空荡静谧的街道上；不但声响，那溪水竟可见底，一丛丛水草顺着水流一推一退地浮动着，仿似江上摇着小船的船夫，动作有力应节。望着这情景，我立即想起徐志摩《再别康桥》里“软泥上的青荇，油油的在水底招摇”的句子；其实，哪里是招摇哩，那是它们集体在划着船，摇着晃着，要摆脱泥土的羁绊，随着流水而去，从此浪迹天涯，自由自在而去……

在古城里漫步，让我想起威尼斯的那些小巷：大家都是弯弯曲曲，柳暗花明又一村。徜徉其中，惊喜连连，也惊艳连连。这喜与艳，便是每一个角落，每一条巷子，每一户门口，都各不相同，没有重复。丽江的纳西人以其审美天赋，打造了一处又一处美丽的景观。当然，丽江与威尼斯不同。威尼斯的街巷，处处以不同的鲜艳色块让你目不暇给，仿佛在上着绘画课，老师示范着不同颜色的美感效果。丽江却不同。它的灰瓦白墙朱户，让人想起的，与其说是中国水墨的黑山白水，倒不如说是那一幅幅蜡染的蓝与白，朴实中更带着野趣。

然而丽江与威尼斯有一点是相同的，就是它们的街角处总有些不同名目的花木点缀其间。尤其在丽江，这些千色多彩的花木仿似画龙点睛般为一片灰白的世界增添了无穷生气。最引我注目的，便是一树树的玫瑰了。它们是娇嫩的粉红色的，在灰黑的瓦片映衬下，更像个粉团一般的初生女婴，惹人怜爱，让人禁不住要细细轻抚，以至引颈亲吻——且慢吻下！不要惊醒它，就让它在微凉的四月清风中，像襁褓中的婴儿，酣畅地睡着，在这污浊的尘世间，混沌无知，天真烂漫，保持其最本真纯洁的天然状态……

销魂的京都

京都当然是古雅的，然而京都也可以是销魂的。

销魂在艺伎的项脖上。

到京都旅行，所有的旅游指南都提点说要到祇园附近去领略一下艺伎的丰采，还说能不能见到要看运气。

艺伎，日本女子美丽柔情与出众才艺的化身，因着电影《艺伎回忆录》的缘故，招来更多偷窥好奇的目光。艺伎是瑰丽的，艺伎也是神秘的，因为从古到今，艺伎都是有钱人的禁脔，一般人等，不要说想近距离地欣赏一下她们的表演，连进入专门的“茶室”，也得事先预约，没闲钱与没地位的，是货真价实的“门都没有”。

于是，去祇园看艺伎，似乎是每一个外国人到京都旅行的朝圣目的。

果然，在距离祇园不远的产宁坂，正在路边歇息的我们，突然发现三个艺伎打扮的女子出现（回来后才知道那其实是游客租和服来拍照的），身边已经有两个人拿着相机在拍；我便立刻拿起相机，也冲了过去，一边心想上天待我真的不薄，居然让我这么轻易地就碰上闻名已久的艺伎；一边便在想该如何构图，如何展现艺伎的美态……可是，到得我走近，那三个女子突然转入一条小窄巷，正当我暗叹错失良机之时，却发现她们正静静地站着，供面前的一位摄影师拍照。因为巷窄，我无法转到正面，也不好意思去唐突佳人，于是，便只能站在身后，偷偷地拍了她们的背影，尤其是她们的项脖。

女人的脖子，从来是其美丽的一部分。中国《诗经·卫风》中的美女形象，是“手如柔荑，肤如凝脂，领如蝤蛴，齿如瓠犀，螓首蛾眉，巧笑倩兮，美目盼兮”，其中“领如蝤蛴”便形容女子的脖子丰润白皙。日本人尤其视女子的脖子为性感的象征。《艺伎回忆录》的原著作者阿瑟·高顿（Arthur Golden）解释说：“我一定得跟你讲讲日本人对脖子的想法，日本男人对一个女人脖子和喉咙的感觉就像西方男人对女人大腿的感觉一样。这就是为什么艺伎穿的和服在后背处领子袒得是如此之低，把她们脊柱的头几个骨节都露在外面；我想这跟巴黎女人穿短裙的效果差不多。”汤祯兆在《命名日本》中也说：“对日本人来说，和服的精粹尽在女性的后颈，那是大和女性美的精华所在。”

大家都知道日本艺伎整个面部和颈部都涂了一层厚厚的白粉，但唯独脖子部位，会稍稍留一个W形的位置，露出肉色。脖子本已是性感象征，艺伎一方面故意将和服的领子向下袒开，诱人窥看；一方面再留这样一道W形的肉帛空间，欲盖弥彰，欲擒先纵，惹人遐想，那是将色欲与艺术完美地结合了。

因此，可以说，我拍到了张销魂的京都。

遗憾的是，当今日本人对女子窥视的目光，已从脖子处转移了。汤祯兆介绍道：“不过时移势易，据1999年《我爱大排名》的杂志调查显示，日本男人最喜欢的女性部位，依次是胸部、腿、眼、脸等等，而后颈已沦落至第九位，可见传统的对女性的审美观念已经一去不复返。”其实，这何止是传统的沦落，更是想象力的沦落。当男人着迷于巨乳的物质外形时，对领如蝤蛴的性感想象，也如祇园空巷中的木屐声，成了绝响。

寻找卡夫卡

对一个文学人来说，布拉格就是卡夫卡；没有卡夫卡的布拉格，就像皇冠缺少了最耀眼的那颗钻石似的。事实上，文学的卡夫卡已被布拉格商品化，老城区的店铺里满是与卡夫卡有关的纪念品、T恤、书籍；当然，旅游书会辟专章来介绍卡夫卡。

在布拉格，你无从躲避卡夫卡；更何况，我有心去寻找。

谈卡夫卡，不能不说《城堡》；到布拉格，不能不到城堡。小说的《城堡》使现实的城堡多了一重想象的迷雾。而卡夫卡当年曾在城堡边的黄金巷里暂住过，这样，布拉格城堡成了每一个卡夫卡迷必去的地方。成了旅游业招牌的城堡，不再重门深锁，而是中门大开，涌入大量游客；站得笔直的卫兵一脸严肃，但游客还是笑嘻嘻地站到他身边伸出胜利手势拍照——钱能通神，资本主义社会里没有K。黄金巷里也见不到卡夫卡，因为整条巷子关闭一年维修。

我不甘心就这样与卡夫卡错过。旅游书介绍说卡夫卡的墓地在新犹太人坟场里，可老城区里只有旧犹太人坟场，新的在哪里？细细看遍手上的地图，没看到。走下城堡，拐进小巷，到了卡夫卡博物馆，参观之后，买纪念品的时候趁机问职员，新犹太人坟场如何去？很远的，不在旅游区。那坐的士可以去到吗？会很贵，最好是坐地铁去，在这个站下车。明白，谢谢！

布拉格的地铁建在很深的地下，进入都要乘长长的扶手电梯下去，仿佛深入一个洞穴，很有卡夫卡气氛。出了地铁，该往哪个出口找呢？问地铁一位职员，这位大叔一见我指着地图上的卡夫卡像，面带兴奋地指手画脚起来，可惜，他听不懂我的英语，我听不懂他的捷克话。无法沟通的人，也很卡夫卡。然而，我明白他手势的意思：从这个出口出去。好，出来了，墓在何方？对面马路有一路边花档，拿着地图上的卡夫卡像去问，女档主一见，笑了笑，向我右方一指：原来，坟场入口就在旁边。

进入墓园，往墓区走，很快见到一块木牌，画着一个向右的箭嘴，下面写着卡夫卡的名，底下更有一个编号，是墓的所在区号。想来，有很多慕名者前来，但当时我却看不见有其他人。前方是一条长长的小路，两边疏疏地立着直挺高大的树，树下有长椅，再后便是排行得整整齐齐的墓碑；树影在沙石路上、在长椅上铺下婆娑的阴影，霎时把炎夏的热流挡在身外，置身路上，很有种天涯孤旅的感觉。这，也很卡夫卡。

最后找到卡夫卡的墓，却是在路边，与他的家人同穴。一只孤独的“变形虫”最终与家庭和好，这种故事与现实的矛盾，教读者迷惑。像我在布拉格夏天炎阳的烤炙下，硬是想不通如此美好的天气，为何会出了卡夫卡的阴郁小说。只能说，这与性格或成长环境甚至疾病（卡夫卡有肺病）有关，与天气无关。

谒拜完卡夫卡的墓后，我在铺满斑驳树影的长椅上坐下，点起一根小雪茄，抬头看被高树撑起的天空，没有云彩，很蓝，很卡夫卡。

记忆·茶餐厅

“城市记忆”是个写论文的大题目，属于学术殿堂里的高级货色，老实说，我不大清楚“城市记忆”是什么东西。

直到我家附近的两家茶餐厅结束营业，我仿佛有了一点感悟。

两家茶餐厅，一家铁闸长关，门口插了几封信件，像孤零零地守着门户的妇人，等待着夫君的归来。另一家，干脆变成某香港地产公司分店。

商业社会，店开店关，本是常事，一般我不大关心，但那第一间茶餐厅是我常去的，尤其是星期六日早上，睡到十点多才起身，懒洋洋地穿着街坊装下去，买了报纸，进去坐下，例牌叫了B餐，之后就慢慢“叹”报纸……B餐来了，菠萝油、餐蛋通，再加一杯黑得油亮的斋啡，正！

整个早餐过程，好像仪式一般，每个环节都不停重复，包括伙计招呼客人的方式，都像排过的话剧台词一样：“靓仔，早晨，又系B餐呀？”“早晨，系呀，唔该。”简单两句，但就是透着熟稔的亲切，很窝心。这种亲切，像是见着亲人回到家一般，你可以安安稳稳平平静静地坐下去，不用担心有什么意外会发生。这种家的感觉，还包括茶餐厅的顾客，都是熟悉的街坊邻里的面孔，有些根本就住在你楼上楼下，早晚进出电梯都见着，甚至交谈过一两句。

另一种家的感觉，是味觉。相信许多人都一样，外面社交应酬吃尽珍馐百味，但回到家，吃到母亲煮的一碗面，依然会觉得是天下的至味。这种味觉的钟情，当你是孤身在外的游子时，感觉更强烈。身在异乡，魂牵梦绕的不是在哪里吃过的什么山珍，而是母亲弄的一碗粥一碟菜。因为，这是你从小到大熟悉的味道，一种刻在味蕾深处的感情符码，其他的美食符码可以暂时遮掩，但当铅华去尽，剩下的依然是那母亲的味道。

茶餐厅的早餐，食物都很简单，但是当吃惯之后，你自会产生一种“家常”的感觉，仿佛全天下的菠萝油就该如此香滑松软，斋啡就该如此苦涩留甘，只要有些微的改变，你就觉得不“正宗”。就像你吃惯了母亲的炒芥兰，别人家炒的，就是不一样。

家的感觉不是什么，就是“安全感”，一种放心地把在外人面前的防御武装卸下的安全感。茶餐厅的感觉，就是这种安全感。你可以坐在里面悠闲舒心地享受你的早餐及报纸，任外面风雨如何强劲，这里是避风的小港。

第一间茶餐厅关门后，我虽然有怅然若失的感觉，但心想还好有第二间，虽然不是常去的，但聊胜于无吧。现在，连这第二间也变了地产铺，那就不只怅然了。当我那天早上“行礼如仪”地买了报纸准备去“叹”之时，猛抬头，餐厅铁闸重重地挡住了去路又遮满了视线，那一刻，一种空虚的感觉油然而生，很像被情人抛弃的瞬间：以后，我该怎么办……

这，或许就是所谓的城市记忆吧。

城市记忆其实就是对自己熟悉的一切的记忆。它包括空间、光线、味道、眼神、嗅觉、路程、动作、对象、声音……全身所有感觉器官的总和。我们记得它、怀念它，是因为我们熟悉它；而熟悉，就是安全感。人类也是动物，动物的本能首重安全。在陌生的环境动物会紧张、不安、躁动，在熟悉的环境才能安心、坦然、舒服。

熟悉的茶餐厅没有了，我失去了个安全的避风港。我现在要转去另一间更远的餐厅吃早餐，但那种感觉硬是不一样。

记忆，也是怀念。

书店杂忆二章

一

如果没记错，我第一次进书店是小学毕业时。

在此之前，我们穷到连学费都经常交不出，怎可能有闲钱买书，又怎么敢进书店。知识真的“有价”。

小六那年毕业旅行，是去石岐孙中山故居和斗门白藤湖一天游，忘了在哪里，反正是中间有空档让我们闲逛，我便进了家书店。具体的细节都忘了，唯一清楚记得的是，所有书都陈列在柜台后的书架上，想看某书，得请站在其间的店员拿下给你，不想买就交返店员放回，这是今天可以随意进入书架翻阅图书甚至席地而坐一下午“打书钉”的爱书人所无法想象的。对一个没进过书店不名一文无钱“帮衬”的小学鸡而言，要开口请站在长列柜台后正无所事事与同事闲聊的店员叔叔姨姨帮手拿本书，是需要鼓起准备“舍身就义”的勇气的，跟日后向女子示爱需要的胆量应该相等。我相信自己最终有请店员拿书来看的，不然不会记得这个细节。

中学后，我们够资格去“走水”了。像今天的水客一样，我们利用澳门与内地某些货物差价赚钱，当时一般是布疋和香烟，在澳门买，带去香州或石岐卖；返澳时，又带些药材进来，赚十元左右。我们都是周六去周日返，虽然所赚不多，但对家境不佳的我们来说，已是笔不俗的收入了。我有位同学据说就是靠走水供自己念完中学。

那时候，我依然站在那一列柜台前犹豫，但底气相对足了，因为口袋里有了钞票，不多，但供买一两本书的“挥霍”还是可以的。就这样，当同学们在香州或石岐的旅店房间里“锄大D”和“十三张”之时，我便在一旁摩挲新买来的书，在一片吵闹和粗口声中沉入阅读……

一个书虫由此诞生。

二

我最疯狂逛书店是在广州念大学的时候，每月最少一次踩着单车做书店“巡回”。早上由石牌出发，经东风东去北京路，中午在北京路随便吃个饭，再经海珠桥过河南到中山大学东门，最后经广州大道中返石牌，一圈下来到宿舍已是傍晚了。

北京路是广州著名的书店街，这里就不提了；为何要千辛万苦到中山大学东门呢？因为那里有间二楼书店“树人书店”。在90年代广州书虫堆里，应该无人不识树人书店；如果我没记错，树人先开，中大西门著名的学而优书店后起。树人书店的闻名学术圈，除了因为它领风气之先专做文史学术类图书外，书店老板陈平是个“妙人”，相信也是原因之一。

陈平长得黑黑壮壮的，我现在回想，觉得他有点像台湾演员柯受良，你看他满头大汗地忙着把一包包的书从楼下搬上来，还以为是搬运工。这位亲力亲为的老板，据说是中大旧生，所以把书店开到母校门外。他没有读书人的迂腐与清高，把文化生意做得红红火火的，他跟我说澳门有书店找他拿书，连台湾诚品也经他入货。

说陈平妙，是他的推销手法一流。我去了树人几趟后，他可能认得我，有次主动走过来跟我搭讪，问我是不是中大的什么系的，这样算是相识了。看我买得多，便给我打折。之后变成熟人，他就邀我在店里喝茶。那时候有句话叫“侃大山”，翻译成时语就是吹水。他什么都能吹，吹书，吹时事，吹他知道的学术界里的人和事。他跟外形一致，豪爽，声音大，性情中人，最要命的是，他也看好多书，吹起书来头头是道。当你静静地在翻书时，他会冷不丁地冒出来拿着某本书跟你说，这是谁谁的，讲什么的，好书，说得好像你不把书买走简直就对不起自己的学术良心。虽然有时候能抵受住他“甜言蜜语”的诱惑，但许多时候，出于一个文青的虚荣心，我还是乖乖地“受骗”把书买走……

我毕业后回澳工作，有了薪金收入，书店少逛了，买书却更疯狂。那时候要回广州上研究生的课，我是带着辆俗称“车仔”的小拖车上去的。每次上完课，就带着车仔去天河书城，再去树人，《鲁迅全集》，买！《郁达夫文集》，买！然后是背包满袋书、车仔满装书地去搭岐关车回澳。很累，但晚上在家中逐本翻看今天的战利品时，那满足感是不能言喻的。当然，很多书也就在那一晚之后被束之高阁。罪过罪过！

那时偶尔会碰到陈平在店里，自然要聊几句。有次他跟我说去了丽江和香格里拉，很喜欢那里，想要把书店结束到那边长居。我唯唯诺诺地应着，没怎么放在心上。后来，学业结束，杂务一堆，好几年没上广州。再后来，听说树人结业了。两三年前，一个非常非常偶然的情况下，不知谁告诉我陈平过世了。

世间的店铺如恒河沙数，为什么有些小店能让人千百遍重来？因为那里有懂行的店主，有把顾客当朋友的店主；他不是在卖东西数钞票，他是在交心。这是冷气冻人香气呛鼻高门认钱的购物中心最缺少的温情。

实体书店越来越难做，越做越关门，世人也顺应潮流不以为意了。某一天，对着电脑屏幕，我们把书下单了，可是谁来一起喝茶聊书呢！

穷吃·美食

我这人记性很差，看过的书很多都忘掉内容，但是对阿城小说《棋王》里的这一段文字，却记住很久："他（王一生）对吃是虔诚的，而且很精细。有时你会可怜那些饭被他吃得一个渣儿都不剩，真有点儿惨无人道。"

用今天的"潮语"来看，王一生铁定当选"惜食"运动代言人，因为他非但把饭"吃得一个渣儿都不剩"，甚至会"把两支筷子吮净，拿水把饭盒冲满，先将上面一层油花吸净"。我想王一生肯定是挨过饿受过饥的人，否则对食物的珍视不会达到这种虔诚的地步。

我没有挨过饿，但小时候在老家农村也受过穷困的苦。我童年的印象里，有一个影像是一地红红的阶砖上密密麻麻地铺满切成一片片圆圆的番薯片，薯片上都有一层浅浅的绿毛。那是薯片久藏发霉了，拿出来晒太阳。我记得有段日子家里每天都在吃这个。好多年后，有个朋友跟我说，他非常讨厌快餐店里的薯条："小时候挨饿还吃不够吗？！"我深有同感。

也因为穷，只能来澳门寻求新生活的希望。

那是70年代末的澳门，初来乍到的新居民，收入堪可糊口，大人的日子过得紧，小孩子当然别指望有什么零花钱。但小孩都嘴馋，看到别人吃东西心里总是痒痒的。那时候住在马场木屋区，路边有个卖粉面的小摊，零星地摆了几桌摺枱做生意。我每次经过都会被那随着蒸腾热气飘来的香味吸引，心想什么时候可以坐在那里尝一尝云吞凤爪的味道呀……

后来终于有个“赚钱”的办法啦。

那时候汽水公司为了回收汽水瓶，到士多买汽水要收瓶子按金，待你把瓶子还给士多时才拿回。由于士多认瓶不认人，这就给我们小孩创造了“致富”之道：整天在木屋区周边街上晃荡（大人没有时间管我们，更别说去上什么兴趣班补习班了），金睛火眼地逡巡每个隐蔽角落，看哪里有丢弃的汽水瓶；好不容易看到一个，立刻上去拿走，之后就拿去士多换钱（一毫？）。不过，捡到汽水瓶的运气跟中六合彩差不多——谁都知道瓶子能换钱，哪会轻易扔下不要？所以当终于靠捡瓶子存够吃一碗云吞面的钱时，那是洪福齐天了。

我已忘记那碗云吞面的味道了，只记得坐在食摊旁边时，心里是既喜且怕的；怕什么？怕被小伙伴们发现我在这里吃面呀——真的，在习惯了穷困之后，花钱会有罪疚感的。

小学毕业的那个夏天，我开始第一次上班做暑期工，在一家电子厂的流水线负责上螺丝。之后每逢暑假都打工，玩具、制衣、纺织、电子，都做过。那是80年代，澳门工业发展蓬勃，工厂订单多，尤其暑假时要赶欧美圣诞节的货，经常加班。现在上班族都以加班为苦，但对当年许多工厂工人来说，加班意味加钱，所以反而祈求有班可加，即使这样每天要挨十多个小时的劳苦。

我也喜欢加班，钱会多点是原因之一，最让我这等吃货欣喜的是，加班时工厂付钞晚饭，有个餐牌让我们自己点，粥粉饭面再加例汤汽水套餐随便叫。这是大大的福利呀，一来省了家里做饭，二来我可以吃到平常没钱光顾的茶餐厅美食呀！云吞凤爪是小意思啦，那时候最垂涎的是沙丹猪扒饭、干炒牛河、火腩豆腐饭、班腩饭……有钱收，又有美食，加班万岁！

苦吗？不苦！

当然，班不可能天天加，工也只在暑期时打，平常还得吃家里的。家里只靠我妈一个人撑，日子自然不好过，但是，穷，不等于说家里就没有美食。

那时候我妈经常加班，一下班就匆匆赶去街市，趁着鱼档鸡档收摊前买些没人要的“下栏”货。这些剩货也不用论斤称两了，都是分成一小堆一小堆地低价售卖。我妈最常买的是小鱼和鸡翼尖。

我不知道那种小鱼叫什么，反正就一根手指大小。我妈通常是和些面粉拿去炸，吃起来满嘴香脆，而且鱼就那么小，一口一条，饭能多吃一碗！

鸡翼尖就是鸡翅膀尖端一两吋大小的部分，我不清楚卖鸡的为何要将这一小截肉剁下来。人们说养鸡场里的鸡都打激素的，而这些激素会沉淀在鸡翼尖。难道因为顾客不想吃这些满是激素的鸡尖，鸡贩就把它剁下另外出售？我没考究，只肯定我是比较早熟的，不知道跟吃了很多鸡翼尖是否有关？

有钱人家是大鱼大肉，我们穷人能小鱼小肉已经很开心了。所以，即便只是街市卖剩的小鱼小鸡尖，在我妈用心的烹煮下，也成了我们无以尚之的美食。我有时候想：什么是“美食”呢？可能是我这种“忆苦思甜”时候想到的食物才是，因为它们已深深地烙印在我的脑海中，成为我味蕾的“文化记忆”，是我对生命对人生体验的一部分，滋养了我的身体，塑造了我的个性，更充实了我的灵魂，这是后来我有机会吃到的那些山珍海味完完全全无法替代的。

现在澳门的大街小巷，标榜五湖四海菜式的食店撑起半边天，更别说大小酒店高级食肆里有天之涯海之角的美酒佳肴，旅游宣传说这里是美食之都。我总想到《棋王》里王一生说：

“首先得有饭，才能吃，这家子有一囤一囤的粮食。可光穷吃不行，得记着断顿儿的时候，每顿都要欠一点儿。老话儿说‘半饥半饱日子长’嘛。”所以，什么是“美食之都”呢？我想，在王一生来看，一个地方，能给人温饱，懂得珍惜来之不易的幸福，应该就是了。用我半生的经历来看，澳门，就是这么个美食之都了。

肉体新鲜，心灵生猛

美味如情欲，发生
在两眼之间，
不在两腿之间。你的
眼神是一对翅膀，
载我飞翔，载我
飞越海洋，飞越
春天，飞越肉体的
赤道。

以上诗句，出自台湾著名文学家兼美食家焦桐先生大作《完全壮阳食谱》中的《心灵改革》一诗，焦桐先生特意说明：“肉体必须新鲜，心灵才能生猛；面对一只新鲜的螃蟹，宛如拥有生猛的心灵。”所以，看官对上述诗行的遐想，且将其限制于咏吟主题——螃蟹。

引“台湾饮食文学教父”焦桐诗作来开篇，实在是因为这趟台湾行是文学与美食双丰收之旅。台湾美食如何叫人垂涎，每一位漫步过当地夜市的游客，其舌头与肚皮都会有一段段的故事拿来绘形绘声。难得的是，台湾作家也没辜负家乡美食的哺育，纷纷倾脂肪倾情思为文推介，像焦桐便花二十多年时间点评宝岛特色食品佳肴凡一百五十八种，又历十年编选《年度饮食文选》，蔚成“饮食文学”大观。

虽是如此，当我在台北纪州庵文学森林把“张拓芜牛肉面”夹进嘴里，在台中文学馆栎舍文学餐厅里把“陈千武文学套餐”满满饱足后，心里还是不住的讶异与佩服：原来，文学是可以这样做推广的！原来，文学结合氤氲满溢的食物竟然更添诱惑！难道，真个是“肉体必须新鲜，心灵才能生猛”？

孔夫子留下“食不厌精、脍不厌细”的名言，但孟夫子一句“君子远庖厨”，便使读书人有借口远远地隔离于炉灶砧板锅碗瓢盆；加上中国文人多穷酸，陶彭泽是“夏日长抱饥，寒夜无被眠”，杜子美则“朝扣富儿门，暮随肥马尘。残杯与冷炙，到处潜悲辛。”是名副其实的“三月不知肉味”，只能拿“文穷而后工”来自我安慰，何能讲究食之精细呢？幸好有一道“东坡肉”留名千古，在这个民以食为天的国度，总算为文人在菜单上争一口气。

可是纪州庵的“作家私房菜”餐单里就有：张拓芜牛肉面、方梓红曲烧肉、古月狮子头、罗思容仙草鸡、吴德亮茶圆汤。宣传文案说道：“作家的饮食不只存在厨房餐厅，内涵是人情与世故”。栎舍文学餐厅除了上面的陈千武套餐外，还有杨逵野菜咸派、日常散文汤定食……一顿饭吃过，肚满肠肥之余，也把一个个作家的名字与生平收入文学的行囊，因为餐单上有他们的简介；更何况，这些以作家命名的菜肴，绝没有亏待食家的味蕾。

在文学空间里供应简单精致的食物，阳春白雪与人间烟火共处一室，舌尖与文心勾搭缠绵，直追流觞曲水的雅兴；更有诗人“肉体新鲜，心灵生猛”的启示，文穷是否就能后工，不得而知，但赏诗赏文赏美食，却成了当世文青自居者性灵修养的功课。至于在菜谱上想方设法把作家引介出来，则除了感动还有感叹，感动于主事者的苦心孤诣，感叹于创新者的巧心妙思。

文章千古事，得失寸心知。写作人大都寂寞，笔下千言，心事一堆，知音者却是寥寥，若能由口腔咀嚼为契机，终达至心灵共鸣，何乐而不为？

我的蜗居时代

说起“蜗居”，对于我绝对是忆苦思甜的话题。

我从小由福建移居澳门，而且是跟着亲戚的，父母都留在乡间；寄人篱下的滋味当然不好受，尤其那“篱下”，虽然不是用竹篾编成，却也往往是用木板间成的小房间。童年的往事已给我有意无意地忘记了许多，我只记得搬了无数次的屋，都是在马场与祐汉区打转，没有变的，依然是木间房，依然是狭小的空间，依然是碌架床的上格。那时，绝大部分从内地来的家庭都如此，一个胜意楼或吉祥楼的单位里住十几廿个人是等闲之事，就像现在的劳工宿舍一般。都是因为穷嘛，“穷则变”，你不变通忍受，能够如何？

我忘了跟表哥两个人，你闻我的臭脚，我听你的鼻鼾，共睡一格床的日子过了多久，而且似乎也曾试过跟姑丈“同床异梦”过。那都是许久以前的事，对小孩来说，似乎不以为苦，起码现在回想起来，会当成趣事一桩。但我清楚记得，到了高中，我妈我弟妹都来了澳门，靠我妈一个人工作，节衣缩食，好不容易存了点钱，毅然供起了个非常小的单位，只为不好整口寄居亲戚的家。那单位只有厨房与厅，小到不可能间出房子：厅中摆了一张碌架床两个衣柜后，几无容身之地。每晚，我妹睡上格，我妈睡下格，而我与弟弟只能打地铺。要到我后来出去念大学了，家里才稍稍“宽敞”些。大学放暑假，许多同学未到最后一天不返校，我却经常提早回去，甚至留在校里，只因为家里地方实在太小，我大学的宿舍比它还阔落呢。

我们就一直住在那个小单位，直到我出来工作两年后，妈帮我付了首期，买下了个四十多万的单位，由我去供楼，环境才稍稍有改善，那已是十多年前的事。而且，我还应该庆幸，那时候澳门的楼价，让我这个只是做教师的人，会有勇气去供楼。现在，听说那个房子已涨到百多万了。

住屋似乎是自古以来人类社会阶级不平等的最佳佐证。以前土地是属于领主地主的，到现在，土地是属于政府的，但房屋却属于房地产开发商的，要住房，得用钱去买。细细思量，我们觉得这里边有非常不合理的地方。如果国家的主人是人民，照理国家的土地也应该属于人民，顺理成章地，人民应有权在自己的土地上建房子居住。如果连这一点也保障不了，我们还是国家的主人吗？我们还要国家和政府来干什么？可现在，土地变成商品，房屋变成商品，土地的真正主人，却要变成“房奴”，这是怎样的逻辑，实在要有智慧的人士来解释。

忆苦思甜，从来应该是忆“旧社会”之苦，赞“新社会”之甜的。澳门当今楼价之高，让市民叫苦连天，因此竟吊诡地让许多人思起“旧社会”的好。到底这个“阳光政府”的光辉，何时能“大庇天下寒士俱欢颜”呢？

后　记

这本集子是我二十多年来写的小文选编，有部分是近年新写未曾出书的。我很喜欢“不要怕，我抒情罢了”这个题目，想用它来做书名，因为拙文虽也有些议论，有些点评，但不过藉论评的杯装抒情的酒而已。可惜这个题目之前已做过书名，幸好早前读到鲁迅先生《华盖集续编·小引》说：“这里面所讲的仍然并没有宇宙的奥义和人生的真谛。不过是，将我所遇到的，所想到的，所要说的，一任它怎样浅薄，怎样偏激，有时便都用笔写了下来。说得自夸一点，就如悲喜时节的歌哭一般，那时无非借此来释愤抒情，现在更不想和谁去抢夺所谓公理或正义。”恰像是心声般道出我这些小文的前世今生，便冒亵渎先贤的大不韪，借先生句中“悲喜时节”四字做书名。当然，区区小子如我，只能追慕先生的精神，摇着狗尾学写些释愤抒情小文而已。

闻说内地有刊物拟出个澳门文学专辑，稿子组了交上去，却被退回来，原因是稿子大都为短文，不合内地大家下笔动辄千言的“大气”要求。众所周知，港澳作者舞文弄墨的地盘一般是附于报纸的副刊“专栏”，因版面小、作者多，专栏容许的字数最多千言，一般五六百。我也不例外是个专栏作者，写的当然也是不够“大气”的小文，字数少，格局小。格局小是个人学识差眼界窄所致，见笑于方家，自是难免。但字数虽少，我也不敢马虎应付，因为自知才情浅薄，无法一挥而就，所以每周一篇的专栏稿，这晚刚应卯交了，第二天就开始构思下周的稿子；敲键的时候也希望尽量写得生动多姿，即使是月旦时事，也不想摆出社评的堂皇肃穆。这本小集子想要呈现的，便是二十多年来苦思苦吟的部分文笔面貌，敬呈方家指正之余，亦算是个敝帚自珍的纪念吧。

澳门的文学圈子很小却很温暖，外人会说我们自己小圈子抱团取暖，所以成不了大气候；但对我这种没志气更没大气的写作人而言，在澳门写作很幸福，因为这里有愿意给予我们成长空间的前辈和编辑，也有互相鼓励与砥砺的文友。我自己很清楚，如果没有李鹏翥、陶里、黄晓峰、淘空了、胡晓风、刘桦（冬春轩）、李观鼎诸位先生，以及五月诗社、澳门笔会中各位前辈的栽培和爱护；没有《澳门日报》，以及汤梅笑、陈浩星、廖子馨、庄文永、郑国伟等历任《澳门日报》副刊课编辑给予的练笔机会，我的文学道路走不到今天。还有一个人，我身为澳门文学人，认为必须致谢的，他就是澳门基金会的吴志良主席。从1990年代开始，出版澳门小说、新诗、散文“三选”，到澳门文学奖、澳门中篇小说徵稿的评奖，再到先后在内地出版两套“澳门文学丛书”（中国文联版、作家出版社版），以及近年开始征集出版“澳门年度文学作品选”，背后都见到澳门基金会和吴志良博士的策划和支持，这些都是推动和建设澳门文学的实绩，我相信澳门的文学史和作者都不应也不会忘记。

我差不多要到知命之年了，我觉得，真的“知命”的话，首先要知道感恩，知道自己这个“命”有许多的幸运，得到许多贵人扶持、朋友相助，才能有今天的我。我很感恩，感谢父母家人，感谢前辈友人，从年轻时的“愤青”到如今人已中年的大叔，都容许我在文学里任性撒野。文章很轻，恩情更重，其他的都不过悲喜时节的歌哭一般，人一走，声就销。是为记。

图书在版编目（CIP）数据

悲喜时节 / 黄文辉著. -- 北京：作家出版社，2019. 5（2023.2重印）
（澳门文学丛书）
ISBN 978-7-5212-0251-9

Ⅰ. ①悲… Ⅱ. ①黄… Ⅲ. ①散文集－中国－当代
Ⅳ. ①I267

中国版本图书馆CIP数据核字（2018）第224031号

悲喜时节

作　　者： 黄文辉
责任编辑： 宋辰辰
装帧设计： 棱角视觉
出版发行： 作家出版社有限公司
社　　址： 北京农展馆南里10号　　**邮　　编：** 100125
电话传真： 86-10-65067186（发行中心及邮购部）
86-10-65004079（总编室）
E-mail:zuojia@zuojia.net.cn
http://www.zuojiachubanshe.com
印　　刷： 固安兰星球彩色印刷有限公司
成品尺寸： 133×214
字　　数： 290千
印　　张： 12.5
版　　次： 2019年6月第1版
印　　次： 2023年2月第2次印刷
ISBN　978-7-5212-0251-9
定　　价： 45.00元

第一批出版书目

王祯宝《曾几何时》

水　月《挥手之后还会再见吗》

邓晓炯《浮城》

未　艾《轻抚那人间的沧桑》

吕志鹏《在迷失国度下被遗忘了的自白录》

李成俊《待旦集》

李宇樑《狼狈行动》

李观鼎《三余集》

李鹏翥《澳门古今与艺文人物》

吴志良《悦读澳门》

林中英《头上彩虹》

赵　阳《没有错过的阳光》

姚　风《枯枝上的敌人》

贺绫声《如果爱情像诗般阅读》

袁绍珊《流民之歌》

黄坤尧《一方净土》

黄德鸿《澳门掌故》

梁淑淇《爱你爱我》

寂　然《有发生过》

鲁　茂《拾穗集》

穆凡中《相看是故人》

穆欣欣《寸心千里》

以上按作者姓氏笔画排序

第一批出版书目

第二批出版书目

太　皮《神迹》
尹红梅《木棉絮絮飞》
卢杰桦《拳王阿里》
冯倾城《未名心情》
朱寿桐《从俗如流》
吕志鹏《挣扎》
邢　悦《被确定的事》
李烈声《回首风尘》
沈慕文《且听风吟》
初歌今《不渡》
罗卫强《恍若烟花灿烂》
周　桐《除却天边月没人知》
姚　风《龙须糖万岁》
殷立民《殷言快语》
凌　谷《无边集》
凌　稜《世间情》
黄文辉《历史对话》
龚　刚《乘兴集》
陶　里《岭上造船笔记》
程　文《我城我书》
程祥徽《多味的人生之旅》

以上按作者姓氏笔画排序

第二批出版书目

第三批出版书目

太　皮《一向年光有限身》

李文娟《吾心吾乡》

何　贞《你将来爱的人不是我》

陈志峰《寻找远方的乐章》

吴淑钿《还看红棉》

陆奥雷《新世代生活志：第一个五年》

杨开荆《图书馆人孤独时》

李嘉曾《且行且悟》

卓　玛《我在海的这边等你》

贺越明《海角片羽》

凌　雁《凌腔凌调》

谭健锹《炉石塘的日与夜》

穆欣欣《当豆捞遇上豆汁儿》

以上按作者姓氏笔画排序

第三批出版书目

澳門文學丛书